ANDREAS RUSSENBERGER

Arosa

WO AUCH GAUNER
URLAUB MACHEN

ANDREAS RUSSENBERGER

Arosa

WO AUCH GAUNER URLAUB MACHEN

KRIMIS

GMEINER

Personen und Handlung sind frei erfunden. Ähnlichkeiten mit lebenden oder toten Personen sind rein zufällig und nicht beabsichtigt.

Bei Fragen zur Produktsicherheit gemäß der Verordnung über die allgemeine Produktsicherheit (GPSR) wenden Sie sich bitte an den Verlag.

MIX
Papier | Fördert gute Waldnutzung
FSC® C083411
FSC www.fsc.org

Besuchen Sie uns im Internet:
www.gmeiner-verlag.de

Im Ehnried 5, 88605 Meßkirch
Telefon 07575/2095-0
info@gmeiner-verlag.de

1. Auflage 2025

Satz: Mirjam Hecht
Umschlaggestaltung: U.O.R.G. Lutz Eberle, Stuttgart
unter Verwendung eines Fotos von: © Ihor / stock.adobe.com
Druck: CPI books GmbH, Leck
Printed in Germany
ISBN 978-3-8392-0845-8

Gauner bereuen weniger ihre Tat als vielmehr das Missgeschick, dabei ertappt worden zu sein.

DIE GESCHICHTEN

SPAGHETTI-SKI

Warnhinweis: Diese Geschichte beinhaltet Zigaretten, ein alkoholisches Getränk und nette Touristen.

Paul sass am Esstisch seiner Dreizimmerwohnung in Arosa, umgeben von der Art Möbel, die man »Alpenchic« nennt, die aber in Wirklichkeit lediglich eine Ansammlung von altem Holz und künstlichem Fell war. Er liess seinen Blick gedankenverloren über die schneebedeckten Gipfel des Schiesshorns, Furggahorns und der Tiejer Flue schweifen. Es war das passende Ambiente für einen Mann von Welt – oder zumindest für einen, der es sein wollte. Kurz vor Ostern hatte es kräftig geschneit, was nun an den Feiertagen für volle Pisten sorgen würde. Ideal für das lokale Gewerbe – und für Skidiebe.

Eigentlich hätte sich Paul das schmucke Feriendomizil nie leisten können. Doch er hatte beschlossen, dem Glück, das ihm sonst die kalte Schulter zeigte, auf die Sprünge zu helfen. Oft malte er sich seinen grossen Auftritt aus: Gäste, die den spektakulären Ausblick bestaunten: »Ach, wie schön du es hast!« Oder noch lieber Gästinnen: »Am liebsten würde man hier übernachten!«

Seine Wünsche hatten sich bislang jedoch nicht materialisiert. Das lag womöglich daran, dass Paul noch nie jemanden eingeladen hatte. Er fürchtete die entscheidende Frage wie der Schneemann den ersten Sonnenstrahl: »Wie kannst du dir das alles bloss leisten?« So war er einsamer als zuvor und lebte nicht das glamouröse Leben eines Hochstaplers. Nein, er stahl einfach nur Ski.

Das Stehlen an sich bereitete ihm keine Freude. Aber die Gaunerei war notwendig, so dachte er, um jemand zu sein. Eigentlich hatte Paul einen guten Charakter. »Pflichtbewusst, fleissig und trennt sogar den Müll«, wäre eine treffende Beschreibung gewesen. Doch gute Eigenschaften zahlten keine Miete.

Auf die Idee, seinen Luxus mit dem Diebstahl von exklusiven Ski zu finanzieren, hatte ihn sein bester Schulfreund Ernst gebracht. Die beiden waren in der sechsten Klasse sitzen geblieben, und aus dieser gemeinsamen Schmach war eine unzertrennliche Freundschaft entstanden. Ernst hatte sich vor einiger Zeit selbstständig gemacht und war inzwischen ein erfolgreicher Verkäufer von »gebrauchten Waren«. Sein Kundenstamm konnte sich sehen lassen und reichte weit über die Schweizer Landesgrenze hinaus. »Ski zu reduzierten Preisen sind leicht zu verticken«, hatte Ernst versichert. Und wer sich teure Ski leisten kann, könne es sich auch leisten, diese zu ersetzen.

So hatte Paul mit äusserster Vorsicht begonnen, Ski zu stehlen. Ein Head hier, ein Rossignol dort – gerade genug, um die Miete seiner Ferienwohnung zu bezahlen. Ironischerweise war Paul ein miserabler Skifahrer. Er bevorzugte das Wandern. Aber das Stehlen von Wanderstöcken war nun mal kein zukunftsträchtiges Geschäftsmodell. Nein, es mussten Ski sein.

Eine lukrative Nische.

Und jetzt das! Schwarz auf weiss stand es in der aktuellen Ausgabe der Aroser Zeitung. Paul las den Bericht zum dritten Mal, als würde sich dadurch etwas ändern.

»Achtung, Skidiebe! In den letzten Wochen wurden vermehrt hochwertige Ski entwendet. Die Diebstähle ereigneten sich bei

gut frequentierten Pistenrestaurants über die Mittagszeit. Gäste und Servicepersonal werden gebeten, achtsam zu sein und sich bei Auffälligkeiten umgehend an die Polizei zu wenden.«

Paul schleuderte die Zeitung auf den Boden. »Fantastisch!«, entfuhr es ihm. Er hatte Konkurrenz bekommen. Und die Deppen konnten den Hals nicht voll genug bekommen, wirbelten Staub auf. Nun musste er schnell handeln. Rechnungen mussten bezahlt werden, und sein Konto war leer wie die Aroser Hotels in der Zwischensaison. Unter den veränderten Umständen war heute jedoch besondere Vorsicht geboten. Paul entschied sich für die stark frequentierte Tschuggenhütte und schlüpfte in seine Wintersportbekleidung. Im Kellerabteil stand nur noch ein uraltes Paar Ski, das er sich im Sommer für kleines Geld auf dem Dorfmarkt erstanden hatte: zwei Meter lange Kneissl mit Parablacks. Parablacks waren im vergangenen Jahrhundert benutzt worden, damit sich die Skispitzen nicht überschneiden. Es handelte sich dabei um einen Aufsatz aus Kunststoff, den man oben am Ski befestigte. Die Klötze waren meist rechteckig und sahen aus wie das Brandenburger Tor in Miniatur. Sie hatten sich jedoch nicht durchgesetzt – aus gutem Grund. Überkreuzten sich die Spitzen nämlich trotz der Parablacks, war es fast unmöglich, die Ski wieder parallel in Falllinie zu bringen. Nun gut, lange würde er die Dinger ja nicht fahren müssen.

Dachte er.

Kurze Zeit später schwebte Paul im Sessellift Tschuggen Ost hoch ins Skigebiet. Er teilte sich die Dreierbank auf der 955 Meter langen Fahrt mit einem älteren Ehepaar, das sich erfreut über seine Bretter zeigte.

»Du meine Güte, in den 70ern bin ich auch Kneissl gefahren«, kommentierte der rüstige Senior.

»Ich wusste gar nicht, dass es heute noch Parablacks gibt«, ergänzte seine Gemahlin.

»Zum Saisonschluss bin ich immer klassisch unterwegs«, murmelte Paul und wandte sich demonstrativ ab, um keine weitere Aufmerksamkeit auf sich zu ziehen. Und das wohlüberlegt: Wenn du Ski stiehlst, dann bleibt am Abend nämlich genau ein Paar vor der Hütte übrig, nämlich deins! In diesem Fall ein Paar antiker Kneissl mit Parablacks. Danach braucht es nur die entsprechende Meldung in der Zeitung und ein ebenso aufmerksames wie redseliges Rentnerpaar: »Oh, die gehören doch dem netten jungen Mann, der uns von seiner Ferienwohnung an der Neubachstrasse erzählt hat.« Und eh man es sich versieht, steht die Polizei auf der Matte.

Oben angekommen, machte sich Paul mit kräftigen Schlittschuhschritten aus dem Staub. Die rostigen Kanten der Kneissl zeichneten eine braunorangene Spur in den Schnee. Er fuhr auf direktem Weg zu der grossen Skihütte unter der Bergstation des Sesselliftes. Zu seiner Zufriedenheit waren die Sitzbänke und Liegestühle gut belegt. Kurz vor Mittag herrschte ein reges Kommen und Gehen.

Perfekt.

Paul schnallte sich die unpraktischen alten Ski ab und stellte sie an einen der Holzständer. Beiläufig nahm er sein Smartphone zur Hand und tat, als ob er ein Gespräch führte. In Wahrheit begutachtete er das vorhandene Material. Ernst hatte ihm aufgetragen, diesmal einen extravaganten Ski mitzubringen.

»Wenn du einen Carradan oder Pinel / Lacroix findest, kannst du den Mietvertrag für die Wohnung gleich für ein ganzes Jahr verlängern.«

Sicherlich übertrieben, aber Paul hatte verstanden. Zunächst hielt er vergebens Ausschau nach dem Jackpot. Doch schliesslich zogen zwei weisse Helme auf Fellkragen seine Aufmerksamkeit auf sich. Unter den Helmen glaubte er, einen Mann und eine Frau zu erkennen. Braungebrannt, mittleren Alters.

Der obere Teil der Bekleidung liess auf einen wertigen Unterbau schliessen. Paul schlenderte, in eine lebhafte, wenn auch fiktive Konversation vertieft, in Richtung seiner potenziellen Opfer. Er musste einen Jubelschrei unterdrücken, als er das helle, sanfte Holz der Zai-Ski sah. Das war nicht alles: Es handelte sich um das Zai-Supersport-Set, das die Firma zusammen mit dem Autohersteller Bentley entwickelt hatte. Der Zai for Bentley, wie der Ski offiziell hiess, war eine limitierte Version und würde seine finanzielle Ebbe fluten.

Doch eines nach dem anderen.

Nachdem die beiden ihre Ski abgestellt hatten, gingen sie auf die Terrasse der Tschuggenhütte und setzten sich an das Kopfende eines der langen Tische. Paul beeilte sich, einen Platz neben dem Mann zu ergattern. Es roch nach Sonnencrème und Käseschnitten.

»Ist hier frei?«, fragte er.

»Ja, bitte schön«, kam die freundliche Antwort. Seine Zielpersonen mussten aus Deutschland stammen. Ein junger Kellner begrüsste das Paar wie beste Freunde – oder potenzielle Trinkgeldgeber – und erkundigte sich, ob sie denn bis Saisonende in Arosa blieben.

»Definitiv«, antwortete die Frau. »Und wir kommen die nächsten Tage immer zu dir in die Tschuggenhütte.«

Paul nahm die Speisekarte zur Hand und blätterte durch das Angebot. Während das Paar orderte – zwei Gerstensuppen und ein grosses Arosa-Wasser – schob Paul seinen Skischuh unauffällig neben den seines Sitznachbarn: die gleiche Grösse, plus/minus eine halbe Nummer.

Passt!

Er bestellte einen Kafi Lutz. Es war ein Muss, dass er das Restaurant vor seinen Sitznachbarn verlassen würde. Das Paar aus Deutschland plauderte entspannt über das schöne Wetter und die herrlichen Schneeverhältnisse. Die geschliffene Sprache der beiden klang nach Geld und teurem Internat. Leichte Klänge von Popmusik schwebten durch die Luft. Paul nippte an seinem alkoholhaltigen Heissgetränk und blinzelte in die Sonne. Als die Gerstensuppen serviert wurden, bezahlte er und verabschiedete sich. Er setzte noch im Gehen seinen Helm auf und zog die Skibrille über die Augen. Nun musste es schnell gehen, und er fokussierte sich auf seine Aufgabe: natürliche Bewegungen, kein Blickkontakt, auf direktem Weg zu den Objekten der Begierde, in die Bindung rein und runter ins Tal.

Das war der Plan.

Doch sie machte ihm einen Strich durch die Rechnung. Sie, das war eine junge Frau im blauen Einteiler, die, ohne mit der Wimper zu zucken, das kleinere der zwei Zai-Ski-Paare nahm und in Richtung Piste stapfte. Sie musste die dreiste Konkurrentin sein, die es auf das Titelblatt der Aroser Zeitung geschafft hatte. Paul überlegte, was zu tun sei. Sie zur Rede stellen? Einen Aufstand machen und die Täterin auf frischer Tat ertappen? Nichts tun und in einer Minute mit dem Herrenmodell ins Tal carven? Zwei Männer nahmen ihm die Entscheidung ab. Die beiden waren von einem Liegestuhl in der hintersten Reihe, von dem man den Grossteil der abgestellten Ski im Auge hatte, aufgestanden und stellten sich neben die junge Frau, die gerade dabei war, in die Ski zu steigen. Sie hielten ihr einen Ausweis vor das Gesicht, sprachen kurz auf sie ein und gingen mit der bleich gewordenen Gaunerin zum Hauptgebäude. Zweifellos handelte es sich bei ihnen um Polizisten in Zivil, die auf der Jagd nach dem Dieb waren. Nun, so dachte Paul schadenfreudig, hatten sie eine Diebin auf frischer Tat ertappt. Als die drei an ihm vorbeiliefen, konnte er sich ein mitleidiges Lächeln in Richtung seiner Konkurrentin nicht verkneifen. Diese quittierte mit leerem Blick.

Paul musste eine Entscheidung treffen: den Plan durchziehen oder abbrechen? Das ganze Osterwochenende stand noch bevor, und das deutsche Paar würde wieder hierherkommen. Angesichts der Polizeipräsenz entschloss er sich, sein Vorhaben zu vertagen. Nur eine Minute früher, und er selbst wäre den Tschuggern vor der Tschuggenhütte in die Hände gelaufen. Paul zündete sich eine Zigarette an, um seine Nerven zu beruhigen.

Das hätte ins Auge gehen können.

Nach einigen tiefen Zügen schnippte er die Kippe in den Schnee und kurvte kurz darauf über den mittlerweile schweren und sulzigen Schnee in Richtung Innerarosa.

Auf der Höhe des Restaurants Erzhorn überholte ihn ein Rettungsschlitten in horrendem Tempo. Der Pistenkontrolleur fuhr so schnell, dass sein Schlitten bei einer Kuppe abhob. Der darin festgezurrte Patient schrie sich die Lunge aus dem Leib. Fasziniert von dem Schauspiel und erwärmt vom Kafi Lutz beschleunigte Paul ebenfalls und drückte sich auf der Kuppe nach oben ab.

Als Paul das Malheur realisierte, war sein Schicksal bereits besiegelt. Die Skispitzen hatten sich über die Parablacks gekreuzt und bildeten aus seiner Sicht ein kleines V und die Skienden ein grosses, auf dem Kopf stehendes V. Das Verhältnis veränderte sich rasend schnell zu seinen Ungunsten – innerhalb des Bruchteils einer Sekunde vergrösserte sich der Abstand sowohl der Spitzen wie der Enden zueinander, bis seine Ski ein gleichmässiges X bildeten. Die viel zu fest eingestellten Bindungen hielten dem Druck länger stand als Pauls Knie, die, kurz bevor sich die Bindung doch noch löste, mit einem lauten Knacken nachgaben. Er stürzte nach vorne wie eine Bahnschranke, und es wurde dunkel.

»Können Sie mich hören?« Die Worte drangen undeutlich zu Paul, als wäre sein Kopf unter Wasser. Er versuchte, sich zu bewegen. Ein heftiges Stechen in seinen Knien liess ihn aufstöhnen.

»Schatz, ruf sofort den Rettungsdienst. Wir brauchen einen Rettungsschlitten.«

Paul öffnete die Augen und wischte sich den Schnee vom Gesicht. Langsam erinnerte er sich daran, was passiert war. Er lag mit dem Kopf talabwärts und sah den Weisshorngipfel, das Wahrzeichen von Arosa, in seiner ganzen Pracht. »Ich bin gestürzt …«, stammelte er.

»Da können Sie einen drauf lassen«, antwortete eine tiefe Stimme, die Paul bekannt vorkam. »Ich drehe Sie jetzt nach oben und lege Ihnen meine Jacke unter den Kopf.«

»Danke«, antwortete Paul. Er spürte, wie zwei starke Arme ihn sanft umfassten und ihm kurz darauf etwas unter den Kopf geschoben wurde. Weiche Daune und Fell? Paul beobachtete, wie ein Mann ohne Jacke und mit weissem Helm die Kneissl einsammelte und sie zur Absicherung der Unfallstelle weiter oben in den Schnee steckte. Seine Partnerin, die den Anruf getätigt hatte, steckte das Smartphone wieder zurück in ihre Umhängtasche.

»Der Rettungsdienst ist gleich hier und wird Sie gut versorgen.«

Paul nickte dankbar und schloss beschämt die Augen.

Er hörte, wie sich der hilfsbereite Tourist aus Deutschland neben ihn kniete und ihm ins Gewissen redete. »Ihre Beine werden bis zur nächsten Saison wieder gesund. Aber Sie sollten sich unbedingt neues Material kaufen. Wer fährt denn heute noch Spaghetti-Ski mit Parablacks!«

DREI JAHRE SPÄTER

Paul half der jungen Frau, Platz zu nehmen, und setzte sich ihr gegenüber auf die Holzbank. Claudia blickte frontal in die Sonne. Ihre zarten Sommersprossen hoben sich kaum von der hellen Haut ab. Das grelle Licht störte sie nicht. Claudia war blind. Paul zog die gelbe Weste, die mit »Guide« beschriftet war, aus und las die Speisekarte laut vor. Die AlpArosa war gut besucht und Paul hatte daher sicherheitshalber zwei Plätze reserviert. Nachdem sie die Bestellung aufgegeben hatten, wandte sich Claudia an Paul.

»Fährst du schon lange mit Sehbeeinträchtigten Ski?«, fragte sie.

Paul spürte, wie seine Wangen warm wurden. »Du bist die Erste.«

»Dann bin ich ja ein richtiges Glückskind«, meinte Claudia fröhlich. »Und warst du früher schon einmal in Arosa?«

Paul bewunderte den Lebensmut seiner Tagesschülerin. Er wusste nicht, wie er sein Leben an ihrer Stelle meistern würde. »Vor drei Jahren hatte ich hier oben eine Mietwohnung. Bei meiner letzten Talfahrt riss ich mir das Kreuzband.«

»Oh je«, sagte Claudia mitfühlend, als ob sie nie einen Schicksalsschlag hätte ertragen müssen.

»Es stellte sich im Nachhinein als eine glückliche Fügung heraus«, fuhr Paul fort. »Es war eine *Endtäuschung*, also das Ende einer Täuschung. Ich wollte mit der Wohnung etwas beweisen, vor mir selber fliehen, jemand sein, der ich nicht bin. Ich habe Sinn im Leben gesucht und mich verrannt, inklusive Schulden, die ich nun abbezahlt habe. Heimlich habe ich jedoch die Ski-Guides immer bewundert. Also habe ich meine Technik beim Skifahren verbessert und sitze nun hier mit dir.«

»Das freut mich für dich! Wenn du übrigens auch noch Sinn für den Sommer brauchst, könntest du mir mal Zürich zeigen.« Sie zwinkerte ihm mit Schalk im Gesicht zu.

Pauls Wangentemperatur wechselte von warm auf heiss. Er hatte sich ungewollt ein wenig in die Frau mit den lachenden Augen verliebt. »Es wäre mir eine Freude«, antwortete er.

Claudia legte den Kopf leicht schief. »Was hast du gearbeitet, als du die Wohnung in Arosa hattest?«, fragte sie.

Pauls Kopf glühte nun. Er war froh, dass Claudia ihn nicht sehen konnte. »Ich war im Skihandel tätig«, antwortete er wahrheitsgetreu. »Aber nicht sehr erfolgreich …«

Heute spielte er keine Rolle mehr. Heute versuchte er nicht mehr, der Mann von Welt zu sein. Heute war er einfach Paul.

DIE VERMIETERIN

Warnhinweis: Vertraue nur Personen, die du respektvoll behandelst!

Das Chalet gehörte zu den schönsten in Arosa. Liebevoll renoviert, viel Holz, exklusive Möblierung, traumhafte Aussicht, ruhig gelegen. Ein wahres Schmuckstück – und ein sauberes dazu. Dafür sorgte Maria. Sie kannte jeden Winkel, jede Fliese, jeden Balken. Seit Jahren hielt sie alles in perfektem Zustand. Maria nahm ihren Beruf ernst, sehr ernst. Ihr Beruf war ihre Berufung. Eine Herzensangelegenheit, ja, Ehrensache. Sie war eine absolute Perfektionistin: Schreck der Staubkörner, Albtraum der Milben und Terminatorin von Flecken jeder Art. Maria nannte sich »faxineira«, portugiesisch für Putzfrau, ein Begriff, den man heute offiziell nicht mehr gebraucht. Er ist aus der Mode gefallen, nicht elegant genug für die achtsame Oberschicht, die bei sich zu Hause lieber reinigen lässt, und zwar von einer Kraft, nicht von einer Frau. So wurde aus der Putzfrau die Reinigungskraft – ein gewaltiges Upgrade, wenn auch nicht monetärer Natur – und die oberen Zehntausend konnten ihre Häuser weiterhin ohne schlechtes Gewissen von den meist ausländischen Frauen putzen lassen.

Maria kümmerte sich nicht um solche Feinheiten. Sie verdiente ihr eigenes Geld und blickte ihrem Ruhestand entgegen. Noch zwei Monate, dann würde sie nach Caldas da Rainha in Portugal ziehen. Nur den August und September überstehen – und Frau Baumann!

Frau Baumann, die Hausherrin, plante eine zweimonatige Auszeit von ihren Dauerferien. Eine Weltumrundung auf einem Luxusliner, zusammen mit ihrem Ehemann Hans. Die Baumanns hatten geerbt und gönnten ihren Mitmenschen den Dreck unter den Fingernägeln nicht. Das geschenkte Geld hatte sie geiziger gemacht, als sie es schon waren.

Traurig, aber wahr.

Vor der Abreise erinnerte die Baumann Maria an ihre Pflichten. »Du putzen einmal pro Woche, lüften, abstauben, Decken ausschütteln. Woche, wo wir zurückkommen: Fensterputzen, einkaufen, Heizung hochdrehen. Capisce?« Nach all den Jahren wusste sie immer noch nicht, dass ihre Reinigungskraft Portugiesin war. Maria, in ihrer unerschütterlichen Geduld, widersprach nie. Warum auch? Es war nicht ihr Job, Frau Baumann zu belehren. Ihr Job war es, sauber zu machen. Für ihre Hausherrin war sie nicht mehr als ein praktisches Werkzeug, das man mit einem Klick bestellen und dann wieder vergessen konnte.

»Sie können sich auf mich verlassen, Frau Baumann. Wie immer«, sagte Maria höflich.

Die Hausherrin musterte sie misstrauisch. War da etwa ein ironischer Unterton zu hören? »Aber nicht nachlässig werden, Maria!«, sagte sie schnippisch. Ihre Lippen verzogen sich zu einem hinterhältigen Grinsen. »Genau genommen sind das nur kleine Arbeiten, nicht putzen wie sonst. Du verstehen, dass ich nicht gleichen Stundenlohn bezahlen kann. Weniger Arbeit, weniger Geld. Fünf Franken weg vom Stundenlohn. Va bene?« Sie beantwortete die Frage gleich selbst. »Sonst ich müssen nehmen andere Person.«

Maria, geduldig und müde von einem langen Arbeitsleben, wollte keinen Streit vom Zaun brechen. Sie war froh über jeden Zuschuss für ihre bevorstehende Rente.

»Wie Sie wollen.«

Baumann nickte zufrieden. »Braves Kind!« Sie händigte Maria den Zweitschlüssel aus und schob sie vor die Tür. Damit war die Sache erledigt und die Baumanns entschwanden in die weite Welt.

Wenig später, an einem heissen Augusttag, erlaubte sich Maria, eingedenk des reduzierten Stundenlohnes zum ersten Mal eine kleine Extravaganz im Chalet Baumann. Sie schaltete die teure Espressomaschine ein und gönnte sich einen Kaffee. Verschwitzt und müde entschied sie sich, ausgiebig zu duschen. Maria stand geschlagene zehn Minuten unter der Regendusche und verwendete reichlich Chanel Coco Mademoiselle, in dem sich eine frische Note der Orange, die Schönheit der Rose und die Grazie des Patschulis entfaltete.

Herrlich!

Dann öffnete sie den Kleiderschrank von Madame und zog sich ein knielanges Sommerkleid mit bunten Schmetterlingen darauf über. Sie schlüpfte hinein wie Aschenputtel ins Ballkleid. Erfrischt flatterte sie so zum Briefkasten, um die Post zu holen.

»Sie haben aber ein schönes Haus.« Die Stimme kam aus dem Nichts und liess Maria zusammenzucken. Sie befürchtete schon, es sei der seltsame Oberst a.D., der das Nachbarhaus bewohnte. Aber vor ihr stand ein Fremder, der das Chalet bewunderte.

»Äh, ja ... Danke«, stotterte Maria und fühlte sich wie ein Schulkind, das beim Abschreiben erwischt worden war.

»Meine Frau feiert im September einen runden Geburtstag, und ich bin auf der Suche nach einem schönen Ort für einen Kurzurlaub, um sie zu überraschen. Sie vermieten Ihr wunderschönes Haus nicht zufällig? Es wäre nur für eine Woche.« Der Fremde blickte sie wirklich sehr freundlich an. Er schien nett zu sein.

Marias Gedanken kreisten in ihrem Kopf. Ein Karussell mit durchgebrannter Sicherung. Ehe sie sich versah, hörte sie sich sagen: »Sie haben Glück! Im September verreise ich. Wollen Sie das Haus gleich jetzt besichtigen?«

Der Deal war schnell in trockenen Tüchern. 3.000 Franken, sofort per TWINT bezahlt.

Maria, seit jeher Kleinunternehmerin, erkannte schnell das Geschäftsmodell, das ihre Rente nachhaltig absichern würde. Ein bisschen Gaunerei war vertretbar – solange man nicht erwischt wurde. Also schoss Maria schöne Fotos des Hauses: das sonnendurchflutete Wohnzimmer, die edle Küche mit Arbeitsplatte aus italienischem Marmor, das Badezimmer in Schiefer, den Wellnessbereich mit Sauna und riesigem TV. Sie stellte das Chalet auf einem Immobilienportal online und bot ein Weihnachtsspecial an: zwei Wochen für 5.500 Franken, mit 500 Franken Rabatt bei Sofortbuchung.

Marias Smartphone vibrierte in der darauffolgenden Woche beinahe ununterbrochen. Die Buchungen liefen via Mail. Sie hatte eigens eine E-Mail-Adresse dafür eingerichtet, abgerechnet wurde über TWINT.

Best practice.

Nach 15 Buchungen löschte sie das Inserat. Sie war zufrieden, kein Grund, gierig zu werden.

Am 24. Dezember sass Maria in Caldas da Rainha in einem der zahlreichen Cafés und trank einen Galão. Die Zahlungen waren alle pünktlich eingetroffen, und sie hatte das Bargeld abgehoben. Daraufhin hatte sie das Konto geschlossen. Bei Gelegenheit würde sie bei einer anderen Bank ein neues Konto unter ihrem Mädchennamen eröffnen. Kurz vor 12 Uhr begann ihr Handy zu vibrieren, unaufhörlich. Frau Baumann war hartnäckig. Ebenso die Schar Touristen, die vor dem Chalet stand und Einlass verlangte.

Maria ging nach Hause und legte ihr in die Jahre gekommenes Smartphone in die Mikrowelle. Ein Knistern, ein Knacken, und die Sache war erledigt.

Fortan lebte sie in Portugal unter dem Namen ihrer Mutter: Maria Nascimento. Maria Morgado war Geschichte. In Arosa kannten nur wenige Kolleginnen ihren neuen Aufenthaltsort. Die Baumanns würden ihn nie erfahren. Reinigungskräfte sind loyal – wenn man sie respektvoll behandelt.

DER CONCIERGE

Warnhinweis: Dies ist eine Chronik der feinen Wahrnehmung.

Man sagt, wer lange genug beobachtet, lernt zu sehen. Schärfer als andere. Ich war 38 Jahre Concierge in einem der besten Viersternehotels von Arosa. Ich diente, ich lauschte, ich verschwand hinter der Rezeption wie ein Schatten. Bis ich selbst zum Störfaktor wurde. Die Besitzerfamilie wünschte meine Pensionierung. Zu viele Erinnerungen, sagten sie. Erinnerungen an das Drama, bei dem ich die Hauptrolle spielte – ohne es je gewollt zu haben.

Aber zurück zu meinem Beruf.

Ein guter Concierge urteilt nicht. Er löst Probleme. Er macht das Unmögliche möglich.

Wie für den Zürcher Banker, der drei Quadratmeter Wiese für sein Hündchen im Hotelzimmer verlangte. Also stachen wir im Garten ein Quadrat mit exakt 1,743 Metern Seitenlänge aus und legten ihm die grüne Oase ins Zimmer. Oder für die arabische Prinzessin, die sich einen Schneemann auf dem Balkon wünschte. Zwei junge Praktikantinnen schleppten Kisten voller Schnee hinauf und erschufen die gewünschte Figur. Solche Wünsche erfüllen wir. Ohne Kommentar. Ein Concierge ist der Gandalf des Hotels. Er löst Probleme auf magische Art und beschafft das Unmögliche in unter zehn Minuten.

Aber manche Probleme lassen sich halt nicht lösen. Manche sind grösser als die Möglichkeiten eines Concierge.

Das Ehepaar Gruber kam wie jedes Jahr kurz vor Mittag – Stammgäste seit 23 Jahren. Die Grubers stammten aus Österreich. Altes Wiener Geld. Ein Ehepaar aus einer anderen Zeit. Frau Gruber war die Personifizierung der Gelassenheit. »Passt scho« ihr Lebensmotto. Ihr Gemahl dagegen war ein geborener »Grantler«. Egal, wie perfekt alles war, er fand immer was zum Raunzen. Und dann die Titel! Frau Gruber war für alle »Frau Gruber«, obwohl sie promovierte Philosophin war. Als ich sie einmal mit »Frau Doktor« ansprach, winkte sie sofort ab. »Frau Gruber, des passt scho.« Herr Gruber, ein pensionierter Grundschullehrer, bestand dagegen auf der Anrede »Herr Magister«, darauf legte er grossen Wert. Manchmal warf ich ihm in Anwesenheit anderer Gäste ein »Herr Professor« zu, wofür er sich jeweils diskret mit einem Zehner bedankte.

Concierges sind auch nur Menschen.

Die Grubers wirkten zufrieden, wenn auch etwas müde nach der langen Anfahrt vom Flughafen Zürich. Während ich mit Frau Gruber die Formalitäten regelte, schwebte eine blondhaarige Schönheit durch die Hotellobby. Sie war zum ersten Mal bei uns zu Gast. Eine Schauspielerin, das wusste ich – ein guter Concierge kennt seine Gäste. Ihre Karriere steckte in kleinen Nebenrollen fest. Die Damen beäugten sie mit Misstrauen, die Herren mit Wohlwollen. Herr Gruber blieb höflich distanziert und legte den Arm um seine Frau – ein Gentleman alter Schule.

Wie ich das alles gleichzeitig registrierte? Ganz einfach: Mit den Jahren entwickelt der erstklassige Concierge Froschaugen, die es ihm ermöglichen, den gesamten Raum im Blick zu halten – 180 Grad. Manchmal gelang es mir sogar, den Winkel auf 220 Grad zu überdehnen. Du musst gar nicht erst versuchen, diese Fähigkeit zu erlernen, das benötigt Jahre.

Wenn nicht Jahrzehnte.

In der Nacht setzte starker Schneefall ein. Das dumpfe Grollen der Lawinensprengkanonen riss mich immer wieder aus dem Schlaf. Im Nachhinein vielleicht ein Zeichen, dass sich ein viel schlimmeres Drama anbahnte.

Das Wetter besserte sich auch im Laufe des nächsten Morgens nicht. Die Hotellobby, gleichzeitig Lounge und Bar, war gut gefüllt. Die Gäste verlängerten ihr Frühstück mit einem Kaffee am Kamin oder lasen Zeitung. Kinder rannten kreischend um die schweren Sessel, als wären es Slalomstangen. Ich nahm es mit professioneller Contenance zur Kenntnis.

Gegen 10 Uhr gingen die Grubers zum Skifahren. Beide dick eingepackt, Helme auf dem Kopf und die Jacken bis übers Kinn gezogen. Sie waren exzellente Skiläufer, vor allem Frau Gruber, Österreicherin halt. Ich sah ihnen nach, Frau Gruber schulterte die Ski verkehrt herum, Spitze nach hinten – eine Kleinigkeit, die mir sofort auffiel. Gute Skifahrer tun das eigentlich nicht. Die Spitze ist immer vorne.

Nie hinten.

Niemals.

Auf keinen Fall.

Eine Stunde später kehrte sie ins Hotel zurück. Allein. Mit behelmtem Kopf eilte sie an mir vorbei und verschwand im Aufzug. Grusslos! Das war neu. Ich wusste sofort: Etwas war passiert.

Am Nachmittag kam dann auch Herr Gruber, so gegen 15 Uhr. Der Magister winkte mich diskret heran. Ob denn seine Frau schon zurückgekehrt sei, wollte er wissen. Ich bejahte.

Gruber berichtete mir von einem Streit an der Mittelstation. »Eine Lappalie, aber meine Frau stürmte aus der Gondel. Ich bin trotzdem auf den Gipfel gefahren, wo ich ein üppiges Mittagessen zu mir genommen habe«, erzählte er leutselig, was ich so nicht von ihm kannte. Ich wünschte dem »Herrn Professor« einen schönen Abend und nahm den Geldschein mit der Würde eines Messdieners entgegen.

Der Anruf, der mein Leben verändern sollte, kam keine Minute später. Es war Gruber. Seine Stimme: panisch.

»Rufen Sie die Polizei. Meine Frau liegt regungslos im Zimmer!«

Ich war geschockt und mein geschultes Concierge-Hirn schaltete sofort auf Autopilot. »Soll ich nicht lieber den Notarzt rufen?«, fragte ich höflich.

»Du deppata Trottl, ich brauche Hilfe, keine Belehrung!« Schon war die Leitung tot.

So wie die Frau Gruber.

Die diensthabende Ärztin konnte nichts mehr ausrichten. Neben dem Leichnam lag die leere Packung eines starken Schlafmittels. Frau Gruber starb, so die Einschätzung, an einer akuten Atemdepression. Der Todeszeitpunkt: etwa vier Stunden zuvor.

»Mit einer solchen Dosis fährt das Gehirn so weit herunter, dass die Atmung stark verlangsamt oder ganz eingestellt wird, was zu Sauerstoffmangel und letztlich zum Tod führt«, erklärte die Ärztin dem stämmigen Mann neben ihr. Hauptmann Caduff, so hiess er, war Leiter der Kriminalpolizei Graubünden.

Ich stand im Zimmer der Grubers neben der Tür. Beobachtete. Niemand bemerkte mich. Ein Concierge wird oft übersehen oder macht sich unsichtbar. Herr Gruber war von einem Polizisten in die Lobby gebracht worden. Die Situation überforderte ihn offensichtlich.

Verständlich.

»Wer begeht denn an einem so schönen Ort Selbstmord?«, murmelte Caduff und rieb sich das Kinn. Er schien ein Mann der klaren Gedanken. Ich räusperte mich. Der Hauptmann blickte mich überrascht an.

»Wer sind Sie und vor allem: Was machen Sie hier?«, fragte er.

Ich verneigte mich leicht, stellte mich vor und erlaubte mir, meine bescheidenen Beobachtungen mit ihm zu teilen.

»Die Grubers haben sich gestritten?«, wiederholte Caduff. »Das ist doch kein Grund, sich das Leben zu nehmen.«

Ich mag Pragmatismus. Also formulierte ich mein Unbehagen in dieser Sache neu – natürlich so neutral, wie es sich für einen Concierge gehörte. Ein Concierge beschuldigt niemanden, er stellt lediglich fest.

»Frau Gruber trug ihre Ski heute Morgen verkehrt herum, was sie noch nie tat.«

Caduff musterte mich. Lange. Ich konnte nicht erkennen, ob er mich verstanden hatte – oder für verrückt hielt. Er rieb sich erneut das Kinn, die Stoppeln kratzten leise. »Ich will mit den Gästen auf diesem Stockwerk sprechen. Vielleicht hat ja jemand etwas gesehen oder gehört.« Er zeigte mit dem Finger auf mich. »Sie kommen mit und organisieren alles.« Dann wies er einen Beamten an, das Alibi von Herrn Gruber zu überprüfen, und schob mich vor sich aus dem Zimmer.

Die Befragungen fanden in der Lobby statt. Gemütliches Alpenambiente, viel Holz, tiefe Sessel, herrliches Panorama, tragischer Anlass. Grubers Alibi wurde bestätigt und er bestand darauf, an den Gesprächen teilzunehmen.

»Ich muss verstehen, was passiert ist«, so der bemitleidenswerte Witwer.

Es gab keine neuen Erkenntnisse. Als Letzte führte ich die blonde Schauspielerin namens Dorothea Schneider an den Tisch. Ihre Augen waren gerötet, sie sah dennoch bezaubernd aus. Caduff und Gruber erhoben sich. Gruber stellte sich vor und deutete eine Verbeugung an. Caduff streckte förmlich die Hand aus. Dorothea Schneider bestellte auf meine Frage hin Milchkaffee und einen Apfelstrudel.

Als ich servierte, war das Gespräch schon fast beendet. Herr Gruber war so freundlich, mir die Bestellung vom Tablett zu nehmen. Er bat, die Vanillesauce und den Schlagrahm wieder mitzunehmen, verlangte jedoch eine Extraportion Zucker für den Milchkaffee.

Erstaunlich.

Eine halbe Stunde später sass Caduff alleine am Tisch. Es dämmerte bereits, und die Sonne fiel wie immer um diese Jahreszeit wie ein Stein hinter den Horizont. Drinnen tauchte dezente Hintergrundbeleuchtung die Lobby in ein warmes Licht. Im angrenzenden Speisesaal wurde aufgetischt, sanftes Klimpern von Besteck vermischte sich mit erwartungsfrohem Murmeln. Der Polizist hockte wie ein verbeulter Wäschesack im tiefen Sessel und schien zu dösen. Auf mein Räuspern öffnete er die Augen zu einem Schlitz, als ob er aus der Luke einer Gefängniszelle lugen würde. Dann schloss er die Lider wieder und tippte die Fingerkuppen aneinander.

»Der Fall scheint klar. Selbstmord. Wasserdichtes Alibi für den Gatten. Wenn da nur Ihre Geschichte mit den Ski nicht wäre …« Er machte eine Pause, in der man locker ein Zimmer hätte reinigen können. »Ich sollte langsam zurück nach Chur«, sagte er halbherzig, blieb aber sitzen.

»Ich habe Ihnen eine kleine Stärkung gerichtet«, sagte ich und trug auf.

Der Hauptmann richtete sich auf, nippte am Milchkaffee und zog eine Grimasse. Danach nahm er ein Stück Strudel, kaute, sah auf die Tasse, kaute weiter, sah auf den Teller und schluckte schwer. Er blickte mich enttäuscht an. »Verzeihen Sie, ich kann keinen gezuckerten Milchkaffee trinken. Scheusslich! Und der Strudel ohne Rahm und Sauce ist trocken wie Saharastaub.«

Ich lächelte. »Nicht wahr? In meinen vielen Jahren als Concierge hat noch nie jemand diese Kombination verspeist. Niemand, bis auf Frau Schneider. Und Herr Gruber kannte ihre Vorlieben. Merkwürdig: Er muss ein Hellseher sein …«

Caduff schaute mich an, als hätte er gerade erfahren, Elvis lebe in einem Wohnmobil auf dem Campingplatz in Arosa. Eilig zog er einen zweiten Sessel heran. »Setzen Sie sich! Wir bringen die Sache jetzt zu Ende. Aber wir brauchen einen Plan. Ein gezuckerter Milchkaffee und Apfelstrudel ohne nichts wird der Staatsanwaltschaft nicht genügen …«

Eine Stunde später begleitete ich Gruber in den Salon. Caduff hockte nach wie vor am selben Platz, nun mit einem Kollegen in Uniform. Auf der anderen Seite des Raums sass Frau Schneider, in ein reges Gespräch mit zwei jungen Polizistinnen vertieft. Gruber stutzte kurz, setzte sich dann jedoch neben Caduff und überkreuzte die Beine.

Ich ging in die Mitte des Raumes und lauschte beiden Gesprächen gleichzeitig. Ein erfahrener Concierge hat nicht nur Froschaugen, sondern auch drehbare Katzenohren.

Am Tisch links von mir schwatzten die Polizistinnen mit Schneider über deren Filmrollen. Die Schauspielerin war entzückt, als sie um ein Autogramm gebeten wurde. Ohne zu zögern, unterschrieb sie mit feuchten Augen das unbedruckte Papier.

Am Tisch rechts von mir war der Tonfall rauer, Caduff war ein Mann der klaren Worte. »Herr Gruber, Sie haben Ihre Frau ermordet.«

Schweigen. Benetzen der Lippe mit der Zungenspitze.

»Die Schneider hat die Rolle Ihrer in Wahrheit bereits ermordeten Frau eingenommen. Sie haben einen Streit in der Gondel inszeniert und die Schauspielerin ist ins Hotel zurückgekehrt. Raffiniert, aber nicht raffiniert genug.«

Schweigen. Betupfen der Mundwinkel mit dem Einstecktuch.

»Verraten haben Sie kleine Details. Anfängerfehler. Es ist vorbei, Gruber.«

Spöttische Andeutung eines Applauses. »Herr Caduff, was für eine Schmierenkomödie …«, sagte Gruber mit überraschend ruhiger Stimme.

Caduff legte ihm mit ernster Miene eine Hand auf die Schulter und zeigte mit dem Daumen der anderen Hand durch den Raum. »In diesem Moment unterschreibt Frau Schneider das Geständnis.«

Gruber sah, wie seine Komplizin etwas auf ein Papier kritzelte, und verlor augenblicklich die Fassung. »Du Plemplem-Tschopperl, du Beidlmochn, du Trutschn, du Fusn! Damit kommst du nicht durch, es war alles deine Idee!«

Schneider gefror das Lächeln im Gesicht, dann explodierte auch sie. Auf ihre Wortwahl möchte ich aus Diskretionsgründen verzichten. Es war auf jeden Fall ein faszinierendes Schauspiel. Die beiden hinterlistigen Gauner, oder Gaundler eben, wurden abgeführt.

Ein Happy End? Für die Polizei war es jedenfalls ein voller Erfolg. Gruber hatte der jungen Schauspielerin den Aufstieg in die Upper Society Wiens versprochen, sie ihm ein Leben an seiner Seite. Für mich nahm die ganze Sache ein zwiespältiges Ende. Einige Wochen nach dem schlimmen Vorfall legte mir der Hoteldirektor aus fadenscheinigen Gründen die Frühpensionierung nahe. Vielleicht war es, weil er jedes Mal, wenn er mich an der Rezeption sah, an die grässliche Tat erinnert wurde. Vielleicht missbilligte er auch meine Kooperation mit der Polizei. Ich werde es nie erfahren

Heute sitze ich im Garten. Schaue in die Berge. Beobachte. Höre. Immer noch. Jeden Tag. Wird mir langweilig?

Nie.
Niemals.
Auf keinen Fall.

Ich kann mich nicht sattsehen, nicht satthören. Für einen Concierge mit Froschaugen und Katzenohren ist die Welt einfach … faszinierend.

DREI TAGE

Warnhinweis: Alter schützt vor Verbrechen nicht!

Leon Panier lehnte sich zurück, das Smartphone triumphierend am Ohr, als wäre es ein Pokal, den er sich redlich verdient hatte. Er lauschte konzentriert und nippte an seinem Espresso, der längst leer war. Er stellte das Tässchen geräuschvoll auf den Unterteller. Understatement war nicht sein Ding. Er führte den Lebensstil eines Millionärs, jedoch mit dem Kontostand dessen Chauffeurs.

»Habt ihr das Handy der Zielperson?«, fragte er in das Gerät. Leon lauschte und nickte. Die Antwort war in seinem Sinne. »Stimme mit dem KI-Imitator erfasst und getestet? Wann bekomme ich die Kontaktdaten der Angehörigen?« Er strich sich über den akkurat gestutzten Bart, während die Person am anderen Ende die gewünschten Daten sandte. Das Handy vibrierte. Ein Blick aufs Display. »Arosa, das kostet extra. Das ist euch klar?« Die Antwort schien ihn zufriedenzustellen. Ein Lächeln huschte über sein braungebranntes Gesicht. »30 Prozent, plus Spesen. Deal!«

Der umtriebige Gauner musterte die Umgebung wie ein Gorilla, der plötzlich merkt, dass er in seinem Gehege ein Publikum hat. Er blinzelte einer Frau am Nebentisch zu, die sich blitzschnell entschied, das Fenster interessanter zu finden als ihren Tischnachbarn.

Leon verzog das Gesicht und senkte die Stimme. »Was haben die beiden früher gearbeitet? ... Ah, sie Chefärztin, er leitender Psychiater. Wie viel kann ich ansetzen? 75.000 als

Start? … Gut, 50. Aber wenn sie anbeissen, versuchen wir, sie auf 100 zu bringen. Klar? … Klar!«

Leon beendete den Anruf äusserst zufrieden. Er bezahlte, stand auf, schloss den obersten Knopf seines Jacketts und stolzierte hinaus. Draussen auf dem Zürcher Sechseläutenplatz zündete er sich eine Zigarette an und blies den Rauch in die kühle Luft.

»Im besten Fall 30 Mille«, murmelte er.

Die »Spezialeinkünfte«, wie er sie nannte, konnte er gut gebrauchen. Künstliche Intelligenz hatte seinem Geschäft völlig neue Möglichkeiten eröffnet. Eine Stimme imitieren? Ein Kinderspiel. Ein kurzer Social-Media-Clip, eine Geburtstagsnachricht, eine Urlaubsanekdote als Vorlage – und schon materialisierte sich die digitale Kopie mit verblüffender Echtheit.

Leon schmunzelte. Ja, die Stimme. Der Hörsinn war von allen Sinnen der tückischste. Eine sanfte Melodie konnte zu Tränen rühren, ein Zittern in der Stimme Panik auslösen. Und natürlich – er lachte heiser – das Portemonnaie öffnen.

Leon Panier, ein Name wie eine Käseplatte, parkte seinen Porsche Cayenne in der Garage Ochsenbühl. Die unbekannte Auftraggeberin hatte ihm Diskretion ans Herz gelegt. Wie immer. In Arosa erregte ein Porsche in der Vorweihnachtszeit allerdings nicht mehr Aufsehen als ein Skistock. Seine Kernkompetenz war ohnehin nicht das Verstecken, sondern das Manipulieren.

Er war schliesslich Leon. Leon, der Profi.

Auf dem Handy überprüfte er die Adresse und ging los. Zeit war Geld. Und Timing war alles. Es ging darum, genau den richtigen Moment zu treffen. Nicht zu früh, vor allem nicht zu spät. Dann etwas psychologisches Fingerspitzengefühl und die Fähigkeit, genau die richtige Dosis Panik zu injizieren. Er war ein Houdini der Angst. Sein Publikum zahlte für diese Kunst – die Kunst, vermeintlich verschwundene Menschen zurückzubringen.

Heute: Tamara Schmezer.

Am Chalet in Arosa angekommen, schnippte er seine Zigarette achtlos auf den Boden und klingelte. Das Verkaufsgespräch konnte beginnen.

Eine ältere Frau öffnete. Grau meliert, klarer Blick ohne Eintrübung, sportliche Figur.

»Herr Danuser? Bitte kommen Sie herein«, sagte sie und trat zur Seite.

Leon schob sich an der Frau vorbei und trat, ohne die Schuhe abzutreten, in den Eingangsbereich. Das Innere des Chalets überraschte ihn: hell, modern, geschmackvoll eingerichtet wie in einem Schöner-Wohnen-Katalog. Alpenchic traf auf urbane Eleganz. Fast zu geschmackvoll für ein fast 90-jähriges Ehepaar.

»Sie sind Frau Schmezer?«, fragte Leon und dachte: Bitte sei einfach kooperativ.

Die Frau hob ihre Augenbrauen. »Haben Sie denn jemand anderes erwartet, Herr Danuser? Sie sind doch … Herr Danuser?«

»Natürlich«, sagte Leon und setzte ein gewinnendes Lächeln auf. »Sie sehen einfach aus wie Ihre eigene Tochter.« Eine glatte Lüge, aber hey, sie funktionierte immer.

Bis heute.

Frau Schmezer stemmte die Hände in die Hüfte. »Kannten Sie denn meine Tochter?«, fragte sie mit einer Stimme, mit der man Glas hätte schneiden können.

Leon verfluchte die Alte. »Nein, ich bin wegen Ihrer Enkelin hier. Tamara Schmezer. Sie wissen doch, die Tamara, die entführt wurde …«

Schmezer wirkte kurz verwirrt, dann aber nickte sie.

»Unsere Tochter ist verstorben. Tamara, unsere Enkelin, ist seitdem unser Kind. Wir haben sie aufgezogen.«

Leon war nicht an Familiengeschichten interessiert. Er ignorierte das Gefasel und lenkte das Gespräch auf das Wesentliche: Geld. »Frau Schmezer, wir dürfen uns nicht in der Vergangenheit verlieren. Das Einzige, was jetzt zählt, ist Tamara. Wir müssen sie so schnell wie möglich heimbringen. Heim zu Ihnen!«

Der Appell zeigte Wirkung. »Ja, natürlich«, antwortete Frau Schmezer. »Es wäre wunderbar, wenn wir unseren Schatz heute Abend wieder in die Arme schliessen könnten.«

Leon zog die Luft scharf durch die Nase. »Das ist die richtige Einstellung, Frau Schmezer. Ich werde mein Bestes geben, aber versprechen kann ich nichts.«

»Natürlich, das verstehe ich«, sagte sie und führte ihren Gast in die Küche. »Mein Mann bringt gleich das Geld. Darf ich Ihnen einen Kaffee anbieten?«

»Bitte keine Umstände«, sagte Leon. Mach endlich vorwärts, dachte er.

»Doch, doch«, beharrte Schmezer. »Erzählen Sie mir in der Zwischenzeit, warum ausgerechnet Sie als Vermittler ausgewählt wurden.« Sie wandte sich der Kaffeemaschine zu.

Leon seufzte leise. »Ich bin ein bekannter Anwalt in Zürich. Ich kenne die Polizei, die Staatsanwaltschaft, das Milieu. Die ganz grossen Fälle, Sie wissen schon.«

Frau Schmezer stellte den Kaffee auf den Tisch und deutete auf den einzigen Stuhl im Raum: einen Rollstuhl. Leon zögerte.

Schmezer lächelte freundlich. »Mein Mann ist nicht mehr gut zu Fuss. Aber setzen Sie sich ruhig. Sie können dann in Ruhe das Geld zählen. Das geht im Sitzen besser.«

Leon nahm vorsichtig auf dem Rollstuhl Platz und fuhr an den Tisch. Die Alte begann, ihn zu nerven. Er nippte an seinem Kaffee: heiss, stark, stabile Schaumdecke.

Exzellent.

Es entstand eine unangenehme Stille, bis Herr Schmezer endlich die Küche betrat. Ein schwarz gekleideter Senior mit gebücktem Gang. Eine braune Ledertasche unter dem Arm.

»Sind Sie Herr Danuser?«, fragte der alte Mann und schnappte nach Luft, als hätte er gerade eine steile Bergwanderung hinter sich.

Leon unterdrückte ein Stöhnen. Nicht schon wieder diese Frage. »Ja, der bin ich«, sagte er kurz.

Herrn Schmezer sah man das Alter im Gegensatz zu seiner Frau deutlich an: eine beeindruckende Sammlung von Haut und Knochen, kunstvoll zusammengehalten von einem knittrigen Anzug, der den Eindruck erweckte, er sei speziell dafür entworfen worden. Die dünnen Haare waren wild nach hinten gekämmt. So musste der Grossvater von Jack Nicholson aussehen. Schmezers Stimme war kaum mehr als ein Hauchen. »Hier ist das Geld. Ich habe einen grösseren Betrag abgehoben. Vielleicht können wir den Prozess damit beschleunigen. Wir wollen Tamara zurück!«

Der Alte stellte die Tasche auf den Tisch, die Hand blieb jedoch darauf. »Bevor wir bezahlen, will ich mit Tamara sprechen.«

Leon hatte mit dieser Forderung gerechnet, ja darauf gehofft, denn dieser Teil war sozusagen das Alleinstellungsmerkmal seiner Masche.

»Natürlich, wir dürfen es allerdings nicht übertreiben. Das sind ganz üble Typen, glauben Sie mir. Mit solchen Leuten kenne ich mich bestens aus.«

»Ich rufe jetzt das Smartphone meiner Tamara an. Wenn ich nicht mit ihr sprechen kann, platzt der Deal!« Der Alte hob die Faust in die Luft, gerade so hoch, wie es eben noch ging. Schmezer griff zum Hörer des Standtelefons.

Einige Sekunden verstrichen zäh, dann kam der Kontakt zustande.

»Hallo, hier Schmezer, ich will mit Tamara sprechen, sonst gibt's kein Geld.« Er nickte seiner Frau zu. »Tamara«, rief er in den Hörer. »Geht es dir gut, mein Schatz?« Schmezer lauschte, der Hörer zitterte an seinem Ohr. Sein Körper spannte sich an und die Stimme wurde zu einem Krächzen. »Wenn Sie meiner Familie noch einmal in die Quere kommen, bringe ich Sie und die ganze Saubande höchstpersönlich um! Haben wir uns verstanden?«

Leon hätte den alten Mann am liebsten durchgeschüttelt, wenn nicht ausgerechnet in diesem Moment seine Arme angefangen hätten, sich seltsam taub anzufühlen. »Herr Schmezer«, sagte er stattdessen, »bitte überlassen Sie mir die Verhandlung. Es ist wichtig, Ruhe zu bewahren.«

Der Hausherr hielt ihm den Hörer hin.

Panier schüttelte die Hände und sagte in die Leitung: »Hier spricht Danuser. Wir haben das Geld. ... Warum plötzlich 100.000? Das war nicht die Abmachung.«

Er blickte fragend zu Herr und Frau Schmezer, die beide nickten. Leon hob den Daumen, als wolle er den Anwesenden beweisen, wie souverän er die Verhandlung führte. »Sie haben Glück gehabt. Die Grosseltern von Tamara sind einverstanden. Ich dulde jedoch keine weiteren Verzögerungen. Ist das klar?«

Panier beendete das Gespräch und liess den Hörer auf die Gabel fallen. »Verdammt, meine Arme sind eingeschlafen.«

Frau Schmezer schenkte ihm Kaffee nach. »Trinken Sie, Herr Danuser. Der Kaffee wird Ihren Kreislauf wieder in Schuss bringen. Sie müssen klar im Kopf bleiben.«

Sein Kopf funktionierte tadellos. Der Rest des Körpers hingegen nicht mehr. Leon nahm einen grossen Schluck. »Bitte geben Sie mir die Tasche, Herr Schmezer. Je schneller wir die Formalitäten erledigen, desto eher ist Tamara wieder frei.«

»Ich will, dass sie heute kommt«, insistierte Frau Schmezer. Sie war offensichtlich total auf diesen Abend fixiert.

Derweil hatte Herr Schmezer das Geld auf den Tisch geleert. Leon versuchte, die Scheine zu zählen, seine Finger reagierten aber nicht. Auch seine Beine fühlten sich seltsam schwer an.

»Ich ... ich kann meine Finger nicht mehr bewegen, alles eingeschlafen!« Er versuchte, nicht panisch zu klingen.

»Das sind bestimmt die Nerven«, beruhigte ihn Herr Schmezer.

»Ich kann auch meine Beine nicht mehr bewegen ...«

»Vielleicht sollten wir Sie zum Arzt bringen?«

Leon atmete schwer. »Ja, haben Sie einen Wagen?«

»Nein.«

»Mein Porsche Cayenne steht in der Parkgarage Ochsenbühl. Der Schlüssel steckt in der Innentasche meines Jacketts.«

»Geben Sie uns bitte das Kennzeichen. Nur um sicherzugehen.«

Leon nannte es.

Herr Schmezer öffnete einen Laptop – woher war der plötzlich gekommen? Kurze Zeit später blickte er mit versteinerter Miene auf. »Leon Panier – ich bin überrascht, dass Sie Ihr Kennzeichen im offiziellen Nummernverzeichnis nicht gesperrt haben.«

Leon wusste nicht, wie ihm geschah. »Was ist hier los? Treiben Sie ein dreckiges Spiel mit mir?«

Schmezer legte den Arm um seine Frau. »Hier wird tatsächlich ein dreckiges Spiel gespielt. Allerdings nicht von uns. Wir müssen Ihnen aber Respekt zollen, Herr Panier. Tamaras Stimme klang verblüffend echt, wenn auch etwas zeitverzögert.«

Panier war sprachlos, beinahe. »Sie wussten von Anfang an, dass Tamara nicht entführt wurde?«

Frau Schmezer erklärte dem bewegungsunfähigen Gauner die Sachlage mit einem mitleidigen Blick. »Tamara hat uns sofort angerufen, als sie den Verlust ihres Handys bemerkt hat. Wissen Sie, wir telefonieren täglich und sie wollte nicht, dass wir uns Sorgen machen. Sie kommt heute Abend zu Besuch und bleibt über die Festtage in Arosa. Es war ein Fehler, Tamara, unseren Sonnenschein, für Ihre Masche auszuwählen. Wir tun alles, um sie zu beschützen. Alles!«

Panier ahnte, dass es vorbei war, jedoch hatte er keine Ahnung von den Konsequenzen. »Rufen Sie die Polizei?«

Die beiden älteren Herrschaften blickten sich an. »Nicht doch«, sagte Herr Schmezer. »Wir telefonieren noch einmal mit Ihren Kumpanen.«

»Sie sind verrückt!«, hechelte Leon, der im Rollstuhl sass wie ein gestrandeter Wal.

Schmezer wählte die Nummer und sprach ruhig weiter. »Wir haben Ihnen übrigens ein stark sedatives Medikament in den Kaffee gemischt, das ich oft bei gewalttätigen Patienten verwendet habe. Es lähmt die Motorik, während der Verstand tadellos weiterfunktioniert. Man kann sich so unterhalten, ohne sich in die Haare zu kriegen.« Er hob den Finger an den Mund. »Hallo, hier ist Schmezer. Die Situation hat sich geändert. Sie können Herrn Panier bei uns abholen, gegen ein Lösegeld von, sagen wir mal, 40.000? … Nein, das ist kein Witz … Das geht nicht? Aber Sie bekommen ja noch einen Porsche Cayenne dazu … Ich soll mir was?«

Schmezer legte den Hörer auf und hob entschuldigend die Schultern. »Ihre Crew scheint sich nicht viel aus Ihnen zu machen.«

»Lassen Sie mich gehen!«, schrie Panier.

»Das mit dem Gehen dürfte schwierig werden«, meinte Frau Schmezer. »Doch zum Glück sitzen Sie ja im Rollstuhl. Unsere Tamara wird bald kommen, wir werden Sie also nun in den Aufzug schieben und im Keller zwischenlagern. Ihre Bande hat drei Tage Zeit. Sonst war's das wohl für Sie. Tod durch Dehydration. Im sedierten Zustand werden Sie allerdings nicht viel davon mitbekommen.«

*

»Ich freue mich auf die Tage bei euch in Arosa«, sagte Tamara und wischte sich mit der Serviette die Mundwinkel sauber.

»Wir uns auch«, erwiderte Frau Schmezer liebevoll. Tamara war ihr Sonnenschein. »Ist dein Smartphone wieder aufgetaucht?«, fragte sie mit Unschuldsmiene.

Tamara schüttelte ihren Lockenkopf. »Nein. Muss es im Zug liegen gelassen haben. Vielleicht wurde es mir auch aus der Handtasche gestohlen. Ist egal, kann man ersetzen.«

»Genau!«, sagte Herr Schmezer. »Deine Ski haben wir übrigens in die Garage gebracht. Im Luftschutzkeller haben wir Altlasten zwischengelagert. Sie werden in den nächsten Tagen vielleicht abgeholt – sonst müssen wir sie im neuen Jahr selber entsorgen.«

SCHEINEND

Warnhinweis: Geister hausen nicht nur in alten Schlössern. Man trifft sie auch in leerstehenden Hotels, im Film – und in Kurzgeschichten.

Armin Baldegger war Schriftsteller. Du denkst jetzt vielleicht: ein Autor? Wie spannend! Ein Geschichtenerzähler, jemand, der Worten Flügel verleiht.

Damit unterscheidest du dich von vielen anderen, denn du liest. Wenn sich Armin im echten Leben als Autor vorstellte, dachten die meisten eher: ein Autor? Wirklich? Das klingt verdächtig nach hinter einer Schreibmaschine versteckter Arbeitslosigkeit.

Sie lagen damit nicht ganz falsch, denn Armin war nicht nur Schriftsteller, sondern ein erfolgloser dazu. Er hatte die bemitleidenswerte Fähigkeit, sich selbst im Wege zu stehen, und er hatte eine Liebe zu Zigaretten entwickelt, die ihn schon mehr gekostet hatte, als der Verkauf seiner Bücher je einbringen würde.

War er bekannt?

Hatte er einen namhaften Verlag?

Konnte er vom Schreiben leben?

Die Antworten waren ebenso kurz wie einfach:

Nein.

Nein.

Und nochmals nein.

Was ihn dennoch weitermachen liess, war, neben der finanziellen Unterstützung seiner Eltern, die Frage aller Fragen, die nicht mal er selbst zu beantworten vermochte. Vielleicht war es bloss die romantische Vorstellung, ein verkanntes Genie zu sein. Ein Trugschluss, der ihn schliesslich bis nach Arosa führte. Erste Klasse mit der Bahn, einfach.

Man schrieb das Jahr 1976.

Armin, wie immer knapp bei Kasse, hatte sich auf eine Annonce in einer Zürcher Tageszeitung gemeldet:

Der Betrieb des Jugend-Kurhauses in Arosa wird eingestellt. Wir suchen einen Hauswart, der das leerstehende Gebäude über den Winter instand hält. Rauchen im Gebäude ist strikt untersagt. Gratis Kost und Logis, viel freie Zeit, angemessene Bezahlung. Die Reisekosten werden übernommen.

Viel freie Zeit – der heilige Gral aller Autoren! Nach einem kurzen Telefongespräch hatte er den Job in der Tasche. Anscheinend gab es keine weiteren Bewerbungen, was ihn hätte stutzig machen sollen. Doch Armin fehlte die Fantasie eines Dürrenmatts, der einst sinngemäss schrieb, dass eine Geschichte erst zu Ende gedacht sei, wenn sie ihre schlimmstmögliche Wendung genommen habe.

Sei's drum.

So reiste Armin Baldegger an einem grauen Novembertag nach Arosa. Im Gepäck: dicke Pullover, seine alte Schreibmaschine und genug Tabak, um das Gefühl zu haben, er sei ein Hemingway der Alpen, wobei ihm dieser mit Sicherheit davon abgeraten hätte, ein leerstehendes Kurhaus mitten in der Winterzeit als Schreibresidenz zu nutzen.

Das ehemalige Jugend-Kurhaus stand am Obersee. Ein massiver Koloss mit unzähligen Fenstern, die ins Weisse starrten. Armin spürte eine beinahe transzendentale Energie, die sich seiner bemächtigte. Arosa musste der Kraftort sein, den er seit Langem gesucht hatte. Doch die Energie verliess ihn schneller, als sie gekommen war. Sein Koffer war gross und die Schreibmaschine schwer wie Blei. Er stapfte durch den Schnee zum Eingang. Der Wind schnitt ihm scharf ins Gesicht. Vor der schweren Holztür stand ein kahlköpfiger Mann und grinste ihn an. Er trug ein T-Shirt, als wäre er gerade auf dem Weg zu einer Grillparty.

»Gueta Morga! Bist du der Armin?« Der Mann stellte sich als Gian vor und schüttelte Armins Hand mit einer solchen Wucht, dass der Autor sich fragte, was für Substanzen dem Trinkwasser der Gegend wohl beigemischt worden seien.

»Ja«, antwortete Armin knapp. Sein Atem stieg in dicken Wolken auf.

»Ich bin der Hausmeister. Besser gesagt: war. Jetzt bist du es.« Gian hob Armins Koffer mit spielender Leichtigkeit über die Schwelle. »Meine Güte! Hast du Gewichte geladen? Willst hoffentlich niemanden im See versenken – sollst ja ein Krimiautor sein …«

»Die Schreibmaschine«, erwiderte Armin und sah sich um. Der Eingangsbereich war wesentlich grösser, als er sich vorgestellt hatte. Zwei imposante Kronleuchter hingen an der Decke. Die Möbel waren mit weissen Laken abgedeckt. Ein Hauch von Vergangenheit lag in der Luft.

»Ich zeig dir das Haus. Dann verschwinde ich. Muss runter vom Berg. Weg vom Haus und all den Geschichten.«

»Geschichten?« Armin zückte sein Notizbuch, doch Gian winkte ab.

»Keine für dein Buch. Tragisches Zeug von Kindern, die an Tuberkulose gestorben und für immer hiergeblieben sind.«

Das Haus war riesig. Labyrinthisch. Schon nach wenigen Minuten hatte Armin die Orientierung verloren. Die Gänge wirkten endlos, die Zimmer wie aus der Zeit gefallen. Es musste über hundert Räume geben. Der Boden knarrte wie der Rumpf eines untergehenden Schiffs. Die wichtigsten Eindrücke hielt Armin in seinem Notizbuch fest.

Eintrag eins
Sind die Zimmer so klein, weil sie für Kinder gemacht wurden?
Die Möblierung spartanisch, zwei Pritschen pro Zimmer. Wasserkrüge, Waschtische.
Gemeinschaftsbad im Flur, ein Albtraum.
Wind pfeift durch die Fensterritzen. Klingt wie Flüstern.
Mein »Logis«: Nummer 14, erste Etage. Sehr nüchtern. Macht den Eindruck, als hätte das Zimmer nie Glück gesehen. Hoffentlich keine Tuberkulosebakterien zwischen den Laken.
Die »Kost« ist im Keller verstaut. Konserven ohne Ende. Kein Wunder, waren die Kinder krank.
Heizkessel laut Gian »zickig«. Na wunderbar.

Nachdem sie den Rundgang beendet hatten, drückte ihm Gian einen schweren Schlüsselbund in die Hand. Der Traum jedes Hausmeisters.

»Abends alle Türen abschliessen«, sagte er. »Damit niemand rein- oder rauskommt.«

Rauskommt? An diesem Punkt hätte Armin einfach umdrehen sollen. Kurz vor seinem Tod schrieb er ins Notizbuch:

Eintrag 3157
Wenn ich damals gleich wieder abgehauen wäre, vielleicht, ja vielleicht wäre doch noch ein Autor aus mir geworden.

Sie verabschiedeten sich vor dem Haus. Der Schnee hatte sich wie zarte Flaumhaare auf Gians kahle Kopfhaut gelegt. »Hinter diesen Mauern ist viel passiert«, meinte er zum Abschied. »Gutes, Schlechtes, Fröhliches, Trauriges, Schönes und Schauriges. Das Gebäude hat über die Jahrzehnte seinen Charakter verändert, es ist melancholisch geworden, neigt zu Depressionen. Früher hat es gesungen und gelacht, heute weint es oft. Aber mach dir keine Sorgen, Armin. Gebissen hat es noch niemanden!« Er wandte sich zum Gehen, blieb nochmals stehen. »Ach ja, fast hätte ich es vergessen: Du musst natürlich auch Schnee schaufeln!« Er zog sich den Mantel über, hob die Hand zum Abschied und verschwand im dichten Schneetreiben.

Die ersten Tage verliefen ereignislos. Kein Spuk, kein Gekreische, kein kalter Hauch im Nacken. Das Haus versprühte lediglich eine kalte, wenn auch schweigende Feindseligkeit. So, als würde das Haus ihn beobachten – oder dulden. Jedoch nicht willkommen heissen. Davon zeugte eine von Armins Notizen.

> ***Eintrag zwei***
> *Das Haus weint und schimpft nicht: Es pfeift aus allen Löchern. Ich habe die Heizung aufs Maximum gedreht.*
> *Duschen? Keine Option, die Rohre sind eingefroren.*
> *Zum Schreiben bin ich noch nicht gekommen. Habe mich entschieden, dass die Schreibmaschine im Essraum platziert wird, mit Blick auf den Obersee und die Berge.*
> *Der Schnee liegt mittlerweile bis zu den Fenstern.*
> *Hoffentlich reichen die Zigaretten … Habe nicht vor, das Haus zu verlassen.*
> *Permanentes Gefühl von Seekrankheit, als ob ich auf einem windschiefen Segelschiff wäre.*

Während er sich langsam an die permanente Kälte gewöhnte – er zog zwei Paar Socken und drei Pullover übereinander –, sorgte er sich über die mysteriöse Übelkeit, die sich anfühlte, als lebe er an einem Abgrund. Die Erklärung dafür fand er zufällig, als er eine Partie Boccia in einem der endlosen Flure spielte. Die Kugeln rollten auf seltsam zielstrebige Weise nach rechts weg. Im Geräteraum fand er eine alte Wasserwaage, die seine Beobachtung bestätigte: Das Haus hatte eine leichte, aber messbare Schieflage.

Eines Tages kam der Wetterumschwung. Mitte Dezember setzte eine Föhnperiode ein. Endlich fiel Licht durch die Fenster. Die Aussicht war dermassen ergreifend, dass Armin die Tränen über die Wangen kullerten, vielleicht war es aber auch nur die Sehnsucht nach einem funktionierenden Badezimmer.

Jetzt wäre der richtige Moment, den Schnee vor der Eingangstür wegzuräumen, dachte er und machte sich auf die Suche nach einer Schaufel. Vergebens. Also vertagte er das Schneeräumen. Dann schlug das Wetter wieder um und der Föhn liess abrupt nach. Die Kälte kehrte zurück, schlimmer als zuvor. Das Thermometer vor dem Fenster seines Schlafzimmers fror ein wie der Rest des Hauses. Armin sass den ganzen Tag im Essraum an seiner Schreibmaschine. Die Blockade hatte eine beängstigende Dimension erreicht, wie eine Notiz schilderte.

Eintrag neun
Ich rieche wie ein verstopftes Abflussrohr. Die Motivation, etwas daran zu ändern, ist gering.
Die Schreibblockade wird immer schlimmer. Um dennoch etwas aufs Papier zu bringen, habe ich genau damit einen Stapel Blätter vollgetippt: »Meine Schreibblockade wird immer schlimmer!«
Die Zigaretten geben mir Halt.
Das Haus hat unter den Schneemassen begonnen zu ächzen. Ich befürchte, es kippt bald vornüber in den

See. Die Vorstellung, als Wasserleiche zu enden, lässt mir einen kalten Schauer über meinen steifgefrorenen Rücken ziehen.

Am 24. Dezember entdeckte Armin ein Beil im Keller. Es lag mitten im Raum, als hätte es auf ihn gewartet. Wie war es da hingekommen? Seine Sinne begannen, ihm Streiche zu spielen. Er war fiebrig. Die Scheiben waren mittlerweile im ganzen Haus gefroren, sodass Armin nicht mehr nach draussen sehen konnte. Und mitten im Haus thronte die Schreibmaschine, die ihn an sein Versagen erinnerte. Ein Mahnmal, ein stiller Vorwurf.

Die verdammte Schreibmaschine!

Wütend packte er das Beil und stürmte nach oben. Er würde jeden Tisch und jeden Stuhl zerhacken und damit ein Feuer machen. Als Höhepunkt vom Heiligabend sollte die Schreibmaschine verbrennen. Ein kleines, privates Weihnachtsgeschenk!

Doch als er gerade den ersten Tisch zerlegen wollte, fiel oben eine Tür ins Schloss. Er war nicht allein!

Eintrag 13
Mit Beil und Schlüsselanhänger bewaffnet gehe ich nach oben, meinen Körpergeruch als unsichtbaren Schutzschild vor mir tragend.
Im Flur: zwei Mädchen in Gokarts, die sich ein Rennen liefern. Als sie mich bemerken, kichern sie, als sei es das Natürlichste der Welt, in einem verlassenen Kurhotel ein Rennen zu veranstalten, und sausen an mir vorbei.
Ich kneife mich in die Wange. Leider bin ich wach. Nachdem ich die beiden eingefangen habe, was leichter gesagt als getan war, will ich Informationen.

Die Mädchen stellten sich als Lisbeth und Margrith vor, angeblich Schwestern, die seit Jahrzehnten im Kurhaus wohnten. Jahrzehnte! Die Gören waren ja nicht einmal Teenager. Armin überlegte, die Polizei zu rufen. Er sah jedoch davon ab. In seinem ungepflegten Zustand – unrasiert, stinkend, mit einem Beil in der Hand – hätte man womöglich ihn abgeführt. Er brauchte Zeit, um nachzudenken, und entschloss, sich und den ungebetenen Gästinnen ein weihnachtliches Abendessen zu kochen.

Rösti und Gulasch aus der Dose, was denn sonst?

Das Abendessen am Heiligabend blieb Armin bis zu seinem Lebensende in Erinnerung. Die Schwestern entfalteten ihren ganzen Charme. Sie deckten den Tisch, lobten den Koch für das leckere Essen und bombardierten ihn mit Fragen, als sei er als lebendes Lexikon vom Himmel gefallen. In welchem Jahr man sich denn befinde? Was auf der Welt in den vergangenen Jahrzehnten so geschehen und ob der grosse Krieg wirklich vorbei sei? Armin lachte über ihre Albernheiten.

»Wo habt ihr euch denn versteckt in den letzten Wochen?« Er war gespannt auf ihre Antwort. Irgendwann würden sie sich verplappern.

»Wir waren immer hier. Du warst nur so beschäftigt mit dem Rauchen und mit deiner Schreibmaschine, dass du uns nicht gesehen hast.«

Armin bekam ein mulmiges Gefühl. »Hört endlich auf mit dem Unfug! Ihr sagt mir sofort, wo ihr wohnt, sonst rufe ich die Polizei.«

Das ältere Mädchen legte ihre eiskalte Hand auf die seine. »Geh morgen zu Pius Läubli. Er ist der katholische Priester im Dorf. Er kennt uns gut.«

Armin überlegte. »Na gut. Bei diesem Wetter kann ich euch ja nicht einfach auf die Strasse schicken. Ihr könnt bei mir im Haus schlafen, und morgen gehen wir zusammen zu diesem Pius.«

Die Schwestern legten den Kopf schief: »Bei *dir* im Haus? Echt jetzt …?«

Eintrag 14
Am Morgen sind die Mädchen verschwunden.
Ich tue das, was ich schon lange hätte tun sollen: Wasser aufkochen, mich gründlich waschen, die Zähne putzen, rasieren, saubere Kleidung anziehen.
Da die Post und die Gemeinde am 25. Dezember natürlich geschlossen sind, erkundige ich mich bei Passanten nach diesem Pius Läubli.
Läubli ist glücklicherweise zu Hause und feiert gerade mit Angehörigen seinen 90. Geburtstag. Als er die Namen der Mädchen hört, werde ich eingelassen.

»Und Sie sind sich sicher, dass es Lisbeth und Margrith waren?«, fragte Läubli mit nachdenklicher Miene.

Armin bejahte und beschrieb die Mädchen.

Der alte Mann nickte bedächtig. »Ich kenne die beiden. Ich habe sie gesegnet, vor über 30 Jahren. Damals war ich noch Priester. Die Mädchen litten an einer schweren Lungenkrankheit und starben kurz vor Weihnachten 1944. Sie hatten sich so auf das Weihnachtsfest gefreut. Gestern wurde ihnen der Wunsch endlich erfüllt …«

Armin hörte die Worte, doch er verstand sie nicht. Läubli hätte auch Latein sprechen können. »Die Mädchen waren vielleicht zehn Jahre alt, sicher nicht 40. Sie waren lebendig. Sie haben mit mir gegessen. Sie haben …!«

Läubli lächelte sanft. »Das freut mich. Es gab immer wieder Gerüchte über das Kurhaus. Man wollte in den Wänden Stimmen gehört haben, manchmal auch ein Weinen oder Poltern. Nur feinfühlige Menschen mit einer guten Seele und einem grossen Herzen haben das wahrgenommen. Aber nie hat jemand die Mädchen gesehen oder gar mit ihnen gesprochen. Sie haben eine Gabe, Armin. Eine Gabe, die es zu nutzen gilt!«

»Nutzen?«, fragte Armin. »Ich war nie zu irgendwas nütze.«

Läubli legte ihm väterlich die Hand auf die Schulter. »Die Wege des Herrn sind unergründlich.«

Eintrag 15
Ich wohne jetzt für einige Zeit bei Pius Läubli zur Untermiete. Das Kurhaus betreten wir nur noch gemeinsam.
Die Mädchen sind nicht mehr erschienen. Wir hoffen, dass sie ihren Frieden gefunden haben. Die Gokarts haben sie kurioserweise mitgenommen.
Läubli hat mich in die katholische Kirche eingeführt. Nicht als Priester, sondern als Experte für übernatürliche Phänomene. Ich werde sozusagen zum »Ghostbuster Gottes« ausgebildet.
Läubli hat einen weiteren Untermieter. Ein gewisser Stefan König aus Amerika. Ich weiss nicht, was er im Leben so macht, aber er interessiert sich für meine Geschichte. Ein netter Kerl! Schreibt sich viele Notizen auf, was mich nicht stört.

Zehn Jahre später war aus dem erfolglosen Schriftsteller ein gefragter Experte für Geistererscheinungen geworden. Nach einem Seminar, irgendwo im Unterwallis, wurde Armin von seinen Schülern zu einem Videoabend eingeladen. Vermutlich wollten sie ihm einen Schrecken einjagen. Du kennst den Film bestimmt – »Shining« mit Jack Nicholson in der Hauptrolle.

Die Geschichte kam Armin auf eigenartige Weise bekannt vor: ein verschneites Hotel, ein wahnsinniger Schriftsteller, ein Beil, Kindergeister, ein Gokart! Je länger der Film lief, desto unruhiger wurde Armin. Nicht aus Angst.

Aus Wiedererkennen.

Er sah sich selbst, verzerrt, aber nicht verfremdet. Er hörte das Echo des Kurhauses. Und als der Abspann lief, wusste er bereits, was da stehen würde.

Shining. Nach dem Drehbuch von Stephen King.

Armin Baldegger wollte Geschichten schreiben – am Ende war er selbst Teil einer geworden. Die Erkenntnis zauberte ihm ein Lächeln aufs Gesicht. Oft dachte er an die Mädchen. Manche Geschichten schreibt das Leben, andere das Jenseits. Und die besten entstehen dort, wo beides sich heimlich berührt.

ICH BIN EIN STAR, HÄNGT MICH AUF!

Warnhinweis: Deine Fantasien musst du schon selbst im Griff haben!

»Schönheit liegt im Auge des Betrachters«, heisst es. Ich sage: alles Quatsch. Ich bin eine Schönheit, nicht subjektiv – sondern objektiv. Punkt. Ich wusste es von Anfang an: Ich war nie bloss ein Plakat. Ich war eine Erscheinung, ein Versprechen, eine Provokation. Ein Traum aus den Bergen, gefangen in Papier und Farbe. Mein Blick? Durchdringend wie ein Röntgenstrahl. Meine Ausstrahlung? Zeitlos wie der erste Sonnenstrahl auf einem verschneiten Berggipfel. Ich bin makellos. Einfach makellos. Und wenn man das heute nicht mehr so sagen darf, dann ist das nicht mein Problem.

Man spricht ja dieser Tage viel über »Wokeness« und »Achtsamkeit«. Ich war nie politisch korrekt, sondern ein Ausdruck von Freiheit und kühner Ästhetik. Vielleicht war ich genau deshalb so provokant: weil ich nie Angst hatte, anzuecken. Den ewig Empörten rufe ich zu: Hört auf zu jammern und werdet erwachsen! Ernsthaft, ihr dreht euch um die Sonne und nicht umgekehrt.

Deal with it!

Nicht falsch verstehen, ich sehe euch. Wirklich. Und ich höre euch. Leider. Aber das ständige Gejammer geht mir einfach auf die Flipflops. Habt ihr überhaupt eine Ahnung, wie gut ihr es habt, verglichen mit mir? Ich erkläre euch gerne, warum.

Ich wurde:
angeklebt,
überklebt,
zerrissen,
verboten,
zensiert.

Und das alles gleichzeitig! Mein Leben war ein wilder Ritt, kein gemütlicher Bingoabend. Trotzdem bin ich noch da, obwohl meine Sonne – oder war's ein galaktischer Todesstern? – schon 1935 über Arosa aufgegangen ist. Mein Alter kannst du dir ausrechnen. Bitte behalt es für dich!

Mein Schöpfer, Viktor Rutz, verstand etwas von Eleganz, von Verführung. Ein Grafiker, ja, eigentlich ein Magier.

Ein Genie, dessen Name in einem Atemzug mit Picasso, Dali oder Banksy genannt werden müsste! Mit wenigen Strichen machte er aus mir eine Ikone. Er nannte mich »Herrliches Arosa«. Ein Name wie Schokolade, Luxus, Glanz und Skifahren, auch wenn es damals noch keine Skilifte gab.

Was euch bei meinem Anblick sofort ins Auge springt, sind meine … Haare und die blauen Augen! Und doch hat man mich oft missverstanden. Natürlich hat man das. Neid muss man sich verdienen. Die Kulturbanausen nannten mich die »halbnackte Blonde«. Doch da stehe ich drüber.

Ich bin ein Gesamtkunstwerk.

Einfach der Wahnsinn!

Vielleicht, das lasse ich gelten, war ich meiner Zeit voraus. Ein Symbol für Glanz und Glamour in der düsteren Welt der 1930er-Jahre. Ich, die blonde Schönheit mit der fotorealistischen Plastizität einer Göttin! Warum mein Bikini-Oberteil nahezu durchsichtig ist, erschliesst sich mir bis heute nicht. Vielleicht ging Rutz einfach die Farbe aus. Wir werden es nie erfahren.

Mein Erfolg war ein Skandal. Frauenverbände empörten sich, verfassten Briefe und die SBB – ja, die SBB! – klebte gelbe Streifen über meine Brust, als wäre ich eine Baustelle.

Eine Unverschämtheit! Eine Gaunerei!

Aber sie hatten keine Chance. Ich war längst eine Legende. Manche stahlen mich von Plakatwänden, nur um mich in ihren Wohnungen weiter zu bewundern. Ich war viral, lange bevor das Wort »viral« in diesem Sinne überhaupt existierte.

Irgendwann wurde es still um mich. Eine Weile. Jahrzehnte, um genau zu sein. Knappe Bikinis lockten keinen Mungg mehr aus der Höhle.

Und dann – 2006 – mein Comeback. Die Königin aus der Asche! Zur Fussball-WM in Deutschland war ich plötzlich wieder da, tausendfach plakatiert im Gastgeberland, als hätte es die Jahre dazwischen nie gegeben. Ich bin überzeugt: Viele WM-Besucher kamen wegen mir nach Arosa, nur um enttäuscht festzustellen, dass es mich nicht wirklich gibt.

So sorry …

Aber ich passe immer noch in diese Welt. Denn zeitlos bleibt nun mal zeitlos.

Was als Nächstes kommt? Wer weiss. Vielleicht ein Comeback als KI-generierte Muse. Ein Hologramm. Ein Hollywood-Film. Eine virtuelle Reiseleiterin, die mit ihren blauen Augen die Gäste durch Arosa führt. Maskottchen bei der Schnee-Fussball-WM. Vielleicht einfach wieder ein Plakat. Ein echtes, mit Kleister an die Wand geklebt, damit die Leute endlich mal wieder von ihrem Handy aufblicken.

Was mir fehlt? Ein richtiger Name, der meine Ausstrahlung einfängt und mich endgültig in die Geschichte einbrennt. Falls du einen Vorschlag hast, ich bin offen. Wie wär's mit Rosa aus Arosa? Oder Asora?

Was soll's? Legenden brauchen eh keine Namen – sie hinterlassen Spuren.

PLÜSCH

Warnhinweis: ein Schuss – zwei Tote.

Als Elisabeth Richter, geborene Heusler, im Alter von 75 Jahren das Zeitliche segnete, wurde ihr Gatte Gerhard Richter mit ihr zu Grabe getragen. Wortwörtlich. Ein Fall für die Chronik von Arosa, wenn nicht für die Schweizer Kriminalgeschichte.

Doch der Reihe nach.

Gerhard Richter hasste seine Frau zutiefst. Über die Gefühle von Elisabeth ist wenig bekannt, doch vieles deutet darauf hin, dass auch ihre Liebe längst erloschen war wie eine heruntergebrannte Kerze. Eine Scheidung kam indes nie infrage. Unmöglich. Sie hatten den richtigen Zeitpunkt dafür verpasst. Der Flurschaden wäre zu gross gewesen: Vermögen halbiert, Kosten verdoppelt. Hinzu kamen die Aufregung, der gesellschaftliche Makel und die geringe Aussicht auf eine neue Liebe. Nein, es musste, so war Gerhard überzeugt, eine andere Lösung gefunden werden, seine Frau loszuwerden.

Richter war ein Mann mit Prinzipien. Vor allem mit dem einen: Probleme löst man mit einer gut durchdachten Strategie. In der Ehe hatte das nur begrenzt funktioniert. Nun setzte Gerhard alle Hoffnung auf Elisabeths Herz. Jedoch nicht, um dieses wieder für sich zu gewinnen, sondern um es endlich zum Stillstand zu bringen. Doch seine Frau war zäher als ein durchgebratenes Schnitzel. Zwei überstandene Herzinfarkte hatten dies bewiesen. Aber Gerhard war niemand, der schnell aufgab.

Zuerst versuchte er es mit der Küche: viel Fett, noch mehr Cholesterin, Wein. Elisabeth nahm zwar zu, blühte jedoch regelrecht auf. Dann schleppte Richter seine Frau auf endlose Spaziergänge, die eher an Wanderungen erinnerten. Elisabeth kam jeweils gewaltig ins Schnaufen, dummerweise verbesserten sie dadurch ihre Blut- und Leberwerte deutlich. Selbst der Umzug nach Arosa war vergebens gewesen. Er hatte gehofft, die dünne Bergluft würde seiner Frau zusetzen, stattdessen zauberte sie ihr eine rosa Farbe auf die Backen.

Es war zum Verzweifeln.

Gerhards letzte Hoffnung waren Bären. Nicht so plump, wie du jetzt denkst: Natürlich konnte er seine Frau nicht einfach vor den Augen der Öffentlichkeit in ein Gehege schmeissen. Zudem war er sich keineswegs sicher, ob Bären Geschmack an ihr gefunden hätten. Nein, Gerhard war subtiler, ein veritabler Gauner! Er hatte nämlich bei ihrem Besuch im Bärenpark in Arosa beobachtet, dass die tapsigen Riesen bei Elisabeth ein grosses Unbehagen hervorriefen. Eine eigenartige, fast schon kindliche Angst ergriff sie. So begann Gerhards teuflischer, ja kongenialer Plan, Gestalt anzunehmen.

Im Herbst dieses schicksalsträchtigen Jahres besuchte Gerhard die Kirmes im Zürcher Albisgüetli. Während des traditionellen Knabenschiessens, bei dem mittlerweile Mädchen nicht nur zugelassen waren, sondern auch gewannen, reihte sich am Fusse des Uetlibergs, dem Zürcher Haushügel, Schausteller an Schausteller. Hier gab es alles: Karussells, eine Achterbahn mit Spitzengeschwindigkeiten von über 100 Kilometern je Stunde, unzählige Fressstände, Souvenirläden und – Schiessbuden. Als gebürtiger Stadtzürcher wusste Gerhard, dass es dort überdimensionierte Hauptpreise zu gewinnen gab. Beliebt waren die Plüschbären, beinahe so gross wie ihre in Freiheit lebenden Namensgeber. Man nahm die Preise entgegen ohne Ausweis und digitalen Fussabdruck.

Perfekt!

Beinahe.

Es gab nur einen Haken.

Und der war klein.

Die Zielscheibe.

Gerhard war ein schlechter Schütze, hatte in seiner Jugend den Zivildienst dem Militärdienst vorgezogen. Der Schausteller mit dem imposantesten Bären war ein Mann der Ehre. Auf Gerhards Frage, ob das flauschige Ungetüm auch ohne zu schiessen erworben werden könne, schüttelte er den Kopf.

»Alle Preise müssen redlich erschossen werden.«

So blieb Gerhard nur das Luftgewehr. Mit den ersten Schüssen traf er zwar die Zielscheibe, aber dummerweise die falsche. Mit hartnäckigem Gesichtsausdruck – einer Mischung aus Entschlossenheit und chronischer Verstopfung – verbesserte er nach und nach seine Treffsicherheit. Schlussendlich kostete ihn der Bär über 500 Franken und noch mehr Nerven. Der Schausteller übergab ihm bei Sonnenuntergang feierlich das Objekt der Begierde.

Endlich hielt Gerhard seinen Bären in den Armen, fast mannshoch mit weichem, dichtem Fell. Er ging erschöpft zu seinem Wagen unter den neugierigen Blicken der grossen und kleinen Besucher des Jahrmarkts.

Als Gerhard den Bären oberhalb des Picknick-Platzes beim Prätschsee bei Arosa im Wald platzierte, fisselte es heftig und eine weisse Decke hatte sich über die sanften Hügel gelegt, fein wie Puderzucker auf einem Gugelhopf. Zwischen den verschneiten Bäumen wirkte der Plüschbär beinahe lebendig. Gerhard war auf seinem Weg hierher niemandem begegnet. Mal abgesehen von einem Fuchs, der ihn ertappt hatte, als er gerade den Bären im Dickicht versteckt hatte. Das kleine Tier hatte ein gewaltiges Sandwich im Maul, das vermutlich ein Wanderer an der Feuerstelle liegen gelassen hatte. Gerhard verscheuchte den unerwünschten Zuschauer und ging zuversichtlich nach Hause. Am nächsten Tag würde laut Wetterbericht wieder die warme Herbstsonne scheinen und den Schnee mit ihrer Delete-Taste zum Verschwinden bringen.

Es war angerichtet. Der Bär würde Elisabeth einen Schrecken verpassen, dem ihr Herz nicht gewachsen wäre.

Du magst einwenden, dass es Ende September eigentlich zu früh für eine Geschichte ist, die im Winter spielt. Das darfst du aber nicht so eng sehen. Arosa liegt auf über 1.700 Metern über Meer, zumindest beim Bahnhof. Oben im Dorf, beim Prätschli, und noch weiter oben im Wandergebiet, knackst du bald die 2.000-Meter-Grenze. Auf dieser Höhe kann es auch im Herbst, ja sogar im Sommer, immer wieder mal schneien. Und sobald etwas Schnee liegt, wie hier beschrieben, wirkt die Szenerie durchaus winterlich.

Schön, dass du das auch so siehst!

Am darauffolgenden Morgen servierte Gerhard seiner Frau ein leichtes Frühstück, inklusive eines Kaffees und frisch gepressten Orangensafts.

»Lass uns heute Pilze suchen. Ein Einheimischer hat mir eine todsichere Stelle verraten, wo es Unmengen von Steinpilzen gibt«, sagte Richter ebenso scheinheilig wie beiläufig.

Elisabeth blickte von ihrer Zeitung auf. »Ist es dafür nicht etwas spät?«, fragte sie nicht eben berauscht vom Vorschlag.

Für Gerhard stand nun alles auf dem Spiel. »Nein, es ist eine geheime Stelle. Und der geschmolzene Schnee bringt nochmals viel Feuchtigkeit in die Erde. Da schiessen die Pilze regelrecht in den Himmel. Ich werde heute Abend ein Rindsfilet mit frischen Steinpilzen zubereiten, dazu einen schönen Pinot Noir aus der Bündner Herrschaft. Aber wenn du nicht möchtest, gibt es halt etwas aus dem Tiefkühler.«

Das Argument zog. Für Elisabeth war gutes Essen zu einer Kompensation des fehlenden Liebesglücks geworden. So machten sich die beiden kurz darauf auf den Weg zu ihrem letzten gemeinsamen Spaziergang.

Am Prätschsee setzte Gerhard seine Frau an einen der robusten Holztische und verschwand unter dem Vorwand, er wolle die Lage rekognoszieren, alleine im Wald. Schon bald fand er den Bären wieder. Er nahm ihn liebevoll in die Arme und führte ein bizarres Tänzchen auf, Foxtrott vom Feinsten. Er rief nach seiner Frau und küsste den Bären auf den Mund. Schon bald würde sein Leid ein Ende nehmen.

Gerhard sollte recht behalten.

Hausi Gandrian lag übermüdet und durchgefroren im Unterholz. Die Jagdsaison neigte sich dem Ende zu und war eine Enttäuschung gewesen. Die Rehböcke schienen sich gegen ihn verschworen zu haben und zeigten sich dafür umso häufiger vor den Flinten seiner Kameraden. Bei ihm im Tiefkühler war nur Rehpfeffer aus dem Coop zu finden. Er war fest entschlossen, bis zur letzten Minute der offiziellen Jagdsaison auf die Pirsch zu gehen. In seiner Verzweiflung hatte er die Zeit vergessen. Es war natürlich verboten, unter Tag zu jagen, wenn die Wanderer und Pilzler unterwegs waren. Aber Hausi befand sich im Zustand eines halluzinierenden Schlafwandlers.

Wilde Bewegungen 150 Meter unter ihm weckten seine Lebensgeister und den Jagdinstinkt. Er nahm sofort das Gewehr in Anschlag und spähte durch das Zielfernrohr. Was er sah, brachte sein Adrenalin in Wallungen: Ein älterer Herr wurde von einem riesigen Bären attackiert! Der Mann wehrte sich nach Leibeskräften, doch die wilde Bestie hatte die Klauen um sein Opfer geschlungen. Der Bär hatte sein Maul an den Kopf des Mannes gelegt. Ein Biss und der arme Kerl wäre Geschichte! Hausi entsicherte die Flinte, wild entschlossen, ein Menschenleben zu retten und dazu gleich noch seine Jagdsaison. Er legte den Zeigefinger an den Abzug. Der Kampf um Leben und Tod wogte hin und her. Hausi wartete verzweifelt auf eine freie Schusslinie, um nicht versehentlich den Mann zu treffen. Dann drehte sich alles, im wahrsten Sinne des Wortes, zum Rechten. Er sah, wie der Mann etwas rief und sich schützend mit dem Rücken an einen Baum stellte. Der Bär kehrte dem Jäger den Rücken zu und Hausi drückte ab.

Bären haben ein dickes Fell, starke Muskeln, Fleisch und Knochen. Eine Gewehrkugel bleibt in der Regel im Torso stecken. Bei einem Bären aus Plüsch ist dies jedoch nicht der Fall. So sanken sowohl Gerhard wie sein plüschiges Spielzeug dem Baum entlang zu Boden. Eine Feder aus dem Inneren des Tieres wogte sanft in der Luft hin und her. Hausi blickte entsetzt durch das Zielfernrohr. Doch der Albtraum war noch nicht zu Ende. Eine ältere Frau erschien auf der Bildfläche, stiess einen Schrei des Entsetzens aus und fiel wie von einer Kugel getroffen auf die leblosen Körper vor ihr. Es war das Herz, wie die Gerichtsmedizin später konstatieren würde. Hausi sprang auf und rannte zum Unglücksort hinunter. Was er dort antraf, würde er sein Leben lang nicht vergessen. Ein Bild des Grauens!

Hausi Gandrian wurde die Jagdlizenz wegen Verletzung der Jagdzeit für zwei Jahre entzogen. Für den Tod der Richters konnte er nichts. Die Polizei ging von einer Verkettung unglücklicher Zufälle aus. Was der Anlass für die Aktion mit dem Bären gewesen war, so der Polizeisprecher, hatten die Opfer mit ins Grab genommen.

Apropos Grab: Die Eheleute wurden ohne grosses Aufsehen auf dem Friedhof des Bergkirchli begraben. Da sie in der Öffentlichkeit eine funktionierende Ehe vorgelebt hatten, entschied man sich für ein Gemeinschaftsgrab mit schlichtem Blumenschmuck. Es war mit der Inschrift versehen: »Im Leben vereint, im Tode untrennbar.«

Wenn du um Mitternacht ganz still auf dem Friedhof des Bergkirchli verweilst, hörst du manchmal ein leises Gekeife durch die lehmige Erde. Das sind die Richters, die sich zanken.

Bis in alle Ewigkeit.

Amen.

DER ÜBERFLIEGER

Warnhinweis: Der Nachteil von Spontanität? Man hat keine Zeit, die Konsequenzen zu Ende zu denken.

Arosa war so leer, man hätte glauben können, es sei das Szenario für eine dystopische Netflix-Serie. Zumindest auf den Strassen. Auf den Pisten dagegen herrschte Hochbetrieb wie in einem Ameisenhaufen, nur dass diese Ameisen schicke Skianzüge trugen und für ihre Ferien mehr ausgaben, als Markus auf seinem Konto hatte. Sportferien – ein alljährliches Ritual, das die Stadtbewohner samt Nachwuchs in die Berge trieb. Skifahren war der eleganteste Weg, eine veritable Ehekrise zu vermeiden: Lieber ein kleines Vermögen für Unterkunft, Verpflegung und Skipass ausgeben, als zu Hause Kindergeburtstage oder Bastelnachmittage ertragen zu müssen.

Das war der Preis.

Markus hatte andere Sorgen. Dringlichere. Geldsorgen, um genau zu sein. Deshalb hatte er sich für einen Aushilfsjob in einer Berghütte beworben. Es war ehrliche Arbeit: Geschirr abräumen, Kartoffeln schälen, Schnee schaufeln, Toiletten schrubben. Der perfekte Job für jemanden mit seiner Vergangenheit – keine Fragen, keine Zeugnisse, keine Referenzen und vor allem kein Strafregisterauszug.

Markus war vor einiger Zeit vom »rechten Weg« abgekommen, sozusagen einmal zu oft links abgebogen. Seine Vergangenheit? Eine Kette unglücklicher Zufälle: Bruder tot, Eltern getrennt, Arbeitgeber pleite, Freundin weg. Der perfekte Sturm. Da geht selbst der stabilste Typ irgendwann in die Knie. Und Markus, alles andere als ein harter Hund, konnte dem Druck nicht mehr standhalten und war eingebrochen – nicht nur seelisch, sondern auch in Villen. Gaunereien eben. Die Polizei hatte ihn geschnappt und der Richter, wenig beeindruckt von den Schicksalsschlägen, hatte ihn weggesperrt. Eine Strafe, die sich für Markus beinahe nach Erholung angefühlt hatte: keine Entscheidungen, keine Verantwortung, klare Regeln. Fast meditativ, auf eine absonderliche Weise.

Nun, zurück in der Freiheit, sollte alles besser werden. Zumindest versuchte es Markus. Er hatte den Job in der Tasche, nächste Woche würde er in der Berghütte anfangen, Zimmer mit Kajütenbett und Mitbewohner.

Toll.

Sein Handy klingelte, als er gerade die Poststrasse in Arosa hinunterlief, auf dem Weg zum Parkplatz. Es war Heiner, sein bester und einziger Freund.

»Heiner!«, rief Markus freudig. »Ich habe den Job. Meldest du dich wegen des Wagens? Er steht unversehrt auf dem Parkplatz, bereit für die Rückfahrt.«

Heiner räusperte sich. »Du, hör mal, ich komme gerade vom Arzt. Es sieht nicht gut aus …«

Markus blieb abrupt stehen, und sein Magen zog sich zusammen. Heiner kämpfte seit Jahren gegen den Krebs. In letzter Zeit schien es endlich bergauf zu gehen.

»Oh nein! Wie schlimm?« Tränen stiegen Markus in die Augen.

»Mein Skelett sieht aus wie ein Leopardenfell. Überall schwarze Flecken. Der Arzt weiss nicht mehr weiter. Sorry, dass ich dich damit belaste.«

Markus spürte, wie ihm der Boden unter den Füssen weggezogen wurde. »Das darf nicht sein! Es muss doch eine Therapie geben!«

»Gibt es«, seufzte Heiner. »Eine neue Therapie. Die letzte Chance. Aber sie kostet 60.000 Franken. Die Kasse zahlt nicht.«

Da war sie wieder, die Realität, hart wie eine Faust mitten ins Gesicht. 60.000 Franken – so viel Geld hatte Markus nie besessen, selbst nicht bei seiner besten Runde Monopoly.

»Die können dich doch nicht einfach sterben lassen!«

»Doch, das können sie. Ich habe nicht mehr die Kraft zu kämpfen. Ich will die restliche Zeit in Ruhe verbringen. Mit dir ein Bier trinken und dummes Zeug quatschen.«

Markus ballte die Faust. »Das lasse ich nicht zu! Wir finden eine Lösung, Heiner, versprochen!«

»Wir sprechen uns heute Abend. Und bring mir meinen Wagen mit allen vier Rädern zurück«, sagte Heiner und beendete das Gespräch.

Markus blieb alleine zurück und starrte ins Nichts. Ohne zu zögern, hätte er mit seinem Freund getauscht, wenn er gekonnt hätte. Als er sich die Tränen aus den Augen gewischt hatte und sein Umfeld wieder wahrnahm, stand er vor einem Blumenladen. Ein Strauss für Heiner? Nein, die Zeit des Begräbnisses war noch nicht gekommen. Dann sah er die Bankfiliale. Die Strasse war nach wie vor beinahe menschenleer, niemand beachtete ihn.

Keine Zeit für Zweifel.

Kein Zögern.

Kein Plan.

Er zog die Kapuze hoch, den Rollkragenpullover über die Nase und betrat die Bank.

Die nächsten Stunden liefen wie im Zeitraffer ab. Ein surreales Theaterstück, in dem Markus Hauptdarsteller und Zuschauer zugleich war. Er sah sich selbst, wie er »Überfall!« schrie, seinen Finger als Waffe in der Jackentasche verbarg, dem Schalterbeamten befahl, ihm 60.000 Franken auszuhändigen, eine Kundin zwang, das Geld in seinen Rucksack zu packen und ihr anschliessend 500 Franken für die Unannehmlichkeiten zusteckte, die Bank verliess, eine schmale Treppe hinunterrannte, sich seiner dunkelbraunen Jacke entledigte, irgendwie den Weg zum Parkplatz fand, den Motor startete, losfuhr, den Dorfausgang erreichte, den die Polizei bereits gesperrt hatte. Er sah sich, wie er abbog und hinauf ins Prätschli fuhr, den Wagen gegenüber vom Hotel parkte und endlich Zeit fand, um nervös zu werden.

Dann kam die Panik.

Er musste weg vom Berg, aber wie? Mit dem Zug? Man würde ihn erwischen, bevor der Ticketautomat das Wechselgeld ausgespuckt hätte. Zu Fuss? Unmöglich. Die Strasse war ja gesperrt und querfeldein gab's im Winter nicht. Natürlich hatte er keinen Plan, das war sein Markenzeichen. Es blieb für den Moment nur eines: Umstyling. Markus stopfte sich einige Scheine in die Hosentasche und schlenderte so unauffällig wie möglich, was sich sehr auffällig anfühlte, zum Sportgeschäft im Erdgeschoss des Hotels. Er kaufte sich eine knallgelbe Daunenjacke, eine rote Kappe und einen grünen Rucksack. Als er wieder beim Auto war, fühlte er sich etwas besser. Die grellen Farben boten ihm Schutz. Die Polizei würde nach einem Mann in dunkler Kleidung Ausschau halten, nicht nach einem Papagei.

Doch wie lange würde ihm diese Tarnung nützen?

Eine Gruppe fröhlicher Jugendlicher stieg aus dem Bus und ging scherzend mit ihren Schlitten die Strasse hinunter. Markus blickte verzweifelt zum Weisshorngipfel, der von weichen Schafswolken umgeben war. Fliegen müsste man können.

Fliegen!

Eine Idee, so wahnsinnig, dass sie Markus geradezu vernünftig vorkam. Rasch steckte er den kleinen Rucksack mit dem Geld darin in die soeben gekaufte grüne Version, fütterte die zentrale Parkuhr und folgte der ausgelassenen Gruppe.

Die Jugendlichen machten vor der Schussfahrt ins Tal noch einen Abstecher ins Burestübli, vermutlich um sich mit einem Kafi Lutz Mut anzutrinken. Die Schlitten standen in Reih und Glied vor dem Restaurant. Markus, immer Pragmatiker, selten Stratege, schnappte sich einen der Schlitten und ging, ohne sich umzuschauen, zum Start der Schlittelpiste. Dort zurrte er den Rucksack fest und setzte sich auf das Gefährt. Es war eine jener Situationen, in denen man einfach loslegen musste, bevor der Verstand einem sagte, wie bescheuert die Idee eigentlich war.

Plötzlich bemerkte er eine riesige, weisse Katze, die wie aus dem Nichts vor ihm aufgetaucht war und keine Anstalten machte, den Weg freizugeben. Sie blickte ihn angriffslustig an, und ihre gelben Augen schienen zu sagen: »Das ist *mein* Weg, mach, dass du wegkommst.«

Markus schob sich an ihr vorbei, stiess sich kräftig ab und gewann rasch an Tempo. Er überholte mit einem lauten »Achtung!« eine Familie. Rechts von ihm öffnete sich der Blick auf die Skipiste, die hinunter ins Dorf führte. Als Nächstes sah er ein Prachtexemplar von einer Tanne, majestätische Äste und ein Stamm wie ein Betonpfeiler. Er fixierte diesen, warf sich mit aller Kraft zur Seite und krachte mit voller Wucht in den Baum.

Dann wurde es dunkel.

Als er die Augen öffnete, blickte er in die besorgten Gesichter der Familie, die er zuvor überholt hatte.

»Wir haben Hilfe gerufen«, sagte die Frau mit dem schwarzen Helm.

Doch Hilfe allein konnte Markus nicht helfen. Also hechelte er: »Ich kriege keine Luft!«

Der Mann mit weissem Helm stand schützend vor den Kindern. »Halten Sie durch!« Es war wirklich ein nettes Paar.

Kurz darauf fuhr ein Pistenretter mit Rettungsschlitten heran. »Was ist passiert?«, fragte er.

Die Frau klärte ihn auf.

»Können Sie mich verstehen?« Der Pistenretter hatte sich hingekniet.

»Keine Luft!«, presste Markus hervor. Dabei zeigte er auf seinen Brustkasten, begann zu zittern und verdrehte die Augen.

Der Pistenretter funkte nach einem Rega-Helikopter. Um auf Nummer sicher zu gehen, zog Markus seinen Führerausweis aus der Hosentasche und hielt ihn dem Helfer hin. Nicht, dass der gute Mann auf die Idee käme, den Rucksack auf der Suche nach seiner Identifikation zu öffnen.

Der Rettungseinsatz funktionierte perfekt, so wie es in der Schweiz sein musste. Wenige Minuten später schwebte der rot-weisse Helikopter heran. Markus wurde auf eine Bahre gebettet und daran befestigt. Er mimte den Bewusstlosen und blinzelte zwischendurch zu seinem Rucksack. Zu seiner Erleichterung wurde er ungeöffnet mit ihm in den Helikopter bugsiert. Dann dröhnten die Rotoren auf und Markus entschwebte mit der Beute in Richtung Chur. Beim Abdrehen über dem Dorf sah er noch die Blaulichter der Polizei, die nach wie vor hoffte, den Bankräuber irgendwo auf der Strasse zu erwischen.

Im Spital angekommen, verlief die Genesung überraschend schnell.

»Ein medizinisches Wunder!«, meinte die diensthabende Ärztin, während Markus auf Herz und Nieren geprüft wurde. Offiziell lautete die Diagnose »akuter Kreislaufschock«. Die Nacht verbrachte Markus zur Überwachung im Krankenhaus. Ein Pfleger, der in Arosa wohnte, brachte am nächsten Morgen freundlicherweise Heiners Wagen nach Chur.

Eine Woche später trat Markus wie vereinbart seinen Job in der Berghütte an, als wäre nichts passiert. Der Banküberfall war unter dem Personal nur mehr ein Randthema, das schnell von der Hektik des Alltags überlagert wurde.

Und Heiner?

Eines Abends rief er an. »Markus, du glaubst es nicht! Die Krankenkasse hat ihre Meinung geändert. Der Arzt hat einen Geldgeber gefunden, der die neue Therapie fördern will. Ich werde in das Programm aufgenommen!«

Markus zeigte sich freudig überrascht. Er wusste, dass er Heiner nie die Wahrheit sagen konnte. Nicht aus Bescheidenheit, sondern weil sein Freund das Geld sonst nicht akzeptiert hätte. So blieb Markus der anonyme Spender. Aber das war okay. Was tut man nicht alles für seinen besten Freund?

Alles!

DER HÜFTKNICK

Warnhinweis: Das Nachahmen der beschriebenen Fahrweise erfolgt auf eigenes Risiko. Der Autor übernimmt keinerlei Haftung.

Rita schlug die Skistöcke zusammen. Eine Marotte, die ihr Skilehrer Hans, den sie insgeheim »Gigi« nannte, nicht mochte. Er stand unten an der Carmennahütte, hob den rechten Arm und winkte dabei wie der Cheftrainer auf der Skisprungschanze. Der richtige Moment war entscheidend. Jetzt!

Die Piste war leer.

Rita atmete tief ein. Aus. Dann stiess sie sich kräftig ab, gewann rasch an Tempo, wurde schneller. Noch schneller. Die Kanten kratzten über die eisige Fläche. Ihr Körper vibrierte wie eine angeschlagene Stimmgabel. Sie biss die Zähne zusammen und stemmte sich gegen die Zentrifugalkraft. Der Druck in den Oberschenkeln nahm zu. Doch Rita war eine Kämpferin. Den ganzen Winter hatte sie hart trainiert – auf der Piste und vor dem Fernseher. Jeden Abend das gleiche Ritual: Tele-Ski-Sendungen aus den 80ern. Fitness für die gesamte Familie mit Hansi Hinterseer und Rosi Mittermaier in pinkgrellen Overalls. Die Sendung war Kult: Sessel wurden gerückt, schon folgte Aufwärmen, Dehnen, Kraftübungen, dazu eine FIS-Regel. Der Höhepunkt am Schluss: Zwei Minuten in der Hocke virtuell die Rennstrecken am Lauberhorn oder in Kitzbühel hinuntersausen.

Unvergesslich.

Kurz vor Hans richtete sich Rita auf und bremste sich mit kurzen Schwüngen ein. Keuchend, aber zufrieden.

Hans weniger.

»Rita, Rita«, sagte er kopfschüttelnd. »So gewinnst du die ›Mungga-Trophy‹ nie im Leben!«

Rita war konsterniert. »War ich nicht schnell genug?«

»Doch. Aber du hattest keine Kontrolle. Die Trophy ist ein Riesenslalom, keine Abfahrt. Du musst die Tore richtig anfahren, Druck aufbauen, wieder loslassen – und vor allem den Hüftknick beherrschen. Du lehnst dich zu sehr nach innen. Wie ein Segelschiff im Sturm.«

Rita, die Beisserin, spürte Tränen in den Augen. »Das Rennen ist doch schon in zwei Wochen. Wie soll ich das noch lernen?«

Hans grinste. »Ich bin der Skilehrer!« Seine weissen Zähne hoben sich von der lederbraunen Gesichtsfarbe ab. »Wir fangen jetzt an!«

Nach der Carmennahütte war es flach. Perfekt für eine Übung. Hans stiess sich ab, Rita folgte.

»In der Rechtskurve hebst du deinen linken Ski leicht an und drehst die Spitze über den rechten Ski. Dann andersrum«, erklärte Hans und machte es vor.

Rita versuchte es ebenfalls. Es fühlte sich zunächst wacklig an, so wie beim ersten Salsa. Doch bald spürte sie die Veränderung in ihrer Körperhaltung. Nach ein paar Kurven hielt sie an und strahlte.

»Ich hab's gespürt!«, rief sie begeistert.

»Erklär es mir«, sagte Hans, ganz der Lehrer.

»Die Hüfte knickt bergwärts ein und der Oberkörper dreht sich leicht talwärts.«

Hans nickte zufrieden. »Genau. Damit behältst du Kontrolle und Druck auf den Ski. Wenn du so steif fährst wie vorhin, rutscht der Innenski weg und du liegst im Schnee.«

Sie klatschten ab und fuhren mit bilderbuchmässigem Hüftknick hinunter ins Dorf. Rita fühlte sich bereit. Die »Mungga-Trophy« konnte kommen!

Am Rennen nahm auch Lilian teil. Ritas beste Freundin. Und Rita hatte ein Ziel: Lilian zu besiegen! Nun fragst du dich vielleicht: beste Freundin? Sollte man sich da nicht den Erfolg gönnen? Ist Rita ein schlechter Mensch, vielleicht sogar leicht kriminell? Natürlich hat das was, aber Rita mochte Lilian wirklich gut leiden. Lilian war einfach zu perfekt, ja geradezu die fleischgewordene Perfektion. Richtig nerven können nur Menschen, die einem wichtig sind. Schon in der gemeinsamen Schulzeit war Lilian stets Klassenbeste, Rita knapp dahinter. Lilians Mann war hochbezahlter Manager, Ritas Gatte Direktor in derselben Firma. Lilian war eine erfolgreiche PR-Fachfrau, Rita Kindergärtnerin. Lilians Haus am Zürichsee war 100 Quadratmeter grösser als Ritas am Greifensee. Selbst die Ferienwohnungen: Lilian logierte in der Maisonette-Dachwohnung, Rita eine Etage darunter. Rita liebte Lilian wirklich, aber sie wollte ihre beste Freundin einmal schlagen. Nur einmal. Und zwar heute!

Irgendwie verständlich. Keine Gaunerei.

So fuhren die beiden Freundinnen mit dem Sessellift Carmenna bis zur Mittelstation und von dort auf den Ski zum Startgelände.

»Was für ein traumhafter Tag!«, schwärmte Lilian. »Ein bisschen Skifahren, danach ein gutes Essen.«

»Es ist ein Rennen«, sagte Rita. Sie hatte schlecht geschlafen.

»Ein Spassrennen!«, ergänzte Lilian.

»Du hast gut reden, schliesslich hast du die letzten drei Jahre in Folge gewonnen.«

»Dieses Jahr bist du dran, mein Schatz!« Lilian drückte Rita einen Kuss auf die Wange und verschwand im Starthäuschen. Sie trug die Nummer 13, Rita die 16. Kurz darauf stiess Lilian sich ab und weg war sie.

Rita ging die Strecke nochmals im Kopf durch, kontrollierte Helm, Schuhe und Ski. Endlich wurde ihre Nummer aufgerufen.

Jetzt oder nie! Sie dachte an Hans, an den Hüftknick und schoss aus dem Starthäuschen.

Was danach passierte, ist schwer zu erklären. Lag es an der Nervosität, der Übermotivation, am Zustand der Piste oder vielleicht doch an der Fotografin? Diese hatte sich oberhalb des ersten Tors im Schnee positioniert, lag flach auf dem Boden, die Kamera im Anschlag. Rita bemerkte sie spät. War heute ihr Tag? Der Sieg und gleich noch ein spektakuläres Foto auf der Titelseite der Aroser Zeitung? Rita vergass alle Vorsätze, legte sich in die Kurve, steif wie ein Brett und schräg wie ein Segelschiff im Sturm ... Der Innenski rutschte. Dann wurde alles weiss.

Rita fand sich im Tiefschnee wieder, doch sie fuhr das Rennen zu Ende.

Sportlich.

»Eine Schneefrau auf Ski«, scherzte der Kommentator, als sie über die Ziellinie fuhr. Rita klopfte sich ab und setzte sich neben ihren Mann auf eine Festbank. Nach zwei »Schümli Pflümli« sah die Welt schon wieder besser aus. Lilian – wer sonst? – gewann zum vierten Mal in Folge. Nach der Siegerehrung trafen sich die Freundinnen wieder.

»Gratuliere! Du bist unschlagbar«, sagte Rita.

»Ich dachte, du gewinnst heute. Du hast so hart trainiert!«

»Woher weisst du das?«, fragte Rita verblüfft.

Lilian schmunzelte. »Dein Mann ist ein Schwätzer. Aber was ist auf der Piste passiert?«

»Klassischer Innenski-Fehler«, antwortete Rita und brach in lautes Gelächter aus.

Lilian wusste zwar nicht, wovon Rita sprach, und lachte trotzdem herzhaft mit.

Nichts geht über eine gute Freundschaft!

DIE TASCHE – TEIL EINS

Warnhinweis: Auch Frauen sind nur Menschen.

Das Inserat war ihr sofort ins Auge gestochen.

Die Swiss Credit Bank sucht für ihre Aussenstelle in Arosa einen Filialleiter, der das Skifahren im Blut hat. Angemessene Entlohnung sowie freie Kost und Logis.

Ein Job als Filialleiter? Völlig absurd im Jahre 1979 – auch acht Jahre nach der Einführung des Frauenstimmrechts in der Schweiz. Filialleiterinnen gab es nicht. Ein Mythos. Roswitha Steinegger hatte sich dennoch beworben. Die kleine Druckerei in St. Gallen, wo sie die Buchhaltung geführt hatte, war in Konkurs gegangen. Und Arbeitslosenentschädigung bekam nur, wer sich um einen neuen Job bemühte.

Immerhin konnte Roswitha Skifahren. Sie war im Appenzellerland aufgewachsen. Im kleinen Dorf Speicher, vielleicht kennst du es sogar. Dort hatte sie am Skilift Vögelinsegg die ersten Schwünge gelernt. Der Lift verlief über eine kurze, sanft ansteigende Strecke an einem in den 60er- und 70er-Jahren noch schneesicheren Nordosthang zum Gipfelpunkt Birt auf 1.007 Meter über Meer. Doch Erfahrung im Banking? Fehlanzeige.

Und nun das!

Roswitha sass am Küchentisch und starrte auf die Einladung der Swiss Credit Bank zum Vorstellungsgespräch. Sie wusste nicht, wie es dazu gekommen war. Ein bisschen Hoffnung, viel Zweifel. Aber sie hatte nichts zu verlieren.

Das Gespräch fand in Zürich statt und war ebenso kurz wie merkwürdig. An der Türklingel des gesichtslosen Gebäudes stand lediglich SCB. Roswitha wurde von einem elegant gekleideten Herrn empfangen. Sein Name: Franco d'Angelo, die Haare akkurat zurückgegelt, das Lächeln eines Gebrauchtwarenhändlers, Schuhe mit hohem Rist. Das Büro der Swiss Credit Bank war nicht mehr als eine leerstehende Wohnung. Kalter Zigarettenrauch lag in der Luft. D'Angelo kam gleich zur Sache.

»Können Sie Skilaufen?«, fragte er nach einer förmlichen Begrüssung.

Roswitha stand ihre Frau: »Ja.«

»Skitouren?«

»Meine Leidenschaft!«, antwortete sie leidenschaftlich, wenn auch nicht wahrheitsgetreu.

»Sind Sie verschwiegen?«

»Geheimnisse sind bei mir sicherer als im Tresor der Schweizer Nationalbank.«

D'Angelo nickte. »Wann können Sie bei uns anfangen?«

»Sofort!«

D'Angelo war zufrieden: »Das wird nicht nötig sein. Sie beginnen am 1. Dezember.«

»Wollen Sie denn nicht über meine Qualifikationen sprechen?«

»Das haben wir doch bereits, Signorina Rosi.«

»Roswitha, bitte …«

»Ich erwarte Sie also am 1. Dezember in Arosa. Und bringen Sie Ihre Skiausrüstung mit.«

Der Vertrag lag zwei Tage später im Briefkasten. Das Gehalt: absurd hoch, erster Monatslohn im Voraus bezahlt. Fast zu schön, um wahr zu sein.

Roswitha tat, was die meisten Männer auch getan hätten: Sie nahm das Geld und ging in der Multergasse in St. Gallen auf Shoppingtour. Eine Tasche musste es sein, inklusive der Utensilien, um diese zu füllen.

Am 1. Dezember reiste sie nach Arosa. Dicke Schneeflocken fielen aus den Wolken und tauchten die Landschaft in Watte. Am Bahnhof wurde sie von einer leicht bekleideten Blondine vor blauem Hintergrund in Empfang genommen. »Herrliches Arosa« stand auf dem Plakat. Warum die Dame im eisigen Dezember nur mit einem Bikini bekleidet war, erschloss sich Roswitha nicht.

Rätselhaft.

Ein breitschultriger Mann im schwarzen Anzug nahm ihr das Gepäck ab. Schweigend. Er verstaute alles in einem Kastenwagen mit getönten Scheiben. D'Angelo, wie immer im feinsten Zwirn, sass im Fond.

»Sie logieren im Hotel Kulm. Das Zimmer ist zugleich Ihr Büro. Warten Sie dort auf weitere Instruktionen. Hier Ihre Lohnzahlungen bis zum Ende der Wintersaison.«

Er reichte Roswitha einen Scheck, der Betrag liess ihr den Atem stocken. Für diese Summe hätte sie in der Druckerei zwei volle Jahre arbeiten müssen! Obendrauf freie Kost und Logis in einem der besten Hotels auf dem Platz. Sie steckte das Wertpapier wortlos in ihre Jackentasche und gab sich betont maskulin.

»Und meine Aufgabe? Wann sehe ich die ersten Kunden?«, fragte sie.

D'Angelo wiegelte ab. »Im Dezember und Januar fahren Sie Ski. Machen Sie Touren, arbeiten Sie an Ihrer Fitness. Wir erwarten den ersten Kontakt im Februar.«

Also fuhr Roswitha Ski. Jeden Tag. Sie genoss das Leben in vollen Zügen. Von D'Angelo hörte sie nichts mehr und glaubte bereits, er habe sie vergessen. Keine Anrufe, keine Aufträge, keine Kunden. Die ganze Sache kam ihr seltsam vor, aber so konnte es sich leben lassen.

D'Angelo kontaktierte sie am 1. Februar.

»Signorina Rosi, come stai?«, sagte er überschwänglich am Telefon.

»Bene, grazie«, antwortete Roswitha. Das Diminutiv liess sie diesmal widerspruchslos über sich ergehen. Es war ein sonniger Wintertag, und sie wollte auf die Piste.

Ihr Vorgesetzter räusperte sich. »Heute findet der erste Kontakt statt.«

Roswithas Begeisterung hielt sich in Grenzen. »Hier auf meinem Zimmer?«

»No, no«, sagte d'Angelo. »Am Abend gehen Sie mit den Tourenski zur Scheidegg. Nehmen Sie eine Fackel mit. Gegen 20 Uhr wird eine Cessna über Ihren Standort fliegen und eine Tasche abwerfen. Sie nehmen die Tasche an sich und bringen sie ins Kulm. Warten Sie dort, bis ich eintreffe.«

Roswitha glaubte zunächst an einen Scherz. »Signor d'Angelo, das meinen Sie doch nicht ernst.«

»Wenn Sie ein Problem damit haben, checken Sie sofort aus und zahlen uns den Vorschuss zurück!« Seine Stimme war tief und bedrohlich geworden. »Enttäuschen Sie uns nicht!«

Das tat sie nicht.

»Natürlich«, sagte die Filialleiterin der Swiss Credit Bank. »Woher kriege ich denn auf die Schnelle eine Fackel?«

»Sie logieren in einem Luxushotel – bestellen Sie eine beim Concierge.« D'Angelo beendete das Gespräch grusslos.

Roswitha blieb ratlos zurück. Sie wusste, dass etwas nicht stimmen konnte. Sie war in eine Gaunerei geraten, aber was sollte sie tun? Die Antwort auf die Frage überstieg ihre Gehaltsklasse. Zudem ist der Mensch ein Gewohnheitstier, auch was das Leben in einem Luxushotel betrifft. Sie beschloss, ihre Filialleiterin zu stehen.

Nachvollziehbar.

Roswitha hörte die Cessna, bevor sie diese sah. Die Maschine kam im Tiefflug von der Ochsenalp heran. Es war eine klare Nacht, die Sterne glitzerten am Himmel über Arosa. Roswitha wedelte wie eine Schiffbrüchige mit der Fackel durch die Luft. Der Pilot quittierte mit einem Lichtsignal, korrigierte sanft die Richtung und drosselte die Geschwindigkeit. Dann wurde ein Gegenstand abgeworfen und landete nur wenige Meter von Roswitha entfernt im Schnee. Das Flugzeug drehte ab, schwenkte zum Abschied mit den Flügeln und verschwand in der Dunkelheit. Roswitha ergriff die Tasche, schnallte sie auf den Rücken und fuhr zurück ins Hotel.

Das Spiel begann.

Am nächsten Morgen um 8 Uhr klopfte es an ihrer Tür – d'Angelo. »Haben Sie die Sendung?«

Roswitha deutete auf das Sofa. D'Angelo nahm den Gegenstand der Begierde sofort an sich.

»Gut gemacht, Signorina!« Er wandte sich ab und öffnete die Tasche. Ein leises Pfeifen.

»Haben Sie den Inhalt gesehen?«

Roswitha schüttelte den Kopf. Das heimliche Getue begann sie zu nerven.

D'Angelo wandte sich wieder ab und nestelte an der Tasche herum. Wie ein Zauberer bei einem Kindergeburtstag ein Stoffkaninchen aus dem Hut zog, so unvermittelt hielt er Roswitha plötzlich ein kleines Bündel Geldscheine hin. »Für Sie. Bonus …«

Roswitha war baff. Es waren druckfrische Geldscheine, Deutsche Mark. Jetzt fiel es ihr wie Schuppen von den Augen – die Filiale in Arosa war keine Bankfiliale, sondern eine Waschanstalt für unversteuertes Schwarzgeld aus dem Ausland.

Keine weiteren Fragen. Das Bündel verschwand in ihrem Zimmersafe und D'Angelo so schnell, wie er gekommen war. Roswitha war fest entschlossen, mannhaft zu bleiben.

In den darauffolgenden Wochen wurden die Lieferungen zahlreicher und die Taschen grösser. Ebenso das Handgeld. Um nicht aufzufallen, wechselten die Abwurfstellen: beim Schwellisee, dann unter dem Brüggerhorn, an der Isla und einmal musste Roswitha sogar nach Medergen touren. Egal, die Bezahlung stimmte. Als der Safe im Zimmer zu klein wurde, mietete sie sich bei der Kantonalbank ein Schliessfach an. Gespartes Geld, so hatte sie von ihren Eltern gelernt, war schliesslich verdientes Geld.

Ihr Glück endete am 7. April. Übergabe bei einer Jagdhütte. Es war eine bitterkalte Nacht, der Schnee pickelhart. Die Tasche schlug hart auf und rutschte ab. Roswitha fuhr hinterher, konnte aber nichts mehr ausrichten. Die Tasche verschwand über einen steilen Abhang. Schlimmer noch: Roswitha bremste hart ab und die gefrorene Schneedecke geriet ins Rutschen. Mit einem Knacken löste sich eine Lawine, rauschte in die Mulde und begrub die Tasche unter sich. Roswitha blieb nichts anderes übrig, als mit leeren Händen ins Hotel zurückzukehren.

D'Angelo war nicht erfreut, als er vom Malheur erfuhr. Er beschimpfte Roswitha aufs Übelste und schickte sie auf die Suche nach dem verlorenen Schatz.

»Finde die Tasche!«, schrie er.

»Ich kann nicht einfach …«

»Finde sie!«

Also machte sich Roswitha auf die Suche im lawinengefährdeten Hang. Die Schneedecke war dick und schwer wie Beton. Chancenlos und auffällig. Die Stelle, wo die Tasche liegen musste, war vom Dorf aus gut einsehbar.

D'Angelo war verzweifelt. »Du organisierst einen Feldstecher und behältst den Hang im Auge. 24 Stunden, ohne Pause. Die Tasche darf nicht verloren gehen! Haben wir uns verstanden, Rosi?«

Roswitha hatte verstanden. Für sie stand ihr lukrativer Job auf dem Spiel, für d'Angelo vermutlich wesentlich mehr.

Drei Tage und Nächte verbrachte Roswitha in weichsten Kaschmir gehüllt auf ihrem Balkon. Mit dem Feldstecher spähte sie den gegenüberliegenden Hang unter der Jagdhütte aus. Vergeblich. Die Tasche wollte und wollte nicht auftauchen. Aber irgendwann, so hoffte sie, musste die Schneeschmelze einsetzen. Sie trank literweise Kaffee und gönnte sich nicht mehr als einen Powernap. Sie hatte beim Concierge einen Küchenwecker bestellt. Alle 15 Minuten schrillte er und schreckte sie auf, wenn sie versehentlich eingenickt war. Doch Schlafentzug bringt Körper und Geist ganz schön durcheinander …

Wusstest du, dass bei einem kompletten Schlafentzug irgendwann der Tod eintritt? Der Weltrekord im Wachbleiben wurde 2007 von einem Briten – natürlich war es ein Brite – aufgestellt, er blieb elf Tage und Nächte wach! Das konnte Roswitha 1979 natürlich noch nicht wissen, aber es ist trotzdem interessant. Roswitha schaffte es immerhin über 72 Stunden. Nach Tag eins stellten sich die ersten Erinnerungslücken ein und ihr Körper wurde schwer wie Blei. Schon die kleinsten Geräusche aus dem Hotelflur lösten Stresssymptome aus. Nach Tag zwei hatte sich ihr Herzschlag deutlich beschleunigt und das Blut pochte in ihren Schläfen. Sie fühlte sich wie ein Dampfkochtopf kurz vor der Explosion. Es fiel ihr schwer, über das Telefon Kaffee oder Essen zu bestellen. Sie verlor immer wieder den Faden und suchte nach den richtigen Begriffen. Zudem nickte sie öfter ein, bis sie der Wecker zurückholte. Nach Tag drei war sie ein Wrack und siechte vor sich hin. Sie fühlte sich in ihrem Zimmer mittlerweile wie eine Untote, die dazu verdammt war, von ihrer Gruft aus für alle Ewigkeit auf den Friedhof zu starren.

Nach 72 Stunden des Martyriums begann es zu tauen. Es tropfte vom Dach auf ihren Balkon und heftiger Regen setzte ein. Es war unmöglich, den Gegenhang zu erkennen, und Roswitha war nicht mehr in der körperlichen Verfassung, das Zimmer zu verlassen. Sie vergass, den Wecker neu zu stellen, und fiel in einen tiefen Schlaf. In ihrem Traum versank sie im Bodensee, ruhig, sanft, umgeben von weichem Wasser, lustigen Fischen und absoluter Dunkelheit.

Roswitha erwachte 20 Stunden später und hatte zunächst keine Ahnung, wo sie sich befand und was geschehen war. Dann rannte sie panisch auf den Balkon und nahm die Mulde ins Visier. Die Schneeschicht war aufgebrochen, ja, hatte sich durch Regen und Föhn geradezu in Nichts aufgelöst. Und das war exakt, was sie sah: nichts!

Die Tasche war verschwunden.

Roswitha wurde fristlos entlassen und war froh, lebend aus der Sache herausgekommen zu sein. Sie bekam sogar einen Abschiedsbonus, der ihr das Vergessen erleichtern sollte. Sie fand schliesslich, dank des hervorragenden Arbeitszeugnisses von d'Angelo, einen neuen Job bei einer kleinen Privatbank in St. Gallen. Dort arbeitete sie fast 40 Jahre als Kundenberaterin. Über ihre Erlebnisse in Arosa hat sie mit niemandem je gesprochen.

Manchmal dachte sie jedoch an die Tasche.

Manchmal fragte sie sich, was mit ihr passiert sein mochte.

WHITE ANGEL

Warnhinweis: Knochen gehen in die Brüche, von Mensch und Tier.

Das Rennen in Arosa gehörte zu meinen Lieblingsveranstaltungen. Die Wettkämpfe fanden auf dem gefrorenen Obersee statt. Im Januar wurde damit die Bündner Turf-Saison eröffnet. Stahlblauer Himmel, Weissweingläser oder Bierflaschen in behandschuhten Händen, die angespannte Situation vor dem Startschuss – eine Institution. Der Hauptpreis war mit 12.000 Franken dotiert und ich habe ihn gleich mehrmals gewonnen. Ja, ich war dort der Star.

Das Pferderennen ist inzwischen Geschichte. Du weisst schon: Klimawandel. Ich hätte vermutlich auch ein Pferdewettschwimmen gewonnen, wobei offene Gewässer bei mir ein ungutes Gefühl auslösen. Es ist die irrationale Angst vor Wasserleichen, die mich hinunterziehen könnten. Keine Ahnung, ob es im Obersee welche gibt, ist auch egal. Gerne erinnere ich mich jedenfalls an meinen letzten Wettkampf in Arosa, bei dem ich zwar nicht den Titel gewonnen, dafür die Liebe meines Lebens gefunden habe.

Ich bin übrigens White Angel. Wunderschön und hochdekoriert. Das mag dir jetzt eitel erscheinen, aber Pferde lügen nicht. Und Schönheit ist eine Frage der Haltung. Ich habe eine Widerristhöhe von fast zwei Metern, was auch für einen Wallach mehr als imposant ist, mein Fell ist weiss wie Pulverschnee und mein Schweif erinnert im Galopp an eine Sternschnuppe. Am Vortag unseres letzten Rennens in Arosa bugsierte mich Reto, das ist mein Besitzer, in den Anhänger. Reto ist ein feiner Kerl, und wir sind ein Herz und eine Seele. Das Einladen war so eine Sache für ihn. Für mich war es Routine. Ich habe mich ein wenig gesträubt, aber nicht, weil ich Angst gehabt hätte. Im Anhänger gab es reichlich Futter und ich hatte meine Ruhe. Nein, ich sträubte mich, weil ich Reto eine Freude machen wollte. Er hatte einen teuren Kurs bei einer Pferdeflüsterin besucht. »Achtsames Verladen nach Feng-Shui-Regeln«. Seit dem Kurs fuchtelte er beim Verladen mit den Armen herum, sprach unverständliche Dinge und berührte mich an Orten, wo er es sonst nie tat. Nun gut. Wenn ich schliesslich in aller Seelenruhe in den Anhänger stolzierte, sah er glücklich aus. Was tut man nicht alles für seine Freunde.

Die Fahrt nach Arosa war eine Tortur. Wahrscheinlich bist du die vielen Kurven auch schon gefahren. Aber stehend? Bitte doch einmal einen Fahrgast in Chur, er oder sie möge sich bis zur Einfahrt nach Arosa erheben. Vielleicht musst du dafür die Dachluke öffnen … Ich kann dir versichern, dass es eine wacklige Angelegenheit ist. Aber ich bin abgeschweift.

Am Startfeld erwartete mich eine Überraschung: ein neuer Jockey. Er wurde vom Speaker als »Kugelblitz« vorgestellt. Wobei er mich mit »Blitz« und ihn mit »Kugel« gemeint haben muss. Vermutlich sass der Mann lieber auf Sofas als auf Pferden. Kugelblitz war übergewichtig und roch nach Pommes. Ein absolutes No-Go! Nicht, dass es ein Problem für mich gewesen wäre, ich hätte mit meiner Kraft den Yeti auf den Mount Everest tragen können, aber ich empfand es als Respektlosigkeit. *White Angel wird eh gewinnen, da kann man sich vor dem Rennen ja noch eine Portion Pommes gönnen.* Bevor ich mich richtig ärgern konnte, sah ich sie. Eine Stute. Storm Shadow. Schlank, athletisch, pechschwarz glänzendes Fell, lange Beine bis zum Boden. Ich war hin und weg und starrte sie an. Storm Shadow erwiderte meinen Blick und – du wirst es nicht glauben – zwinkerte mir zu. Ich gab mich lässig und schüttelte meinen Schweif.

Die erste Runde des Rennens liess ich langsam angehen. Storm Shadow lag in Führung, ich knapp dahinter, meinen Blick auf ihre eleganten Bewegungen gerichtet. Ihr Hufschlag war mein Herzschlag. Kugelblitz hatte ich total vergessen, bis er mich mit unsanften Schlägen mit der Gerte aus meinen Träumen riss. Ich beschleunigte und glitt an Storm Shadow vorbei, wobei ich sie ganz sanft mit meiner Schulter berührte. Ich spürte den leichten Gegendruck.

Ein Spiel, ein Flirt. Ich überlegte, ob es Reto etwas ausmachen würde, wenn ich Storm Shadow gewinnen liesse. Wahrscheinlich nicht. Also nahm ich Tempo raus und wir liefen Kopf an Kopf in die letzte Runde. Ich stellte mir vor, wie wir in Freiheit gemeinsam über Felder und Wiesen galoppierten und den Sonnenuntergang genossen.

Kugelblitz, der Spielverderber, hatte andere Pläne und wurde zunehmend hysterisch. Er schlug wie verrückt auf mich ein und schrie: »Schneller, schneller, ich habe mein ganzes Geld auf dich gesetzt!«

Es gibt Momente, da muss ein Pferd tun, was ein Pferd tun muss. Ich forcierte das Tempo und bog mit zwei Längen Vorsprung in die Zielgerade ein. Kugelblitz hüpfte wie ein Derwisch auf meinem Rücken herum und begann mir so richtig auf die Hufe zu gehen. Als er mich einen »Gaul« nannte, hatte ich die Nüstern gestrichen voll. Niemand nennt mich einen Gaul, schon gar kein Jockey, der selber Wetten platziert. Ich persönlich finde das eine Gaunerei, ja geradezu kriminell. Kurz vor der Ziellinie riss mir der Geduldsfaden und ich vollzog eine Vollbremsung. Wie sagt man so schön: Reite nie schneller, als dein Schutzengel fliegen kann … Und

Kugelblitz flog – verzeih bitte den Kalauer – wie eine Kanonenkugel kopfvoran über die Ziellinie. Als Erster.

Gewonnen hat Storm Shadow. Bei einem Pferderennen muss bekanntlich nicht nur der Jockey als Erster das Ziel erreichen, sondern auch sein Pferd. Kugelblitz lag jammernd am Boden wie eine überfahrene Ente. Selbstmitleid ist nun wirklich die erbärmlichste Form von Mitleid. Ich ging zu ihm und schubste ihn mit den Nüstern an. Er stöhnte laut auf. Gut, er lebte noch. Das wimmernde Bündel erinnerte mich an den Appenzeller Bläss in unserem Stall, dem ich mit meinen Hinterhufen vor einiger Zeit Anstand beibringen musste: Niemand schleicht sich von hinten an White Angel heran, um ihn anzubellen! Der Köter hält jetzt den Hunde-Weitflug-Weltrekord. Als Mensch wäre ich wahrscheinlich geradewegs ins Gefängnis galoppiert. Aber Pferde können zum Glück keine Verbrechen begehen ... Die gebrochenen Rippen des Hundes sind jedenfalls wieder zusammengewachsen. Wenn auch etwas windschief.

Reto stürmte auf mich zu und griff die Zügel. »Geht es dir gut, White Angel?«

Ich nickte. Reto kniete sich zu Kugelblitz und stauchte ihn zusammen. »Habe ich nicht gesagt, du darfst White Angel nicht schlagen, du Vollpfosten?« Wie bereits erwähnt, Reto ist ein guter Typ.

Im Zielgelände traf ich erneut Storm Shadow. Sie posierte graziös für die Siegerfotos. Als sie mich bemerkte, zog sie ihre Besitzerin weg und kam zu mir. Ihre Augen, schwarz wie Kaffee, lachten. Sie stellte sich neben mich und drückte ihren Kopf an meinen Hals. Ich bedankte mich mit einem lauten Wiehern. Sie roch köstlich nach frischem Heu und Karotte.

»Sie scheinen sich zu mögen«, sagte Storm Shadows Besitzerin zu Reto.

»White Angel ist eigentlich ein Einzelgänger, er lässt sonst niemanden an sich ran ausser mir«, antwortete Reto. Er wirkte eigenartig nervös.

»Das hat man gesehen«, erwiderte die Frau schmunzelnd und zeigte auf Kugelblitz, der gerade mit einer Trage abtransportiert wurde. »Storm Shadow ist auch sehr wählerisch. White Angel kann sie gerne einmal auf der Weide besuchen.«

Hatte ich richtig gehört?

Als ich eine Stunde später wieder im Anhänger stand, fühlte es sich an, als ob mir jemand das Herz aus der Brust gerissen hätte. Ich war überzeugt, noch am selben Tag zu sterben.

Zum Glück kam es anders. Einige Wochen später durfte ich mit Reto Storm Shadow besuchen. Was für eine Freude! Wir spazierten zusammen auf ihrer Weide, assen Äpfel, die vom Baum gefallen waren, und schmiegten uns aneinander. Bei unserem dritten Besuch bemerkte ich, dass sich Reto ebenfalls an Storm Shadows Besitzerin schmiegte. Die Besuche wurden häufiger und länger, bis wir schliesslich ganz auf den Hof zogen. Reto wohnt jetzt mit der netten Frau neben uns im Stall mit den vielen Fenstern.

Wohin das Herz galoppiert, da ist dein Zuhause! Oder so ähnlich.

SANFT BERÜHRT

Warnhinweis: Unsportliches Verhalten wird sanktioniert. Manchmal.

Man kennt mich. Oder besser: Man kannte mich. Welt- und Europameisterschaften, Champions League, nationale Titel, Liebling der Presse. Doch das ist lange her. Heute führe ich ein ruhiges Leben. Ein unfreiwillig ruhiges. Ich dachte, der Ruhm würde ewig halten. Tat er nicht. Anfangs wurde ich zu Talkshows und Galas eingeladen. Doch das Interesse an mir nahm so schnell ab, wie ich zunahm. Heute werde ich nur noch für drittklassige Events gebucht: Firmenanlässe irgendwo im Nirgendwo, Quizshows auf Kanälen, von denen ich nie gehört habe. Selbst eine Anfrage für das Dschungelcamp war in mein Mailpostfach geflattert. Eine Beleidigung! Ich war ein Star. Ich fühlte mich wie ein Plastikbecher, der achtlos weggeworfen wurde. *From Hero to Zero*. Oder einfach ein Mann auf der falschen Seite der 40 …

Doch dann kam diese Einladung. Arosa IceSnowFootball. Die inoffizielle Schnee-Fussball-WM. Das verrückte Turnier wurde 2011 ins Leben gerufen und erfreut sich seither wachsender Beliebtheit. Ehemalige Fussballstars aus aller Welt, auf vier Teams verteilt, kicken auf Schnee (mittlerweile auf schneeweissem Kunstrasen) um den begehrten WM-Titel. Ein Titel, der in meiner Sammlung fehlt.

Seinetwegen!

Ich erinnere mich, als wäre es gestern gewesen. WM-K.-o.-Spiel. 119. Minute der Verlängerung. 0:0. Wir waren die bessere Mannschaft. Ich hielt die Defensive zusammen wie eine Festung. Meine Kopfballstärke war legendär, und wenn Tackling damals nicht schon erfunden gewesen wäre, würde es heute meinen Namen tragen.

Dann die Flanke. Ich reagierte perfekt und hatte sogar noch Zeit, mich nach ihm umzublicken. Sein Laufweg in der Nachspielzeit? Der Radius eines Bierdeckels. Seine theatralischen Stürze und das schmerzverzerrte Gesicht? Ein Schauspiel für sich. Unsere Fans pfiffen ihn gnadenlos aus. Er sprach später von Wadenkrämpfen und fehlenden Elektrolyten.

Wer's glaubt.

Ich schraubte mich also wie ein Schlittschuhläufer beim dreifachen Rittberger in die Höhe, bereit, den Ball anzunehmen. Plötzlich wie aus dem Nichts zwei Hände in meinem Rücken. Ein sanfter Druck, beinahe zärtlich, gerade genug, um mich aus dem Gleichgewicht zu bringen. Ich segelte am Ball vorbei. Ehe ich verstand, was geschah, lag der Ball in unserem Tor. Ich erinnere mich genau an den Geruch des Grases in meinem Gesicht – der Geruch von zerbrochenen Träumen. Die gegnerischen Fans waren vollkommen aus dem Häuschen, er liess sich feiern, und wir schieden aus. Den VAR, also die Videounterstützung, gab es damals noch nicht, und dem Schiedsrichter konnte niemand einen Vorwurf machen. Das Foul war unsichtbar gewesen wie ein Schatten in der Nacht. Ich habe es ihm nie verziehen. Und nun – völlig unerwartet – bot sich die Chance zur Revanche.

Judgment Day!

Er wieder da. Sein wirklicher Name tut nichts zur Sache. Nennen wir ihn einfach Dieter. Nichts gegen die Dieter dieser Welt, aber für mich sieht er einfach aus, als hiesse er so.

Beim Apéro am Vorabend des Turniers stand er unvermittelt vor mir und fragte scheinbar desinteressiert: »Spieler oder Sponsor?«

Ich wollte ihm meinen Drink ins Gesicht schütten. Tat es jedoch nicht.

»Spieler«, antwortete ich stattdessen.

»Schweizer Super League?« Er lächelte gönnerhaft.

Sollte ich ihm das ganze Glas über den Kopf kippen? Tat es wieder nicht.

»Nein, grosse Bühne«, erwiderte ich, nun ebenfalls lächelnd.

Dieter musterte mich mit zusammengekniffenen Augen. Ich hielt seinem Blick stand. Er war einer dieser Menschen, die Unsicherheit förmlich riechen konnten. Die Sekunden verstrichen quälend langsam. Plötzlich setzte er ein breites Grinsen auf und breitete die Arme aus. »Das darf doch nicht wahr sein! WM-K.-o.-Runde, du hast den Ball unterlaufen und ich habe ihn eingenickt! Das war der emotionalste Moment meiner Karriere!« Dieters Augen wurden feucht.

Meine auch.

»Ich habe dich kaum wiedererkannt. Du musst mindestens zehn Kilo zugelegt haben.« Er wieherte wie ein Muli.

»Nein, nach wie vor das Kampfgewicht von damals«, log ich, ohne rot zu werden. Meine freie Hand ballte sich zur Faust, bereit, die eine Hälfte des Maultiers, also den Esel, niederzustrecken. Ich behielt jedoch die Kontrolle – das war immer meine Stärke. In 15 Profijahren war ich nur einmal des Feldes verwiesen worden, als ich meinem Gegenspieler das Schienbein gebrochen hatte. Ungewollt, möchte ich hinzufügen, aber der Kerl war einfach zu klein und zu schnell für mich.

»Was ist denn aus dir geworden?«, fragte ich, wohl wissend, dass Dieter ein gefragter TV-Experte war.

»Ich bin Rentner. Das Rampenlicht sagt mir nicht mehr zu, das überlasse ich lieber den Jungen.«

Seine Bescheidenheit überraschte mich, und ich verzog mich ins Getümmel. Ich wollte mich nicht einlullen lassen. Dieter war ein begnadeter Schauspieler. Die Rache sollte am nächsten Tag folgen.

Also heute!

Es ist kalt, eiskalt. Minus zwölf Grad. Der Kunstrasen hart wie Beton. Perfekt. Die Teams wärmen sich im VIP-Zelt auf. Mein Kopf schmerzt. Ich hätte gestern auf den letzten Drink verzichten sollen, vermutlich bereits auf den zweitletzten. Erst kurz vor Spielbeginn gehen wir aufs Feld. Es riecht nach Bratwurst, Bier und DUL-X. Ein Rettungshubschrauber donnert über das Dorf. Im ersten Match spielt die Weltauswahl mit mir gegen die Legenden aus Deutschland mit ihm. Zunächst taktieren beide Teams. Ballbesitz ist im modernen Fussball das Gebot der Stunde. Dieter verlangsamt das Spiel und verteilt die Bälle, wahrscheinlich fehlt ihm die Kondition für schnelle Läufe in die Tiefe. Irgendwann wird es mir zu bunt, und ich trete ihm von hinten in die Ferse.

»Sorry, ich bin ausgerutscht«, sage ich zum Schiri und setze meinen Pudelblick von früher auf. Können diese Augen lügen?

Ja, sie können!

Dieter spielt weiter, humpelt aber merklich, was ich mit Genugtuung zur Kenntnis nehme. Dann passierte es wieder: Er wird hoch angespielt, nimmt den Ball mit der Hand mit und schiebt ihn ins Tor. Also doch – auf schlechte Menschen kann man sich verlassen, sie ändern sich nie!

Ich protestiere. Doch das ist gar nicht nötig, denn Dieter joggt zum Unparteiischen und zeigt jovial lächelnd auf seine Hand. »Der Ball ist mir an die Hand gesprungen. Das Tor ist ungültig.«

Ich bin baff. Der Schiedsrichter bedankt sich bei Dieter für das überaus sportliche Verhalten und die Zuschauer applaudieren. Dieter, immer wieder Dieter! Ich lasse mich auswechseln. Die Gedanken drehen sich in meinem Kopf, wie ein Ball mit viel Drall. Hat Dieter sich geändert? Bin vielleicht ich der Charakterlump? Ist dieses Turnier der richtige Ort, um alte Rechnungen zu begleichen? Enttäuscht über mich selber atme ich tief aus und nehme mir vor, den Anlass zu geniessen, die alten Geschichten ruhen zu lassen und den Zuschauern tollen und fairen Sport zu zeigen.

Ich lasse mich einwechseln.

Das Spiel wogt nun hin und her. Man erkannte, dass wir einmal auf höchstem Niveau gespielt haben. Natürlich verfügen wir heute nicht mehr über die Athletik von damals, aber die Ballbehandlung kann sich sehen lassen. Dieter ist bester Laune und flachst mit dem Publikum. Er ist keine Gefahr für uns. Zu langsam, zu wenig ehrgeizig, zu fair. Beide Teams geben sich mit einem Unentschieden zufrieden. Dieter legt mir freundschaftlich eine Hand auf die Schulter.

»Mann, das macht richtig Spass!«, sagt er schnaufend. Sein Atem steht in Wolken vor dem Mund.

Ich nicke ihm zu und will den Ball abfangen, als mich Dieter, sanft und kräftig zugleich, an der Schulter zurückzieht. Er verschafft sich sofort einen kleinen Vorsprung, nimmt den Ball mit dem linken Aussenrist mit und schiebt ihn gekonnt ein. Einmal Gauner, immer Gauner.

Jubel.

Abpfiff.

Ende.

Aus.

DIE TASCHE – TEIL ZWEI

Warnhinweis: Je heiliger die Stadt, desto sündiger die Bewohner.

Adrian Gadient spazierte mit Alexa den Büdemjiweg entlang. Der Schnee war unter dem Föhn und dem Regen so rasch verschwunden wie eine Zechprellerin aus der Hotellobby. Adrian und Alexa waren seit zwei Jahren zusammen. Sie hatte ihm den Lebensmut zurückgebracht. Als ihn damals Sandra, seine grosse Liebe, verlassen hatte, war Adrian am Boden zerstört gewesen. Ein Verlust, der ihm vorkam, als ob Sandra nicht nur sein Herz, sondern gleich noch seine Seele mitgenommen hätte. Er hatte zehn Kilo verloren und verbrachte die einsamen Abende damit, den Telefonbeantworter abzuhören.

»*Hallo, hier sind Sandra und Adi. Bitte hinterlass uns eine Nachricht. Wir rufen so bald als möglich zurück.*«

Irgendwann war es seinem Bruder Mike zu bunt geworden. »Werd endlich erwachsen, Adi! Sandra hat dich wegen eines geschniegelten Anwalts aus dem Aargau verlassen. Das Leben geht weiter. Wenn du Loyalität willst, schaff dir einen Hund an.«

Mike hatte es nicht dabei belassen und seinen Bruder höchstpersönlich ins Tierheim Arche nach Chur geschleppt.

Adi war nur mitgegangen, um wieder einmal aus Arosa rauszukommen. »Was soll ich denn mit einem Haustier?«, hatte er kraftlos lamentiert.

Mike blieb hart. »Ich sehe nicht tatenlos zu, wie du vor die Hunde gehst. Wir schauen jetzt, ob dich in der Arche jemand sympathisch findet. Für uns Menschen bist du im Moment jedenfalls ungeniessbar.«

Gesagt, getan.

Es war Liebe auf den ersten Blick gewesen. Tönt abgedroschen, war aber so. Nachdem ein Irish Setter, ein Pudel und ein Neufundländer wenig Interesse an Adrian gezeigt hatten – der Pudel hatte sogar nach ihm geschnappt –, blieb noch eine Schäferhündin. Alexa war damals fünfjährig, in Hundejahren gerechnet so alt wie Adrian. Als sie den traurigen Junggesellen erblickte, legte sie den Kopf schief und begann zu hecheln. Adi hatte sich vor ihrem Zwinger hingekniet. Alexa hatte freundlich gebellt und sich auf den Rücken gedreht, als wollte sie sagen: »Streichle mich und dann gehen wir zusammen nach Hause.«

Eine Woche später waren die Formalitäten geregelt gewesen und Alexa hatte ein neues Zuhause. Das war nun zwei Jahre her, und Adi hatte seine Entscheidung keinen Tag bereut.

Alexa lief frei. Es war 1979, eine Zeit, in der Hunde noch Hunde sein durften. Kurz vor dem Büdemji blieb Alexa stehen und spitzte die Ohren. Ein kurzes Zögern, und sie sprintete los. Direkt durch die Plessur, hinauf auf die andere Seite. Adi fluchte und folgte ihr. Bis zu den Knien durch das eiskalte Wasser watend, anschliessend keuchend den Hang hinauf. Er tippte auf ein Murmeltier. Deren provozierendes Pfeifen und selbstgefälliges »In der Sonne liegen« brachten Alexa zur Weissglut. Oben sass die Schäferhündin auf der nassen Wiese und wartete auf ihn. Adi stützte sich mit den Händen auf den Oberschenkeln ab und rang nach Luft.

Kein Murmeltier weit und breit. Dafür ein Riemen, der aus dem kläglichen Rest eines Schneehäufchens lugte. Adrian stockte der Atem: Ein Rucksack? Ein verschütteter Skifahrer?

Sofort begann er zu buddeln.

Der Riemen gehörte glücklicherweise zu einer einsamen Tasche, ohne Skifahrer oder Wanderer. Wie mochte die hierhergekommen sein? Er öffnete sie, natürlich, und rechnete mit allem: Abfall, schmutzige Wäsche, vielleicht alter Proviant. Doch dann … Geld! Die Tasche war bis zum Rand damit gefüllt. Lila Bündel über lila Bündel. *Banca d'Italia, Lire, Centomila, 100.000*, darauf ein Frauenkopf – eine Grazie von Botticelli, wie er später herausfand. Dazu ein Brief. Auf dem dicken Papier stand: *Nuntius B.* Darunter eine Unterschrift und ein Siegel. Zwei gekreuzte Schlüssel auf rotem Grund, darüber die päpstliche Tiara. Alexa schnupperte am Geld, wandte sich aber sofort wieder ab. Nicht ihr Geschmack. Adrian starrte das Papier an. Sein Herz schlug schneller. Kurz entschlossen verschloss er die Tasche, klemmte sie unter den Arm und machte sich auf den Heimweg.

»Komm, Alexa, wir gehen nach Hause. Ich muss nachdenken.«

Die Hündin quittierte mit einem sanften Knurren. Der Spaziergang hätte eigentlich bis zum Schwellisee führen sollen. Doch wie gesagt, die Hündin war gutmütig und folgte ihrem netten Mitbewohner.

In den nächsten Tagen wägte Adrian seine Optionen ab. Behalten? Zur Polizei? Er war kein reicher Mann, trotzdem lebte er gut. Im Winter arbeitete er als Skilehrer, im Sommer als Bergführer. Er wohnte im Haus seiner Grosseltern mütterlicherseits, sein Bruder im Haus der Grosseltern väterlicherseits. Ihre Eltern hatten genug vom Schnee und waren vor einigen Jahren nach Spanien gezogen.

Und doch …

Dass die Tasche nicht einfach vergessen worden war, lag auf der Hand. Vermutlich Diebesgut oder Schlimmeres. Das Siegel und die Unterschrift waren eindeutig. War das Geld dem Vatikan gestohlen worden, oder hatte es der Vatikan selbst gestohlen? Am Ende war es womöglich Falschgeld, gerade gut genug, um den Kachelofen anzufeuern.

Adi musste Gewissheit haben.

Also ging er mit einem Bündel Geld zur Bank. Der Schalter wurde zu seinem Missfallen von Ursi bedient. Adrian hatte mit ihr die Schulbank gedrückt. Ursi, Liebling der Lehrerschaft, Klassenbeste und Wunschkind aller Eltern, deren Sprösslinge andere Prioritäten als das Pauken hatten. Adi wollte gerade wieder umdrehen, doch sie hatte ihn bereits bemerkt. Adi schob ihr die Scheine zu.

»Wechselt ihr auch Lire in Schweizer Franken?«, fragte er so normal wie möglich, als würde er im Restaurant einen Kaffee bestellen.

Ursi lächelte humorlos. »Natürlich. Oder unterrichtest du im Winter etwa nur Schweizer Gäste?«

Immer noch dieselbe Besserwisserin, dachte Adi und sagte: »Ich wusste, dass auf dich Verlass ist.«

Ursi schien fürs Erste zufrieden und tippte auf einem Taschenrechner herum. »Das sind knapp 2.000 Franken. Woher hast du denn so viele Lire?«

Was geht dich das an, dachte er. »Ich war einige Tage in Rom«, sagte er.

Ursi musterte ihn argwöhnisch. »Hat dein Bruder auf Alexa aufgepasst?«

Das geht dich wirklich nichts an, Ursi, dachte Adi und sagte: »Ich würde nur gerne das Geld wechseln. Geht das oder nicht?«

»Mein Gott, du hast dich nicht verändert. Kein Wunder, dass dich Sandra …« Sie brach den Satz ab. Es war alles gesagt.

Adi kochte innerlich. »Du dich auch nicht, Ursi. Richte doch bitte deinem Chef die besten Grüsse von mir aus. Ich möchte einen grösseren Betrag investieren, bin mir allerdings nach diesem Gespräch nicht sicher, ob ich diese Bank berücksichtigen werde. Der Service lässt zu wünschen übrig. Aber vielleicht liegt es ja nur an gewissen Mitarbeiterinnen.«

Ursi wurde blass. Touché, die Antwort hatte gesessen. Adi nahm das Wechselgeld und verliess die Filiale.

Zu Hause zählte er alle Scheine und rechnete den Devisenkurs um: In der Tasche befanden sich über eine Million Schweizer Franken! Und 1979 war eine Million wirklich noch eine Million. Eine Menge Geld. Adi beschloss, über das Wochenende eine Entscheidung zu treffen. Er kaufte vom Wechselgeld für sich und Alexa gutes Fleisch, öffnete eine Flasche Wein und verbrachte den restlichen Freitag und das Wochenende vor dem Fernseher. Er guckte »Am laufenden Band«, »Dalli Dalli«, »Was bin ich?«, »Der grosse Preis« und seinen Lieblings-Bond-Film »Goldfinger«. Du stellst dir jetzt vermutlich zwei Fragen: Wie konnte der übergewichtige Goldfinger durch das winzige Flugzeugfenster nach draussen gezogen werden? Und: Wie würde ich mich an Adrians Stelle entscheiden? Mal ehrlich. Eine Tasche voller Geld hat was. Vor allem, wenn du sie ja nicht gestohlen hast, sondern sie dich – wie Gollums Ring – sozusagen von selbst gefunden hat. Dein Schatz. Und dazu mit göttlichem Segen aus dem Vatikan!

Zumindest eine Überlegung wert.

Am Montagmorgen war Adrian immer noch unschlüssig, was zu tun sei, als es an der Haustür klingelte. Alexa rannte bellend los und fletschte die Zähne. Draussen standen zwei grossgewachsene, dunkelhaarige Männer, mit Nacken wie Kranzschwinger. Zweifellos Südländer. Sie stellten sich als Roberto und Massimo vor. Ein Lächeln, das nichts Gutes verhiess. Sie sahen nicht nett aus.

»Herr Franco d'Angelo würde gerne mit Ihnen in seinem Hotel zu Mittag speisen«, sagte einer von ihnen und drückte Adrian eine Visitenkarte in die Hand. »Sie haben etwas an sich genommen, das Ihnen nicht gehört, und Monsignore würde diese Angelegenheit gerne aus der Welt schaffen. Ohne Kollateralschaden … Capisce?«

Adrian spürte instinktiv, dass dies keine Frage, sondern eine Aufforderung war, welche die beiden Bulldozer notfalls mit Gewalt durchsetzen würden. Er machte einen Schritt hinaus und schloss die Haustür hinter sich. Alexa war nicht zu beruhigen.

»Sagen Sie Herrn d'Angelo, dass ich mich um 12 Uhr einfinden werde. Es muss sich um ein Missverständnis handeln.« Adrian spürte, wie sein Magen rebellierte.

Massimo oder Roberto – sie glichen sich wie eineiige Zwillinge – zeigte sein Raubtiergebiss mit einem bedrohlichen Grinsen. »Das glaube ich nicht. Jedenfalls wird Ihnen Signor d'Angelo securamente einen anderen Wechselkurs anbieten als die Kantonalbank.«

»Ursi!«, schoss es Adrian durch den Kopf. Hatte sie noch nie etwas vom Bankkundengeheimnis gehört? Er nickte den Männern zu, verschwand im Haus und schloss die Tür doppelt hinter sich ab. In was für eine Geschichte war er da hineingeraten?

Adrian wurde vom Concierge zu d'Angelos Suite geführt, die von Roberto und Massimo bewacht wurde. Im schummrigen Gang sahen sie noch furchterregender aus. Signor d'Angelo begrüsste ihn überraschend freundlich. Die Storen im Zimmer waren heruntergelassen und schnitten das Licht in Scheiben. Es roch nach Privilegien, Luxus und Gefahr.

»Ah, Signor Gadient, molto piacere. Kommen Sie doch herein, es ist bereits angerichtet.«

Das Essen war exquisit. Kein Wunder, es war ja von Adrians Bruder Mike, dem Koch des Hauses, zubereitet worden. Selbst gemachte Pasta, dazu ein edler Brunello. Franco d'Angelo war ein eleganter und eloquenter Gastgeber, mit etwas zu viel Goldschmuck für seinen schmalen Körper. Er sprach über Gott und die Welt, den Wein, über Berninis Skulpturen in Rom. Aber nicht über die Tasche. Was sollte dieses Theater? Adrian wurde es schliesslich zu bunt:

»Signor D'Angelo, Sie haben mich sicherlich nicht zum Vergnügen eingeladen. Ihre – wie soll ich sagen? – Schatten haben von einem Gegenstand gesprochen, der sich in meinem Besitz befinden soll. Was hat es damit auf sich?«

D'Angelo blickte auf seine schwere Uhr. »Ich denke, das Problem konnte bereits gelöst werden. Ansonsten sprechen wir uns morgen noch einmal«, sagte er mit einer Stimme wie geschliffenes Glas. Es war bedrohlicher gemeint als gesagt.

Damit war das Essen beendet. Was konnte d'Angelo mit seiner Andeutung gemeint haben? Als Adrian das Hotel verliess, kamen ihm Massimo und Roberto entgegen, beide mit hochgekrempelten Ärmeln, die Jacketts über die Schulter gehängt. Adrian beschlich ein ungutes Gefühl und er lief so rasch wie möglich nach Hause. Das feuchte Tauwetter klebte den Schmutz auf die Strasse.

Seine Befürchtung bewahrheitete sich. Schon beim Öffnen der Tür wusste er: Sie waren hier gewesen. Es erwartete ihn das blanke Chaos. Schränke aufgerissen, Schubladen geleert, das Sofa umgestürzt. Es sah aus, als habe eine Bombe eingeschlagen. Und da war noch etwas – absolute Stille.

Alexa!

Er fand sie im Keller. Das Fenster war eingeschlagen worden und es zog wie Schwarztee. Hier mussten die Gauner eingestiegen sein. Die Schäferhündin lag zusammengekrümmt in einer Ecke. Ihr Atem war flach, und sie hatte Schaum vor dem Mund.

»Nein, nein!«, schrie Adrian und kniete sich zu ihr hin. Auf dem Boden bemerkte er einige grosse Fleischstücke. Die

Gauner mussten seine geliebte Alexa vergiftet haben! Nun zählte jede Sekunde. Adrian rannte nach oben und wählte eine Nummer am Festnetzanschluss. »Mike, du musst mich sofort nach Chur in die Tierklinik bringen. Alexa liegt im Sterben!«

Auf der Fahrt erzählte Adrian seinem Bruder die ganze Geschichte. Geradeaus, trotz der kurvigen Strecke. Mike war ausser sich vor Wut, aber nicht über seinen Bruder. »Die drei Typen logieren schon seit Februar dauernd im Hotel in Arosa. Sie bleiben jeweils für eine Nacht, vielleicht zwei. Bestellen immer das Mittagessen aufs Zimmer. Italienische Küche. Das Personal munkelt, dass es sich um Abgesandte des Vatikans handelt. Ein Zimmermädchen, mit dem ich mich gut verstehe, hat diesen d'Angelo beim Telefonieren belauscht.«

Adrian kämpfte erfolglos gegen die Tränen an. »Wenn Alexa stirbt, werde ich mir das nie verzeihen.«

Die Brüder bekamen spätabends Entwarnung vom Tierarzt. »Ihre Hündin wird überleben. Einen Teil des Fleisches muss sie erbrochen haben. Den Rest konnten wir auspumpen. Es war knapp.«

Adrian bedankte sich beim Arzt. Sie legten Alexa behutsam auf die Rückbank und fuhren zurück. Das Problem war noch nicht gelöst, doch es war persönlich geworden.

»Wo hast du die Tasche versteckt?«, fragte Mike.

»In meinem Spind in der Skischule«, antwortete Adrian.

»Sollen wir morgen zur Polizei gehen?«

Adrian schüttelte den Kopf. »Gegen den Vatikan haben wir keine Chance.«

Mike schlug mit der Hand aufs Lenkrad. »Wir können diese Verbrecher doch nicht einfach so davonkommen lassen! Und die Tasche werden sie nicht so rasch aufgeben. Das wird ein böses Ende nehmen.«

Nun nickte Adrian. »Da bin ich vollkommen deiner Meinung. Das Böse gewinnt aber nur, wenn das Gute fair spielt.«

Spätnachts fuhr Adrian mit Mikes Wagen nochmals nach Chur. Die Tasche mit dem Geld lag auf dem Beifahrersitz. Das vergiftete Fleisch hatte sein Bruder an sich genommen. Die Strassen waren menschenleer und dichter Nebel hing über der Stadt. Er wusste genau, wo er hinwollte. Adrian hielt vor dem Tierheim Arche. Er stellte die Tasche vor die Tür und legte einen Brief darauf, den er ergänzt hatte.

Für das Tierheim. Vielen Dank für Ihre christliche Arbeit. Ihren Dank richten Sie bitte an den Bischof von Chur.
Nuntius, B., Heiliger Stuhl, Rom.

Am nächsten Tag speisten die Herren d'Angelo, Roberto und Massimo ein letztes Mal im Hotel. Selbstgemachte Ravioli mit frischem Fleischsugo. Am frühen Nachmittag verliessen sie das Hotel. Diesmal waren sie jedoch nicht mit ihrer schwarzen Limousine unterwegs, sondern mit einem Sanitätswagen. Schwere Lebensmittelvergiftung.

Adrian blieb die nächsten Tage zu Hause und päppelte Alexa auf. Er befürchtete Gegenmassnahmen der Bande und war wachsam. Entwarnung kam mit der Post. Ein Brief vom Bistum Chur, unterschrieben vom Bischof persönlich.

Sehr geehrter Herr Gadient,
der Heilige Stuhl in Rom bedankt sich herzlich für die grosszügige Spende, die Sie in seinem Namen getätigt haben. Ich möchte mich für die Unannehmlichkeiten entschuldigen. Die drei Herren befinden sich auf dem Weg nach Südamerika, wo sie eine neue Tätig-

keit gefunden haben. Sie werden Sie nicht mehr belästigen. Wir bitten sowohl um Ihr Verständnis als auch Ihre Diskretion. Eine verschlossene Tür sollte man nicht mehr öffnen.

Adrian informierte seinen Bruder und zerriss den Brief. Er hatte sein Leben zurück – und Alexa. Er kraulte die Hündin hinter den Ohren.

»Weisst du was? Heute geht es wieder zum Schwellisee. Inklusive Picknick!«

Alexa quittierte mit freudigem Bellen.

Das klang nach einem Plan in ihrem Sinne.

DIE HANDGRANATE

Warnhinweis: Diese Geschichte enthält wirre Kriegsfantasien.

Kurt Honegger, Oberst a. D. des Schweizer Militärs, war ein Mann der Ordnung. Und der eisernen Disziplin. Das Herzstück seiner kleinen Welt befand sich im ausgebauten Dachstock seines von der Sonne gegerbten Chalets. Hier oben verbrachte er gemeinhin die langen Winterabende.

Der abgeschrägte Raum wurde von einer mächtigen Spanplatte dominiert, die auf acht Malerböcken ruhte. In das 20 Quadratmeter grosse Ungetüm waren aufklappbare Luken eingelassen, damit Honegger die gesamte Fläche nutzen konnte. Er kroch bei Bedarf unter die Platte, öffnete eine der Luken und tauchte am gewünschten Ort wieder auf. Honegger war durch und durch Militarist. Seine Leidenschaft bestand darin, die grossen Schlachten der Weltgeschichte nachzuspielen und ihnen – ganz Stratege, der er nun einmal war – neue Wendungen zu geben.

Leadership, so war Honegger felsenfest überzeugt, war die Grundvoraussetzung jeder erfolgreichen Schlacht. Diese Qualität war nicht jedem Anführer in die Wiege gelegt. Einem jedoch bestimmt: Kurt Honegger, ehemaliger Oberst der Schweizer Armee und Kommandant der elitären Panzergrenadiere!

Wie so oft flanierte er auch heute an den weitläufigen, im Raum verteilten Regalen entlang. Fast liebevoll strich sein Zeigefinger über die Beschriftungen der eigens für ihn angefertigten Kartons. Leise murmelte er die aufgedruckten

Namen. »Gettysburg, Little Bighorn, Stalingrad, Waterloo, Thermopylen, Teutoburger Wald …«

Der Wind pfiff heftig um das Chalet und rüttelte an den Fensterläden. Dicke Schneeflocken wirbelten im Licht der Strassenbeleuchtung. Die dunklen Tannen wogten hin und her wie Scheibenwischer. Vielleicht blieb Honegger deshalb vor den Pappkartons mit der Aufschrift »Hannibals Alpenüberquerung« stehen. Der karthagische Heerführer, der im Jahre 218 v. Chr. mit seinem Heer – inklusive 37 Elefanten – über die Alpen in Italien einfiel, war eine Legende. Laut zeitgenössischen Quellen überlebten die Tiere zwar die Alpenüberquerung, aber nicht die darauffolgenden Ereignisse. Vermutlich der Grund, warum die nordafrikanischen Elefanten ausgestorben sind, dachte Honegger. Er ärgerte sich vor allem über die Versäumnisse der römischen Feldherren. Er, Meister der Strategie, hätte Hannibal niemals ungehindert in die Poebene gelangen lassen. Nein, er hätte ihn bereits in den Alpen gestoppt. Mit einer List.

Sorgsam zog Honegger Schachtel um Schachtel aus dem Regal und legte sie vorsichtig auf die Spanplatte. Anschliessend öffnete er sie gespannt, wie ein Kind seine Weihnachtsgeschenke. Das »Mise en Place« gehörte zu den Highlights. Zunächst zählte er die Elefanten. 36 an der Zahl, einer hatte bei der letzten Schlacht die vorderen Holzbeinchen verloren und wartete im Wohnzimmer auf seine Reparatur. Dann stellte der Oberst die Berggipfel auf, mit der Mont-Blanc-Attrappe als Höhepunkt. Die Soldaten, römische Legionäre und numidische Barbaren, kippte er auf zwei separate Haufen, ebenso den künstlichen Styroporschnee. Seine Armbanduhr, eine Swiss Military by Chrono, zeigte bereits 23 Uhr. Also beliess er es für heute dabei, löschte das Licht und ging hinunter in die Wohnstube.

Honegger schenkte sich einen Scotch ein, setzte sich mit

dem tiefen Glas in seinen Vitra-Armsessel und legte die Füsse auf den Ottoman. Der Alkohol brachte die Melancholie. Sein Blick fiel auf eine Spinne an der Wand. Er bewunderte diese Tiere für ihre Bescheidenheit, beinahe unsichtbare Kunstwerke zu weben. Er dagegen suchte den grossen Auftritt. Wie gerne würde er seine Fähigkeiten in einer richtigen Schlacht zur Geltung bringen – nicht nur auf der Spanplatte. Aber gegen wen hätte die Schweizer Armee auch kämpfen sollen? Wie oft hatte er sich vorgestellt, ja davon geträumt, eine feindliche Armee in den Alpen gebührend zu empfangen. Die Schweizer Berge, durchzogen von geheimen Bunkersystemen, wären die perfekte Falle! Die Melancholie wich einem Adrenalinschub. Er liess seiner Fantasie freien Lauf: Mit einer Finte würde er den Gegner ins Urserental locken und dort zwischen den gewaltigen Bergflanken zerreiben. Oder warum nicht schon in der Schöllenenschlucht unter einer Lawine begraben? Und warum in Gottes Namen hatten denn die römischen Befehlshaber diesen Hannibal nicht bereits in den engen Alptälern gestellt?

Diese nichtsnutzigen Gauner!

Ein sardonisches Lächeln zeichnete sich auf seinem Gesicht ab. Er hätte die Vorhut zunächst passieren lassen und dann, wenn Hannibal selbst, stolz auf einem grauen »Monstrum« reitend, die enge Passage erreichte, die Naturgewalten entfesselt, Mensch und Tier in ihr eiskaltes Grab schickend.

Kampfesmutig, tollkühn und leicht beschwipst wurde ihm auf einmal klar, was zu tun war: Die Barbaren mussten vernichtet werden – und zwar auf der Stelle.

Honegger sprang auf und schritt zur gläsernen Vitrine. Darin befanden sich Erinnerungsstücke an seine Militärkarriere: die Dienstpistole, das polierte Bajonett, Orden und eine Handgranate. Entschlossen birkenstöckelte er ins Schlafzimmer und öffnete den Schrank. Er wählte warme Skiunterwäsche und seinen Kampfanzug, der frisch gebügelt und gestärkt am Kleiderbügel hing. Der Oberst a. D. musterte sich im Spiegel und war zufrieden. Der Overall sass perfekt, obschon das Spannungsverhältnis zwischen Brust und Bauch nicht mehr ganz symmetrisch war. Da herbstliche Tarnfarbe auf weissem Grund keine Tarnung war, zog er sich zusätzlich einen Snow-Wild-Camouflage-Anzug über, den er für kleines Geld bei einem asiatischen Ramschanbieter erworben hatte. Sein Spiegelbild verwandelte sich in eine yetiähnliche Gestalt. Kein menschliches Auge würde ihn im heftigen Schneetreiben erkennen. Vor allem nicht seine Nachbarin, die Baumann. Eine sehr neugierige und uninteressante Person. Er mochte sie nicht.

Doch das Wichtigste fehlte – die Handgranate und sein Talisman. Honegger ging zurück ins Wohnzimmer, nahm die kugelförmige HG 85 aus der Vitrine und steckte sie mit äusserster Vorsicht in die Tasche seines Überzugs. Schliesslich wollte er weder sich noch sein Chalet in die Luft jagen. Dann griff er nach dem Talisman auf der Kommode, löschte das Licht und machte sich im dichten Schneetreiben auf den Weg zum Weisshorngipfel.

Es war kurz vor Mitternacht.

Der Aufstieg war beschwerlich. Schnee bis zu den Knien, der eisige Wind schnitt ihm ins Gesicht. Zwei Stunden waren angedacht, aber der Oberst erreichte die Bergstation der Weisshornbahn auf rund 2.600 Metern erst um halb vier. Seine Beine zitterten, die Lunge brannte. Keuchend legte er sich in den Tiefschnee. Die Luft war so frisch, dass sie noch nie zuvor geatmet worden sein konnte. Weiche Schneeflocken tanzten um ihn herum, und er fing sie mit der Zunge auf. Er schloss die Augen und genoss für einen Moment die Stille. Nur der Puls hämmerte in seinen Ohren.

Schliesslich rappelte er sich auf.

Es galt, eine Schlacht zu schlagen und anschliessend unbemerkt zurück ins Dorf zu kommen. Zudem biss sich die Kälte durch den Stoff seiner Kleidung. Vorsichtig stieg er in den steilen Abhang, bis er über einen Felsvorsprung in die Tiefe blicken konnte. Jetzt kam der entscheidende Moment. Ein diabolisches Grinsen umspielte seinen von der Kälte bläulich gefärbten Mund. In seiner blühenden Fantasie sah er unter sich die Lagerfeuer der Karthager, die schlafenden Elefanten, das Zelt Hannibals.

Honegger nahm die Handgranate aus der Tasche. Vorsichtig zog er den Bolzen aus der Sicherung und warf die HG 85 über den Felsvorsprung.

»Stirb, Hannibal«, schrie er der Granate nach, die mit einem lauten Knall in ihre Einzelteile zerbarst.

Honegger sah, wie Schneemassen ins Rutschen gerieten und donnernd ins Tal stürzten. Als gewiefter Stratege hätte er wissen müssen, dass nicht nur der Angriff, sondern auch der gesicherte Rückzug zu jeder Kriegslist gehörte. Übermut kommt vor dem Fall, im wahrsten Sinne des Wortes. 155 Gramm reinstes TNT dürfen nie unterschätzt werden. Durch die Wucht der Explosion hatte die gesamte Felswand zu zittern begonnen und der lose Pulverschnee, auf dem sich der Oberst oberhalb der Felswand in Sicherheit wähnte, geriet ins Rutschen. Honegger versuchte verzweifelt, sich festzukrallen.

Vergeblich.

Wie auf einer Wasserrutsche wurde er von der Schwerkraft nach unten gezogen, kippte über den Felsvorsprung und verschwand in der Tiefe.

*

Es dauerte Monate, bis man den Oberst fand. Ein Angestellter der Bergbahnen bemerkte einen seltsamen schneeähnlichen

Kegel, der auch bei Sonneneinstrahlung nicht schmolz. Die Bergrettung barg schliesslich eine leblose Gestalt im weissen Camouflage-Anzug. Die Polizei untersuchte den Vorfall, doch nichts deutete auf ein Verbrechen hin. Ein weiterer Lawinentoter. Der seltsame Tarnanzug konnte nicht schlüssig erklärt werden und wurde pragmatisch als Marotte des Obersts abgetan. In den Taschen des Verunglückten fand man seinen Hausschlüssel – und einen kleinen Holzelefanten mit abgebrochenen Vorderbeinen.

Honegger wurde mit militärischen Ehren beigesetzt. Auch sein hölzerner Talisman fand einen Platz im Sarg.

Endgültig besiegt.

ICH

Warnhinweis: Mit einem gesunden Selbstbewusstsein muss man umgehen können.

Ich spaziere um meinen Obersee. Eine Konstante im Wochenplan, ein Ritual. Mein weisser Pelz zieht die Blicke der Leute auf sich. Einige zollen mir ehrfürchtige Bewunderung, andere tun so, als sähen sie mich nicht. Lächerlich! Natürlich sehen sie mich. Und ich sie. Doch wie sagt man doch so schön: *noblesse oblige*. Also ignoriere ich sie mit wohlwollender Gnade.

Auf Höhe der Poststrasse in Arosa schweift mein Blick über die Auslage eines Modegeschäfts. Ein paar ansprechende Stücke, die mein Personal tragen könnte. Kaufen müssten sie es jedoch selbst – wäre ja noch schöner, schliesslich wohnen sie umsonst in meinem Haus. Irgendwo muss die Grosszügigkeit Grenzen haben. Ich setze also zum Überqueren der Strasse an, als ein ohrenbetäubendes Quietschen die Luft zerreisst. Ein Auto hat eine Vollbremsung eingelegt und hält so dicht vor mir, dass ich nicht einmal den Fahrer sehen kann. Eine Unverschämtheit! Offiziell gilt hier Tempo 50, doch der absurde Hinweis auf »Freiwillig 30« verleitet die Leute zu verbrecherischen 60! Wo ist die Polizei, wenn man sie braucht? Das ist ja, wie wenn man ein Menü für 50 Franken bestellt, dann freiwillig 70 zahlen soll und nur 40 hinlegt – und niemand beschwert sich. Ein Skandal, eine Gaunerei!

Das soll mal einer verstehen …

Ich überquere meine Strasse jedenfalls, wann und wo mir beliebt. Die Autofahrer sollen gefälligst aufpassen. Einige Passanten solidarisieren sich spontan mit mir, während das Auto zu hupen beginnt, bis mir der Kopf schmerzt.

Der Kleiderladen ist mir jedenfalls verleidet. Ich mache rechtsumkehrt und setze meinen Spaziergang fort. Gerade als ich in Erwägung ziehe, eine zweite Runde anzuhängen, beginnt es zu nieseln. Ich hasse Regen, und Schneeregen ist ein Affront. Weisse Körner legen sich auf die Strasse wie Meersalz nach einer Flut. Zeit, nach Hause zu kommen. Mein Haus steht am Maranerhang – beste Lage, versteht sich.

Doch heute scheint nicht mein Tag zu sein. Ich stehe vor der verschlossenen Eingangstür. Vom Personal weit und breit keine Spur. Unverzeihlich, eine Respektlosigkeit sondergleichen! Ich melde mich lautstark, und die Tür wird doch noch geöffnet. Einer der beiden kleinen Dienstboten lässt mich herein und trocknet mich sorgfältig ab. Brav! Ich inspiziere mein Haus. Zufrieden stelle ich fest, dass ein grosser Angestellter gerade kocht. Es duftet köstlich. Fleisch, das löst bei mir akuten Speichelfluss aus. Ich speise natürlich zuerst, dann erst darf sich das Personal verköstigen.

Lupin, der Hund des Hauses, schleicht umher. Ein Gierhals, wenn es ums Fressen geht. Eigentlich ist Lupin ganz okay, sucht ständig meine Nähe. Aber Körperkontakt geht gar nicht, sonst gibt es was auf die Schnauze! In letzter Zeit ist er eh ein bisschen durch den Wind: wacht mitten in der Nacht mit Schaum vor dem Maul auf.

Eklig.

Angeblich hat er auf einem Spaziergang mit einem der grossen Dienstboten, den alle »Mami« nennen, einen Wolf gesehen. Kannst du dir das vorstellen? In Arosa gibt es doch keine Wölfe. Ich habe Lupin versucht, klarzumachen, dass er nicht alles glauben soll, was er denkt. Sinnlos. Trotzdem meide ich seither den Wald. Man muss das Schicksal nicht herausfordern. Mal schauen, wie sich die Dinge entwickeln.

Am Abend throne ich in meinem Ohrensessel. Die vier Dienstboten quetschen sich derweil auf dem Zweiersofa zusammen. Wie immer sehen wir fern. Früher, als die zwei kleinen Dienstboten wirklich noch klein waren, haben wir gemeinsam »Tom und Jerry« geschaut. Herrlich! Jerry hat dabei meinen Appetit angeregt. Heute läuft »Deutschland sucht den Superstar« ... Ein grausames Gejaule. Katzenmusik vom Schlimmsten.

Aufstehen ist dummerweise keine Option, sonst setzt sich sofort einer der Angestellten auf meinen Thron. Ein No-Go! Wobei ich manchmal beim »Papi-Dienstboten« eine Ausnahme mache. Der arme Kerl hat eine eigenartige Krankheit: Sein Fell auf dem Kopf zieht sich zurück, nur um am Rücken wieder aufzutauchen.

Merkwürdig.

Lupin liegt auf dem Boden und macht keinen Wank. Er ist eh nicht die hellste Kerze auf der Torte, ein Hund eben. Glaubt doch tatsächlich, dass die Dienstboten Götter sind. Meine Fresse! Ich sage dir jetzt, wie die Dinge wirklich stehen: Füttern mich die Dienstboten? Natürlich. Bürsten sie mein Fell? Selbstverständlich. Reinigen sie mein Klo? Wäre ja noch schöner, wenn nicht. Lieben sie mich? Haha, sorry, war eine rhetorische Frage – sie lieben mich unendlich. Für das alles gibt es lediglich eine logische Schlussfolgerung:

Ich bin Gott.

Folgerichtig liege ich auf dem Thron. Aber du weisst ja: Katzen liegen nicht rum. Sie verschönern den Raum.

Heute schlafe ich bei dem kleinen Dienstboten. Normalerweise schaffe ich Nähe durch Distanz. Doch der Kleine hat eine Belohnung verdient, immerhin hat er mir die Tür geöffnet. Er soll himmlisch träumen. Himmlische Wesen kann man übrigens weder an Flügeln noch an weissen Gewändern erkennen.

Nein – sie haben Schnurrhaare!

ABGEHOBEN

Warnhinweis: Keine Regel ohne Ausnahme.

Finn Loppacher war ein Mensch mit Prinzipien. Prinzipien, die er nach Belieben auslegte. Erfolg bedeutete für ihn, andere hinter sich zu lassen. Beruflich. Juristisch. Zwischenmenschlich. Die Welt war für ihn ein Nullsummenspiel, er der Spieler, der die Regeln nicht befolgte, sondern umdeutete. Sein Beruf? Anwalt, was sonst. Senior Partner in einer der umsatzstärksten Kanzleien Zürichs. Seine Klienten? Gauner mit viel Geld und wenig Anstand, die dachten, dass alles einen Preis hatte – auch ein Freispruch. Das kümmerte ihn nicht. Wurden gute Taten nicht seit jeher mit schlechtem Geld bezahlt?

Eben.

Loppacher war ein Virtuose der Paragrafen. Ein Jongleur von juristischen Schlupflöchern, der das Gesetz bog wie ein Yogi seine Glieder. Genau genommen waren seine Kunden Anarchisten. Ohne Zweifel, trotz der Massanzüge. Sie erschufen sich ihre eigene Realität und engagierten für das Aufräumen hinter sich Leute wie ihn. Im Grunde war er nichts weiter als eine hochbezahlte Putzkraft in Nadelstreifen. Dieser Gedanke nagte an ihm.

Manchmal.

Es war einer dieser Tage, an denen ihn sein eigenes Leben anekelte. Zürich lag unter einer grauen Nebeldecke und das »Putzkraftgefühl« hatte ihn eingehüllt wie eine dicke Staubschicht. Er musste raus. Also fuhr Loppacher in die Berge, nach Arosa. Er brauchte Ablenkung und ein Ventil für seine aufgestaute Wut. Schon bei der Anfahrt von Chur brodelte es in ihm. Er drängelte mit seinem Audi RS6 die Serpentinen hoch und schnitt die Kurven wie ein Slalomläufer. Ein entgegenkommendes Auto geriet ins Schleudern und landete im Strassengraben. Loppacher fuhr weiter.

Natürlich.

Oben angekommen, parkte er seinen Wagen beim Hörnli-Express. Die kalte Bergluft traf ihn wie eine Ohrfeige, aber genau das brauchte er jetzt – einen klaren Kopf und das Gefühl, dem Alltag zu entkommen. Die Tagesplanung war ebenso sportlich wie unsportlich. Für ihn galt heute nur eine Regel: keine Regeln. Oder um präzise zu sein – alle zehn FIS-Regeln brechen.

Bereits um 10 Uhr hatte er mehr als die Hälfte der FIS-Regeln verletzt, als wäre es eine olympische Disziplin. Finn tanzte mit seinem Snowboard wie ein Derwisch über den sulzigen Frühlingsschnee. Rücksichtslos, aggressiv, ohne Skrupel. Bei jeder Übertretung jauchzte er vor Freude.

Regel eins: *Rücksicht auf andere.*

Schwachsinn, dachte er und raste mitten durch eine Gruppe Skifahrer.

Regel zwei: *Beherrschung der Geschwindigkeit und der Fahrweise.*

Tempolimit? Für ihn lediglich ein Gerücht. Sein Speed war, wie bei vielen Unterländern, stärker ausgeprägt als Technik und Fitness. Er pflügte die Piste hinunter wie ein Panzer durchs Tulpenfeld.

Regel drei: *Wahl der Fahrspur.*

Die Übertretung dieser Regel war bereits vorgespurt. Jede noch so kleine Lücke war eine Einladung.

Regel vier: *Überholen. Überholt werden darf von oben oder unten, von rechts oder links, aber immer nur mit einem Abstand, bei dem der Überholende dem überholten Skifah-*

rer oder Snowboarder für alle seine Bewegungen genügend Raum lässt.

Finn strich den »Abstand« und ersetzte »genügend Raum lassen« durch »den Weg abschneiden«. Was mit »von unten überholen« gemeint sein könnte, erschloss sich ihm nicht. Als durchschnittlicher Fahrer wusste er nicht, was es bedeutete, einen Kurvenradius konsequent auszufahren.

Regel fünf: *Einfahren, Anfahren.*

Simpel. Im richtigen Moment eine Bewegung antäuschen, und schon lagen die Skifahrer auf dem Rücken oder schlitterten kreuz und quer den Hang hinunter. Es war zum Totlachen.

Regel sechs: *Anhalten.*

Für Finn klang das doch sehr nach Regel fünf. Er setzte sich demonstrativ mitten auf die Piste, einfach um ein bisschen zu stören. Ganz Anwalt, der er nun einmal war, interpretierte er die Regel in seinem Sinne. Anschliessend legte er eine Pause in der Carmennahütte ein.

Die Pause dauerte länger als geplant. Der Kaffee wurde zum Kater. Finn traf an der Bar auf einen seiner Mandanten. Ein Typ wie aus einem Al-Capone-Film. Laut, prollig, zahlungssäumig. Finn fühlte sich wohl. Eine volle Après-Ski-Bar unterschied sich kaum vom Gerichtssaal. Es ging darum, wer am lautesten schrie und dabei am besten aussah. Nach zahlreichen Shots und unangebrachten Bemerkungen schwankte Finn zu seinem Board. Er war betrunken. Er war enthemmt.

Er entschied sich, zu Fuss ins Tal zu gehen. Zum einen fühlte er sich nicht mehr imstande, auf dem Board zu stehen, zum anderen konnte er gleich noch die nächste Regel brechen.

Regel sieben: *Aufstieg und Abstieg. Ein Skifahrer oder Snowboarder, der aufsteigt oder zu Fuss absteigt, muss den Rand der Abfahrtsstrecke benutzen.*

Natürlich stapfte er schön zentriert nach unten, was ihm einige unfreundliche Kommentare einbrachte. Es war ihm so was von egal. Die nächste Regel brach sich von alleine:

Regel acht: *Beachten der Zeichen.*

Finn sah alles doppelt und dreifach – der Punkt konnte also abgehakt werden.

Schliesslich landete er auf einer Holzbank, wo er sich ausruhte. Es war wunderbar: Die Welt drehte sich um ihn. Kurz darauf drehte sich auch sein Magen. Finn begann zu zittern, sein Mund trocknete aus, und kurz darauf liess er sich den gesamten Alkohol nochmals in umgekehrter Richtung durch den Kopf gehen. Er blieb noch eine Weile regungslos auf der Bank sitzen und atmete tief ein. Es ging ihm schlecht, aber sein Verstand war klarer und die Erde stand wieder still. Ob seines Zustandes hatte er Regel neun vergessen und las sie auf seinem Smartphone nach.

Regel neun: *Verhalten bei Unfällen. Bei Unfällen ist jeder zur Hilfeleistung verpflichtet.*

Sollte er etwa warten, bis vor seiner Nase ein Unfall passierte? Finn war kein Mensch, der an Zufälle glaubte. Was war denn ein Unfall beim Skifahren? Doch nichts anderes als ein Umfallen. Streng genommen müsste man also dem Umgefallenen helfen.

Oder eben nicht.

Finn grinste bösartig und sein Körper straffte sich. Heute war er nicht der Anwalt. Heute war er der Gesetzesbrecher. Er setzte seinen Helm auf und beobachtete aufmerksam die Skipiste. Ein Kind bremste unsanft mit dem Hosenboden und blieb weinend liegen. Eine Frau, vermutlich die Mutter, redete auf den Dreikäsehoch ein. Finn stiess sich ab, schoss auf die beiden zu und drehte unmittelbar vor ihnen scharf ab. Der nasse Schnee gab unter den Kanten nach und spritzte dem Kind mit voller Wucht ins Gesicht. Die Mutter bekam die Ladung bis zur Hüfte ab. Finn hörte das Schreien des Kindes und verschwand.

Wie ein schlechter Witz.

Mein Gott, war das ein Spass heute! Der Anwalt fühlte sich so lebendig wie seit Langem nicht mehr. Wie war doch gleich die letzte Regel? Euphorisch nahm er während der Fahrt das Smartphone zur Hand.

Regel zehn: *Ausweispflicht. Jeder Skifahrer oder Snowboarder muss im Falle eines Unfalls seine Personalien angeben.*

»Im Falle eines Unfalls«, grölte Finn und steckte das Gerät zurück in die Jackentasche.

Am Ende des Tages war es eine simple physikalische Tatsache, die ihn zu Boden brachte: Schwerelosigkeit funktioniert nur in Science-Fiction. Ein kleiner Rutscher, eine Kante, die sich in den Schnee frass, Zentrifugalkräfte, die zogen, und der Anwalt knallte mit voller Wucht auf die harte Piste.

Hochmut kommt vor dem Fall.

*

Jörg Abegglen hatte einen Job, der wie geschaffen war für jemanden, der gerne draussen war. Pistenpatrouilleur: eine Bezeichnung, die nach Heldentum und spektakulären Rettungsaktionen klang, aber oft darauf hinauslief, Leuten zu erklären, dass sie ihre Manieren mit in die Ferien bringen sollten. Der Job verlangte neben guten Fahrkünsten deshalb auch Führungs- und Sozialkompetenz.

An diesem Tag war irgendwie der Wurm drin. Es gab eine unerklärliche Häufung von Unfällen. Vielleicht lag es am Vollmond. Dann dieser Snowboarder, der wie ein zerquetschter Käfer im Schnee lag. Luft zum Schimpfen hatte er allerdings genug.

»Endlich! Hast du eine Pause gemacht?«, keifte der Mann im Schnee.

Jörg schob sich die Skibrille über den Helm und entspannte sich: Je lauter ein Verunfallter brüllte, desto weniger schlimm war's. Der Patrouilleur bewies die Sozialkompetenz, die in seinem Arbeitszeugnis immer wieder lobend erwähnt wurde. »Ihr Anruf hat uns vor nicht einmal fünf Minuten erreicht. Aber es scheint Ihnen gefühlsmässig ja besser zu gehen.«

»Gefühl? Willst du mich veräppeln? Du weisst nicht, wer ich bin!«

»Das stimmt, Sie werden es mir sicher gleich verraten.«

»Kannst du vergessen, du Löli«, rief der Verunfallte frech. »Ich will einen Helikopter, und zwar sofort!«

Jörg sah sich gezwungen, nun auch seine Führungskompetenz unter Beweis zu stellen. »Die Helikopter sind für schwere Unfälle reserviert. Wir haben gerade einen Einsatz bei der Schlittelpiste. Sie sind definitiv kein Kandidat für die Luftrettung.«

Der Mann tobte und erzählte wirres Zeug über die FIS-Regeln, aufgrund derer er sich nicht ausweisen dürfe. Schliesslich rückte er doch noch mit seinem Namen und Beruf heraus, allerdings nur, um Jörg zu drohen.

»Ich verklage dich, wenn ich nicht fliegen kann!«, blaffte er mit schmerzverzerrtem Gesicht.

»Tun Sie das. Abegglen ist mein Name. Jörg Abegglen.« Der Pistenretter schüttelte angewidert den Kopf. Dieser Anwalt Loppacher mochte im Gerichtssaal eine grosse Nummer sein, seine Drohung – auf dem Rücken liegend – wirkte kafkaesk.

Ein Zwängeli. Warum mussten die Unterländer oft mit einem Ausrufezeichen sprechen?

Jörg fixierte den Patienten mit der Präzision eines Uhrmachers und betrachtete zufrieden das eingepackte Bündel.

»Wir fahren zusammen runter ins Dorf. Dort wartet ein Krankenwagen auf Sie.«

Der Anwalt protestierte weiter. »Ich will fliegen, du Dödel!«

Jörgs Geduld neigte sich dem Ende zu. Es war ein langer Tag gewesen. »Last Call ... Der Rettungsschlitten fährt jetzt mit mir ins Tal. Sie entscheiden, ob Sie darauf liegen wollen oder nicht.«

Loppacher funkelte ihn giftig an. Immerhin blieb er still.

Die ersten Schwünge verliefen ruhig, aber nur, weil Loppacher vermutlich versuchte, die Kunst des passiv-aggressiven Schweigens zu perfektionieren. Schon bald brach es wieder aus ihm heraus. »Ich will fliegen, ich will fliegen«, schrie er. Eine Schallplatte mit Sprung.

»Also gut«, murmelte der Patrouilleur und richtete seine Ski in die Falllinie aus. Der Schlitten nahm Tempo auf. Loppachers Schreie hallten durchs Tal.

Sie näherten sich einer Kuppe, und Jörg liess sich zu einer Extraportion Dramatik hinreissen. Er drückte die Knie durch – und sprang. Für zwei wundervolle Sekunden flogen sie. Jörg, der Schlitten und Loppacher.

»Fly like an Angel ...«, sang Jörg laut.

Loppacher ergänzte den Gesang mit panischen Schreien zu einem Duett.

»Alles okay?«, fragte Jörg nach der harten Landung. Er spürte ein klein wenig Mitleid mit seinem Patienten.

»Ich will ... fliegen«, stammelte Finn noch einmal, aber seine Stimme klang schwach. Vielleicht hatte er heute ja gelernt, dass es auch für einen Anwalt manchmal besser war, einfach zu schweigen.

DER GEFALLENE KÖNIG

Warnhinweis: Jassen ist mehr als ein Spiel – es ist eine Lebensschule.

Es gibt Spiele, die Menschen zusammenbringen. Und es gibt Spiele, die Freundschaften unwiderruflich zerstören. Der »Schieber« – ein Kartenspiel, das wie das uneheliche Kind von Poker und Schach daherkommt – gehört zu beiden Kategorien. Ein Spiel, bei dem Glück und Strategie nur durch einen ganz dünnen Vorhang getrennt sind, sodass man nie genau weiss, ob man gewonnen hat, weil man klug gespielt hat oder weil es der Jassgott einfach gut mit einem meinte.

Oder weniger philosophisch: Vier Spieler, 36 Karten und ein vielfältiges Regelwerk, das länger ist als die Bedienungsanleitung einer italienischen Espressomaschine. Doch anders als bei der Espressomaschine gibt es beim Jass keine Kunden-Hotline. Die Probleme müssen vor Ort geklärt werden.

Der Schweizer »Schieber« darf mit Fug und Recht als Nationalsport der Eidgenossen bezeichnet werden. Er wird in allen Landesteilen gespielt – und darüber hinaus. Im Vorarlberg, in Südtirol, in Baden-Württemberg, ja sogar im Elsass, wo es auf dem Tisch oft mehr Weinflaschen als Karten gibt. Wer aber glaubt, der Schieber sei eine uralte schweizerische Erfindung (wie zum Beispiel das Ricola oder die Idee des Steuerwettbewerbs), der muss jetzt stark sein. Es waren die Niederländer. Ja, die Niederländer! Die mit den Holzschuhen. Protestantische Söldner brachten das Spiel im 18. Jahrhundert in die Schweiz. Und die Schweizer, gescheit, wie sie nun mal sind, übernahmen das Spiel, änderten die Kartenbilder, fügten ein paar zusätzliche Regeln hinzu und bestanden darauf, dass nun alles besser sei. So wird nun mit Ass, König, Ober, Under und Banner gejasst. Dazu kommen noch die »Brettli«, wobei die Neun als »Nell« zu einem richtigen Totschläger avanciert, als ob das Spiel nicht schon verzwickt genug wäre.

Sepp, Ueli, Beat und Richi jassten seit Jahrzehnten zusammen. Sie nannten sich, bescheiden wie sie waren, die »Jasskönige«. Anfangs hatten sie aus Freude gespielt, irgendwann aus Gewohnheit, zuletzt aus Ehrgeiz. Vier Männer, die in ihrem Leben viel erreicht hatten, aber beim Kartenspiel auf das Wesentliche reduziert wurden. Es ging an diesem legendären Abend in der Hörnlihütte nicht ums Geld, nicht einmal um Prestige. Es ging um etwas viel Wichtigeres: den Jahressieg. Und damit um die Frage, wer am Schluss selbst der König oder der Bauer war.

Die Hörnlihütte war ein »Place to be«, wie Sepp meinte. Sie gehörte dem hiesigen Skiclub. Alpenchic, tolle Speisekarte, eine Aussicht zum Niederlegen. Jetzt, Mitte Dezember, ging es noch gemütlich zu und her. Der Himmel war wolkenverhangen und das Skigebiet noch nicht vollständig geöffnet. Perfekte Bedingungen für einen gemütlichen Spielnachmittag mit anschliessendem Abendessen. Sie waren ohne Ski angereist, das Wochenende gehörte allein dem Wettkampf.

»Isch guet gsi?«, fragte Adi, als er den Tisch abräumte.

Die vier nickten synchron. Das »Gigi & Heidi«-Plättli und die Cremeschnitte »Maison« hatten die hungrigen Mägen fürs Erste gefüllt. Sie bestellten eine Runde Kafi Lutz.

Dann ging es endlich los.

Karten wurden gezogen, um die Spielpaare zu bestimmen. Gezählt wurde nach den Zürcher Regeln: Berg bei 1.250 Punkten, Schluss bei 2.500. Obe und Unde dreifach,

Schelle und Schilte zweifach, Rose und Eichle einfach. Und ganz wichtig: Stöck, Stich, Wyss! Alles andere wäre Ketzerei gewesen. Wie immer wurde auch darauf hingewiesen, dass vier Siebener oder Achter nicht zählten.

Old School.

Das Spiel tobte wie ein Sturm hin und her. Es wurde munter gewiesen – Stöck, Dreiblatt, 50, 100 –, was von der anderen Partei jeweils mit einem »Schnurre chönts« kommentiert wurde. Aber man blieb sich nichts schuldig und statistisch glich sich das »Schnurre« über die Zeit sowieso aus. Viele weitere Weisheiten folgten: »Schilte wie z'Bilte«, »Weniger gönd meh«, »Än guete Jasser bringt dä Puur immer hei« oder »Do chasch dä Chnecht schicke«. Die Schiefertafel füllte sich mit Strichen und sah bald aus wie das Tagebuch eines Gefangenen.

Jetzt ging es um den Sieg, den Kampf »Mann gegen Mann«. Und nirgendwo wird Ehrgeiz so bissig wie bei Männern über 60, die ihre Blütezeit überschritten hatten. Am meisten litt der Sepp darunter. Sein schütterer Haarkranz war mittlerweile weisser als der Schnee auf dem Hüttendach. Er haderte mit der Pensionierung und war der felsenfesten Überzeugung, dass es mit der Welt, ja der gesamten Menschheit, bachab gehe. Seine einzige Mission, die ihm noch geblieben war: der Jahressieg. Doch das Spiel lief nicht zu seinen Gunsten, was sein zugeloster Partner, der Richi, zu spüren bekam.

»Richi, gopf nomol, wenn ich das Ass spiele, musst du doch den König geben. Du hast den Match versaut.« Oder: »Richi, tami nomol, wenn ich schiebe, musst du nicht immer Rose oder Eichle machen, so kommen wir nie auf unsere Punkte!« Richi, geplagt von Schuld und benebelt vom Schnaps, wusste bald nicht mehr, welche Farbe Trumpf war.

Beat und Ueli konnten die Streitereien nur recht und billig sein. Sie legten vor und punkteten Strich um Strich. Aber auch sie waren nur Freunde auf Zeit. Nach dem Abendessen würden die Spielpartner gewechselt werden. Es konnte halt nur einen Sieger geben. Vier Sieger? Ausgeschlossen. Sie waren ja nicht auf einem Kindergeburtstag!

Die erste Runde ging an Beat und Ueli. Sepp zog sich vor dem Abendessen aufs gemeinsame Zimmer zurück. Gemeinsames Zimmer – was für eine Schnapsidee! Wahrscheinlich würde er kein Auge zutun mit den drei Holzfällern im Zimmer. Er hörte das Schnarchen bereits. Nur der Kartengott persönlich konnte ihm jetzt helfen. Schon im letzten Dezember, in einer verrauchten Emmentaler Kneipe, hatte ihm der Ueli die Krone auf der Zielgeraden noch weggeschnappt. Sepp brauchte dringend ein Erfolgserlebnis! Er stand auf, klatschte sich auf die Wangen und gesellte sich zu seinen Freunden, die über die Jahre zu Konkurrenten geworden waren.

»In zehn Jahren ist es mit dem Skifahren auch hier oben vorbei«, prognostizierte Beat und schob sich eine Gabel Rösti in den Mund.

»Nach mir die Sintflut«, meinte Ueli desinteressiert.

Richi machte sich mehr Gedanken darüber. »Ich denke, dass es neue Technologien für Kunstschnee geben wird. Irgendwann kann man bis zu zehn Grad die Maschinen laufen lassen.«

»Wenn deine Prognosen so gut sind wie deine Jasskünste, dann gute Nacht Arosa«, maulte Sepp, dem die Niederlage vom Nachmittag schwer im Magen lag. Er hatte seinen Ofenfleischkäse kaum angerührt.

Es herrschte wieder Funkstille, die nur durch das Klappern des Geschirrs durchbrochen wurde. Sie waren die einzigen Gäste, die über Nacht blieben. Adi verabschiedete sich von ihnen: »Än Schöne. Ich fahre mit der letzten Gondel ins Dorf runter. Das Personal wird sich bestens um euch kümmern. Händs denn no guet!«

Damit waren die Formalitäten erledigt und die Karten konnten erneut sprechen. Sepps Hoffnung, alles möge sich zum Guten wenden, starb ganz am Schluss, wie eben jede Hoffnung am Schluss stirbt. Bis etwa 22 Uhr war alles gut gelaufen. Sepp harmonierte bestens mit Beat, dem neuen Partner. Knappe Entscheidungen gingen zu ihren Gunsten aus.

So weit, so gut.

Das Unheil nahm seinen Lauf mit einer Ansage von Richi. Es musste ja der Richi sein.

»Obenabe isch Trumpf«, verkündete ebendieser Richi. »100«, wies er beiläufig mit einem süffisanten Lächeln auf den Lippen.

»Das dörf doch nöd wohr si.« Sepp konnte es nicht fassen.

Zu diesem Zeitpunkt wusste er noch nicht, dass auch Ueli einen Hunderter ansagen würde. Richi hatte doch tatsächlich vier Asse und der Ueli noch vier Ober dazu. Da die beiden auch sonst hohe Karten in ihren Händen hielten, war der Match aufgelegt.

»Do chasch dä Chnecht schicke!«

Natürlich wurde artig ausgespielt, das gehörte sich so. Es schien eine reine Formsache. Als Richi seine zweitletzte Karte auf den Tisch legte, stutzte Sepp plötzlich und ein breites Grinsen zeigte sich auf seinem vom Alkohol geröteten Gesicht. Sein Haarkranz leuchtete wie ein Heiligenschein. »Ich habe nur noch eine Karte in der Hand! Du musst dich vergeben haben, Richi. Das Spiel und der Weis zählen leider nicht …«

Sofort begann eine laute Diskussion. Karten wurden nachgezählt und tatsächlich: Der Schellenkönig fehlte. Sie suchten unter dem Tisch, unter dem Jassteppich, lupften Trinkuntersätze, schüttelten Servietten, klopften sich die Kleider ab, fragten die Kellnerin, ob sie versehentlich eine Karte abgeräumt habe. Nichts. Der Schellenkönig blieb verschwunden.

Freunde betrügen sich nicht … Dennoch wagte es Ueli, nachdem sie alle anderen Optionen ausgeschlossen hatten, den Elefanten im Raum beim Namen zu nennen. »Sepp, hast du die Karte absichtlich verschwinden lassen?«

Für einen Moment herrschte schockartige Stille am Tisch. Wäre der Schellenkönig ein Mensch aus Fleisch und Blut, so hätte man ihn aufgrund seiner Atemgeräusche sofort gefunden. Doch Karten atmen nicht, sie lügen auch nicht, eigentlich machen sie gar nichts.

Der Sepp schlug dermassen mit der Faust auf den Tisch, dass die Weingläser überschwappten. »Was weiss denn ich, wo der verdammte Schellenkönig steckt. Das muss ich mir von einem so durchschnittlichen Jasser wie dir nicht bieten lassen.« Er nahm den Schwamm und wischte sämtliche Striche von der Schiefertafel.

»Was soll das denn?«, echauffierte sich nun sogar Beat, der ja mit dem Sepp ein Team bildete.

»Ich habe die Nase voll von diesem Schwachsinn. Früher hat es mit euch Spass gemacht, aber ihr werdet nicht nur älter, sondern auch dümmer. Ich gehe jetzt!« Sepp stand auf und liess seine drei Kollegen am Tisch sitzen.

Kurz darauf sahen sie ihn, mit dem Rucksack über die Schulter gehängt, das Bergrestaurant verlassen. Er schien es ernst zu meinen. Beat wollte ihm nachrennen, doch Ueli hielt ihn zurück. »Lass ihn. Dermassen beleidigen lassen, müssen wir uns von niemandem. Auch nicht vom Sepp! Die Gondeln fahren schon lange nicht mehr, soll er halt laufen.«

So sassen die drei noch etwas zusammen und gingen dann zu Bett. Den Sepp sollten sie zum letzten Mal gesehen haben.

Nun wirst du denken: »Aha, Winterkrimi! Der Sepp ist beim Weg hinunter ins Dorf überfallen worden und erfroren.« Die Erklärung ist jedoch wesentlich weniger spektakulär – zumindest für eingefleischte Krimifans, denen es nicht genug Leichen geben kann. Die drei sahen den Sepp nie mehr, weil sie ihn nicht mehr sehen wollten. Als sie nämlich spätabends auf ihr Zimmer kamen, lag der Schellenkönig zerknüllt am Boden. Der Sepp war halt doch der Gauner, für den sie ihn gehalten hatten. Das konnten sie ihm nicht durchgehen lassen und schworen – wie damals die Eidgenossen am Rütli – mit erhobenen Fingern, dass sie nie mehr mit dem Sepp, diesem Verräter, Kartenspielen würden.

Man muss dem Ueli, dem Beat und dem Richi zugutehalten, dass sie die Tradition fortführten. Der Sepp wurde im darauffolgenden Jahr nämlich ersetzt durch – festhalten – eine Frau. Du hast richtig gehört: eine Frau. Genau genommen die Annegreth. Die Annegreth kannten sie seit der gemeinsamen Schulzeit. Sie war die Art von Schulfreundin gewesen, in die alle einmal verliebt gewesen waren, ohne dass sie es wusste. Nun war sie verwitwet und vielleicht, ja vielleicht hofften die drei ganz ein bisschen, Annegreth könnte sich allenfalls für einen von ihnen erwärmen. Aber sie zeigte sich eiskalt. Drei Jahre in Folge holte sie den Jahressieg. Jeweils mit so grossem Vorsprung, dass der Ueli, der Beat und der Richi manchmal wehmütig an Sepp denken mussten.

Sepp, den gefallenen König.

EIN FALL FÜR MUZATON

Warnhinweis: Die beiden bekannten Titelhelden Armand Muzaton, Leiter der Zürcher Kriminalpolizei, und sein Freund Philipp Humboldt, Bankprofessor an der Universität Zürich, besuchen ein Festival in Arosa. Das allein schon ist ein Warnhinweis wert!

FREITAG

Ekatarina und Sophie wussten genau, warum sie sich den Schlitten teilten, statt bei ihren Lieblingsmännern Platz zu nehmen. Armand und Philipp hatten beim Abendessen im Burestübli mit leidenschaftlicher Inbrunst über den Unterschied zwischen Recht und Gerechtigkeit philosophiert – so intensiv, dass man hätte meinen können, sie würden gleich eine neue Verfassung entwerfen. Nebenbei analysierten sie die politische Weltlage, erörterten, ob Tiere nicht die besseren Menschen seien, und landeten schlussendlich bei der existenziellen Bedeutung zwischenmenschlicher Beziehungen. »Freunde«, dozierte Armand, »sind jene seltenen Menschen, die dich mögen, nicht weil, sondern obwohl sie dich kennen.« Diese intellektuellen Exkurse setzten stets viel Adrenalin frei, das dann irgendwie abgearbeitet werden musste.

So auch diesmal.

»Wir machen ein Rennen! NASCAR-Stil. Die Muzatons gegen die Humboldts. Berührungen der Schlitten sind nicht nur erlaubt, sondern ausdrücklich erwünscht!«, verkündete

Armand mit leuchtenden Augen vor dem Restaurant. Er strahlte wie die Sterne über Arosa.

Doch Sophie und Ekatarina hatten andere Pläne. Sie schnappten sich einen der zwei Schlitten und setzten sich darauf. »Macht ihr euren Wettkampf. Ekatarina und ich fahren schon mal los. Lasst uns bitte nicht zu lange warten. Es ist kalt«, rief Sophie und stiess sich mit den Füssen ab. Ekatarina hob die Beine an und lehnte sich zurück.

»A revair«, jauchzte sie, als sich der Schlitten in Bewegung setzte.

Die beiden Männer blickten zunächst ihren Frauen nach und dann sich verdutzt an.

»Wir zusammen auf einem Schlitten?«, fragte Armand skeptisch.

»Das geht ganz einfach, mein Freund«, erwiderte Philipp. »Du vorne, ich hinten.«

Armand schüttelte vehement den Kopf. »Wie stellst du dir das denn vor? Wenn ich mit meinem Gewicht vorne sitze, graben sich die Kufen sofort in den Schnee. Du sitzt vorne!«

Philipp seufzte. »Ah, der Herr Kommissar will ans Steuer.«

Armand hob die Hände. »Lieber Gott, schmeiss Hirn vom Himmel! Beeil dich, sonst holen wir die Mädels nie ein.«

Das Argument überzeugte Philipp, und er setzte sich vorsichtig auf den Schlitten. »Wo soll ich denn mit meinen Beinen hin?«, fragte er verzweifelt. Die Männer waren jeweils über 1,90 Meter gross.

»Du gehst doch einmal pro Woche in den Pilates-Kurs. Also: Bauch rein, Beine hoch«, feixte Armand. Er legte seine Pranken auf Philipps Schultern und schob den Schlitten an, wie ein Bobfahrer im Eiskanal von St. Moritz. Als er nach einigen Metern aufspringen wollte, rutschte er aus und landete auf dem Hosenboden. Philipp bremste und prustete los.

»Der Züzi mit den weissen Sneakers! Was für ein Bild …«

Das Lachen war ansteckend und bald kugelten sich die Freunde vor Vergnügen im Schnee. Die Niederlage war endgültig besiegelt, ihre Frauen in der Dunkelheit verschwunden.

Der Siegerinnentrunk für Sophie und Ekatarina wurde an der Bar ihres Hotels von den Verlierern spendiert. Sanfte Pianoklänge schwebten durch die Luft. Das Eis in den Negronis klimperte leise, während das Rennen noch einmal in epischer Tiefe analysiert wurde.

»Wir wollten schon eine Vermisstenanzeige aufgeben«, scherzte Ekatarina.

»Der berühmte Ermittler Muzaton und sein treuer Helfer Humboldt spurlos im Aroser Schnee verschwunden.« Sophie malte mit dem Finger eine imaginäre Schlagzeile in die Luft.

Die Männer hoben ihre Gläser. »Auf unsere Frauen«, sagte Armand. »Mögen sie ihren Sieg geniessen. Es wird für lange Zeit ihr einziger bleiben.«

»Moment mal«, unterbrach Sophie. »Morgen ist die letzte Aufführung der Allegria. Ekatarina und ich haben uns Tickets organisiert. Das zählt auch als Sieg.«

»Was würden wir nur ohne euch machen?«, fragte Philipp und drückte seiner Frau einen Kuss auf die Wange.

Armand strich sich über den kahlen Schädel. »Komischer Name, Allegria. Weiss jemand, was das heisst?« Er lutschte an einem Eiswürfel.

»Ein Genfer, der in Zürich arbeitet, kann das natürlich nicht wissen«, neckte Ekatarina Armand und hakte sich bei ihm unter. »Ist Rätoromanisch und bedeutet so viel wie ›Vergnügen‹, ›Genuss‹ oder ›Freude‹.«

Armand nickte anerkennend. »Nicht schlecht für eine Appenzellerin mit 50 Prozent russischem Blut, die in Zürich mit einem Genfer zusammenlebt.«

»Wir Frauen können eben Multitasking«, erklärte Ekatarina mit einem bezaubernden Augenaufschlag.

Gerade als Armand eine seiner berüchtigten Antworten parat hatte – eine dieser, die einem normalerweise erst eine Stunde später einfällt –, spürte er eine Hand auf seiner Schulter.

»Sie sind verhaftet«, sagte eine tiefe Stimme.

Der Zürcher Polizeihauptmann drehte sich um, bereit, seine ganze Autorität einzusetzen – und erkannte sein Bündner Pendant. »Pierin, was machst du denn hier?«, rief er freudig und umarmte seinen Kollegen. Die beiden Polizisten hatten sich vor Jahren auf einer Konferenz der kantonalen Kriminalkommandanten kennengelernt. Armand stellte seinen Freunden den Beamten vor und Pierin schüttelte allen kräftig die Hand.

»Ich bin dienstlich in der Gegend«, erklärte er. »Ihr dagegen besucht mit Sicherheit das Festival, oder?«

»Überraschend gut kombiniert – für einen Bündner Polizisten«, erwiderte Armand grinsend. »Ja, wir schauen uns morgen die letzte Vorstellung der Allegria an und sind bereits heute angereist. Zuerst Fondue im Burestübli und danach sehr gemütlich mit dem Schlitten ins Tal …«

Sophie und Ekatarina reagierten nicht.

Zwei souveräne Siegerinnen.

»Bist du auf der Suche nach Skidieben?«, flachste Armand.

Der stämmige Bündner blickte sich um und senkte die Stimme. »Die Gauner kommen erst in der Hauptsaison.« Er machte eine Pause. »Ach, was soll's. Die Information ist ohnehin schon durchgesickert: Die Allegria haben eine Morddrohung bekommen. Der Polizeikommandant will, dass ich nach dem Rechten schaue. Für den Fall der Fälle. Wahrscheinlich ist es eh ein schlechter Scherz der Künstler selbst, um ihrer Abschiedsvorstellung etwas Theatralik zu verleihen. Aber man weiss ja nie. Ich bin jedenfalls froh, dass ihr hier seid. Dann kann ich auf vier weitere Augenpaare zählen.«

»Auf zwei Augenpaare«, korrigierte Sophie.

Die Männer blickten sie fragend an. Ekatarina hatte als Einzige sofort verstanden. »Armand und Philipp haben natürlich nur Augen für uns«, erklärte sie schmunzelnd.

Pierin lachte so laut, dass sich die Gäste in der Bar nach ihnen umdrehten. »Na, dann bleibt es wohl doch an mir hängen. Habt ihr für morgen schon Pläne?«

»Ausschlafen und ausgiebig frühstücken«, antwortete Armand, ohne zu zögern, und legte einen Arm um Ekatarinas Taille.

»Danach spazieren wir ins Dorf. Unser Freund hier«, Philipp klopfte Armand auf die Schulter, »hat nichts als Turnschuhe dabei. Ich würde gerne einen Drink im Güterschuppen nehmen. War noch nie dort, habe allerdings nur Positives gehört.«

»Schön, dass ihr für uns entscheidet. Aber soll mir recht sein«, meldete sich Ekatarina zu Wort und drückte Armands Hand. »Nach dem Güterschuppen nehmen wir einen kleinen Absacker in der Panorama Bar.«

Zustimmendes Nicken. Sophie umarmte Philipp und überlegte kurz. »Anschliessend gehen wir ins Hotel zurück und machen Wellness.«

Pierin betrachtete die vier Freunde, die eng umschlungen an der Bar standen, lächelnd, ja beinahe liebevoll. »Ein schönes Bild. Und danke für die Infos. Dann ist für mich die Sauna morgen tabu – ich kenne Armand ja in seiner Dienstuniform. Freizeitkleidung geht gerade noch, alles andere will ich mir nicht vorstellen.«

SAMSTAG

Am Abend der Vorstellung trafen sich Armand und Philipp wieder an der Bar, dem inoffiziellen Nukleus jedes Hotels. Die langen, dichten Haare ihrer Frauen brauchten nach der

Dusche noch Zeit zum Trocknen. Jedenfalls hatten die beiden deren »Geht doch schon mal vor« so interpretiert. Der Barkeeper war derselbe wie am Vorabend, ein scheinbar unverwüstlicher Mann mit einer Fliege so eng gebunden, als wolle sie ihn erdrosseln. Er erkundigte sich mit stoischer Höflichkeit, ob die Herren bei den Negronis bleiben wollten, was sie dankend bejahten.

Natürlich wollten sie.

»Es geht doch nichts über aufmerksamen Service«, bemerkte Philipp im Tonfall des Geniessers.

Kaum hatten sie den ersten Schluck genommen, zog er mit verschwörerischer Miene eine Packung Zigaretten aus seinem Jackett. »Schau mal, was ich uns mitgebracht habe.«

»Zigaretten!«, jubelte Armand, als hätte er gerade einen kniffligen Mordfall gelöst. »Weisst du, wie lange ich nicht mehr geraucht habe?«

»27 Tage und 19 Stunden«, erwiderte Philipp grinsend. »Nur falls du es vergessen hast – wir haben zusammen aufgehört. Aber hey, es ist Wochenende. Wir vier in Arosa. Keine Uni, keine Verbrechen. Nur wir, die Berge und unsere wunderschönen Frauen, die uns garantiert umbringen werden, wenn sie uns erwischen.«

Armand lachte. Es war einer dieser Momente, in denen er sicher war, dass Philipp jede Teleshopping-Sendung im Fernsehen moderieren könnte. Sie schnappten sich ihre Gläser und gingen wie zwei Schuljungen, die etwas Verbotenes taten, nach draussen. Die Temperatur war von plus fünf Grad am Nachmittag auf minus fünf gefallen. Der Schnee, der noch vor wenigen Stunden auf den Dächern geschmolzen war, hatte sich in dicke Eiszapfen verwandelt.

»Wenn dir so einer auf den Kopf fällt, dann gute Nacht«, meinte Armand und trat einen Schritt zurück.

»Bei deinem Dickschädel mache ich mir eher Sorgen um

die Eiszapfen«, stichelte Philipp und hielt Armand die angebrochene Packung Zigaretten hin.

Die beiden traten frierend von einem Fuss auf den anderen und bliesen den Rauch in die frostige Nachtluft.

»Hast du auch schon jemanden bewacht, der eine Morddrohung bekommen hat?«, fragte Philipp.

Armand schüttelte den Kopf und betrachtete die Glut der Zigarette. »Nein. Wir bekommen jedoch ständig solche Meldungen. Ist regelrecht in Mode gekommen. Vor allem auf den sozialen Medien wird echt viel Schwachsinn geschrieben. Die Leute langweilen sich, sind wütend oder – mein Favorit – wollen sich wichtigmachen. Wenn wir allem nachgingen, hätten wir keine Zeit mehr für die echten Verbrecher.

»Hier im Bündnerland ist das wahrscheinlich nicht so schlimm«, mutmasste Philipp mit klammen Lippen.

»Noch nicht«, sagte Armand und blies einen Rauchring in die Nacht, der vom auffrischenden Wind zerrissen wurde. »Sollte ich jedoch mal einen Personenschützer brauchen, wäre Pierin meine erste Wahl. Wir können uns also auf die Vorstellung freuen. Heute wird nichts passieren.«

Philipp drückte die Zigarette aus. »Lass uns die Hände waschen und einen Kaugummi einwerfen«, sagte er beim Hineingehen. »Die Zigaretten bleiben unser kleines Geheimnis.«

Armand nickte, aber sie wussten, dass ihre Frauen es sofort bemerken würden. Sie bemerkten alles und warteten, bis sich die beiden Helden selbst verrieten.

Allegria wurden ihrem Ruf gerecht. Die Vorstellung war, wie man so sagt, jeden Rappen wert. Die beiden Künstler bespielten die Bühne des Hotels mit Witz, physischer Präsenz und der Eleganz eines alten Ehepaars. Gianin Crameri, der Kleinere der beiden, gab den Besserwisser, den Professor mit messerscharfem Verstand und dem offensichtlichen Drang, seinen Partner in die Pfanne zu hauen. Ramun Derungs, der Grössere, war ein fleischgewordenes Fettnäpfchen mit tollpatschigem Charme. Hätte es eine Schweizer Version von »Tom und Jerry« gegeben, wäre Allegria die Blaupause.

Als Crameri den letzten Sketch vor der Pause ankündigte, bemerkte Armand eine verspätete Besucherin. Ihre Lippen waren blutrot geschminkt und die Haare streng nach hinten gebunden. Sie mochte so um die 40 sein, ihr Alter war wegen des dick aufgetragenen Make-ups schwer zu schätzen.

»Die behalt ich im Auge«, raunte Pierin neben ihm und musterte die Frau aufmerksam.

Auf der Bühne hatten sich die Schauspieler Kochschürzen umgebunden und bewirteten einen fiktiven Gault-Millau-Kritiker. Crameri dirigierte als Chef, Derungs versalzte als Koch. Nach der Küchenschlacht trat Crameri mit einem Gästebuch von hinten an seinen Gehilfen heran.

»Was hat der Kritiker ins Gästebuch geschrieben?«, fragte Derungs in freudiger Erwartung und schrubbte eine Pfanne sauber.

»Nichts«, erwiderte Crameri trocken. »Er hat deine Taube reingeklebt.«

Lauter Applaus.

Pause.

»Müsst ihr zwei noch nach draussen?«, fragte Ekatarina beiläufig.

Armand und Philipp tauschten einen Blick, der nichts sagte und alles verriet.

»Nein, ist doch viel zu kalt«, behauptete Philipp, um noch mehr Beiläufigkeit bemüht.

»Kennt ihr zufällig jemanden, der Ekatarina und mir eine Zigarette organisieren könnte?«, fragte Sophie. »Ihr wart vor der Vorstellung so entspannt, dass man den Eindruck gewinnen konnte …«

Philipp seufzte theatralisch und zog die Zigaretten hervor. »Also gut, aber nur eine. Die Packung gehört sowieso Armand, ich bewahre sie für ihn auf. Ist ein kriminaltechnisches Beweisstück!«, log er lachend.

Beim Verlassen des Saals nickte Armand dem Bündner Kriminalhauptmann zu, der sich unter die Gäste gemischt hatte. Es versprach, ein ruhiger Abend zu werden. Die Pause war auf 20 Minuten angesetzt, sodass die Gäste sich einen Drink an der Bar genehmigen, die Beine vertreten oder eine Zigarette rauchen konnten.

Fünf Minuten vor Ende der Pause hatten die vier ihre Plätze eingenommen. Auch die übrigen Gäste kehrten langsam in den Saal zurück. Caduff kam als einer der Letzten. Armand hielt nach der Frau mit den roten Lippen Ausschau. Sie war nirgends zu sehen. Er drückte Ekatarinas Hand. Er war heute nicht der diensthabende Polizist. Alles war in Ordnung.

Ramun Derungs bereitete sich auf der Bühne bereits auf die nächste Nummer vor. Der Schauspieler, stämmig wie ein Holzfäller und ähnlich subtil, schob Möbel und Requisiten durch den Raum. Zwischendurch verschwand er hinter einem grossen Paravent, nur um mit neuen, abenteuerlichen Utensilien wieder aufzutauchen. Alle waren hier – ausser Gianin Crameri.

Derungs warf einen Blick auf die Uhr, dann auf Pierin Caduff. Es war 21:22 Uhr, als plötzlich eine Mitarbeiterin des Hotels aufgeregt in den Raum stürzte und Derungs etwas zuflüsterte. Dieser hielt sich entsetzt die Hand vor den Mund, rannte hinaus, Pierin und – wenig überraschend – Armand gleich hinterher.

Derungs stürmte die Treppe hinauf, drei Stufen gleichzeitig nehmend. Pierin und Armand hechelten hinterher wie zwei Büroangestellte beim ersten Besuch im Fitnessstudio. Als sie endlich das Zimmer von Crameri im obersten Stock erreichten, stand Derungs schon in dessen geöffneter Tür.

»Oh Gott«, flüsterte er, und die Farbe wich aus seinem Gesicht. Caduff schob ihn beiseite, nur um ebenfalls zur Salzsäule zu erstarren. Armand lugte den beiden über die Schultern. Crameri lag regungslos in einer Blutlache. Die Halsschlagader durchtrennt. Seine offenen Augen starrten zur Decke. Man musste kein Arzt sein, um eine Diagnose zu stellen: Crameri war tot!

Armand und Caduff knieten sich neben den leblosen Körper. Derungs war beim Eingang stehen geblieben. Der Anblick einer Leiche ist nicht jedermanns Sache. Die Polizisten hatten darin leider eine gewisse Routine entwickelt. Armand empfand – nichts. Die Seele, das Leben, alle Emotionen waren aus diesem Körper entwichen, zurück blieb nichts als eine leere Hülle. Wie ein Luftballon, aus dem die Luft rausgelassen wurde. Crameri war in diesem Moment so menschlich wie der Teppich, auf dem er lag.

Keine Respektlosigkeit, sondern eine Tatsache für Armand.

Caduff zog sein Smartphone aus der Tasche und rief Verstärkung. »Ja, ein Mord«, wiederholte er ungeduldig. »Ich brauche die gesamte Kavallerie!« Er steckte das Handy weg. »Was für eine Schweinerei«, sprach er halblaut in den Raum.

Derungs stand immer noch an der Tür und rang nach Worten. »Ich … ich bin in der Pause mit Gianin nach oben gegangen. Mein Zimmer liegt direkt nebenan. Seine Tür war geschlossen, als ich Richtung Bühne ging.«

Caduff drehte sich zu Derungs um. »Ist Ihnen jemand Verdächtiges aufgefallen?«

Der Schauspieler überlegte kurz. »Was heisst verdächtig? Auf dem Flur ist mir ein Mann entgegengekommen. Langer

Mantel, schwarze Mütze. Ich habe mir nichts dabei gedacht. Wir sind schliesslich in einem Hotel.«

Armand trat an einen kleinen Tisch in dem Zimmer. Auf diesem befanden sich eine volle Tasse und Crameris Smartphone. Er hielt vorsichtig den Handrücken über das Getränk.

»Noch warm ... Ein Cappuccino mit Schokoladenpulver.« Die Streusel bildeten ein Herz auf dem Milchschaum, ein bizarrer Kontrast zur Leiche auf dem Teppich.

Derungs betrachtete die dampfende Tasse wie in Trance. »Den Cappuccino hat eine Mitarbeiterin Gianin nach oben gebracht. Die Frau, die mich informiert hat, hat es mir erzählt. Sie hat Gianin so gefunden.«

Caduffs Gesicht blieb ausdruckslos, während er die Information verarbeitete und bereits die nächsten Schritte plante. »Armand, kannst du bitte den Tatort sichern? Ich setze den Hotelbesitzer ins Bild. Wir müssen die Vorstellung absagen. Die Gäste werden sicher langsam unruhig. Vor allem müssen wir alle Personalien aufnehmen und dafür sorgen, dass keine Panik ausbricht. Und da ist ja noch der Unbekannte im Mantel!«

»Geh du nach unten, ich halte hier die Stellung«, sagte Armand. »Und schick mir bitte Philipp rauf. Wir werden dich unterstützen, bis die Verstärkung eintrifft.«

Nachdem Caduff den Raum verlassen hatte, zog Derungs seine Schürze aus. Seine Beine zitterten. Dann entdeckte er den dunklen Fleck auf seiner Hose. »Das darf doch nicht wahr sein. Ich habe mich eingenässt«, flüsterte er, sichtlich beschämt.

Armand versuchte, ihn zu beruhigen. »Das kann passieren, Stress, Schock. Schliesslich wurde Ihr Partner ermordet.«

»Was mich zum Hauptverdächtigen macht«, sagte Derungs und starrte auf die sterblichen Überreste Crameris. »Ich war der Letzte, der ihn lebend gesehen hat.«

Armand hob die Augenbraue. »Der Zweitletzte, hoffe ich für Sie. Der Letzte war der Mörder.«

Eine halbe Stunde später war die Situation unter Kontrolle – so weit das in einem Hotel voller Polizisten, aufgelöster Gäste und einer ermordeten Bühnenikone möglich war. Die Polizei war mit einem Grossaufgebot eingetroffen und arbeitete routiniert ihre Aufgaben ab. Die Personalien der Gäste waren aufgenommen. Die meisten waren im Hotel einquartiert und sie durften ihre Zimmer aufsuchen. Die auswärtigen Gäste konnten den Ort des Geschehens verlassen. Es waren ausnahmslos Paare oder kleinere Gruppen, die so unschuldig aussahen, dass man ihnen, ohne zu zögern, seine Schwiegermutter anvertraut hätte. Aber zu diesem Zeitpunkt konnte natürlich nichts und niemand als Täter ausgeschlossen werden.

Oder als Täterin.

Armand hatte Philipp gebeten, sich an der Rezeption nach dem Mann im Mantel zu erkundigen. Währenddessen befragte er mit Caduff die bedauernswerte Kellnerin, die Crameri den Cappuccino aufs Zimmer gebracht hatte. Die junge Frau stand unter Schock und beteuerte, auf dem Flur niemandem begegnet zu sein. Die Hotelleitung hatte der Polizei einen Raum im Parterre als provisorische Einsatzzentrale zur Verfügung gestellt. Dort herrschte die Betriebsamkeit eines Taubenschlags, und auf dem Tisch stand eine Thermoskanne mit Kaffee. Die Forensik untersuchte die Leiche und das Zimmer. Die Tatwaffe, mit der Crameri die Schlagader durchtrennt worden war, blieb verschwunden.

Armand sass mit Caduff in der behelfsmässig eingerichteten Zentrale. Ihnen gegenüber hatte eine Frau mit stark geschminkten Lippen Platz genommen. Sie hatte sich als Managerin von Allegria vorgestellt. Für Frau Uhrsprung war der Fall bereits gelöst.

»Derungs hat Gianin umgebracht, das liegt doch auf der Hand!«, ereiferte sie sich. »Warum haben Sie ihn nicht längst festgenommen?«

Caduff versuchte, Uhrsprung mit dem müden Blick eines Mannes, der viel zu lange im Auto gesessen hatte, zu beruhigen. »Was sollte Herr Derungs denn für ein Motiv haben?«, fragte er.

»Die Trennung war Gianins Idee. Das hat Ramun gar nicht gepasst. Sie müssen wissen, dass Gianin alle Stücke geschrieben hat. Ramun ist – wie soll ich sagen? – ein Fantast, ein Träumer. Ohne Gianin ist seine Karriere vorbei.« Erwartungsvoll musterte sie die beiden Polizisten.

»Warum sollte er ihn dann umbringen?«, hakte Armand nach. »Das Ende der Allegria stand ja eh fest.«

Uhrsprung zögerte, wohl um die Dramatik zu steigern. »Die Allegria waren sehr erfolgreich. Nicht nur auf der Bühne, sondern auch mit Büchern, Hörspielen und Filmen. Die Rechte gehören – vielmehr gehörten – Gianin. Derungs wäre vor dem Nichts gestanden, hätte die Zusammenarbeit der beiden regulär geendet. In den Verträgen, und die kenne ich als Managerin bestens, ist festgehalten, dass diese Rechte im Todesfall Gianins an Derungs übergehen. Verstehen Sie? Was brauchen Sie denn noch für Beweise? Himmel, Herrgott!«

»Nun beruhigen Sie sich bitte«, sagte Caduff streng. »Wo waren Sie in der Pause?«

»Na hören Sie mal! Werde ich jetzt etwa verdächtigt? In meinem Zimmer.«

»Kann das jemand bezeugen?«, fragte Armand.

»Nein.« Uhrsprung verschränkte trotzig die Arme.

»Haben Sie etwas dagegen, wenn ein Beamter Ihr Zimmer durchsucht?«

»Nein.«

»Hatten Sie ein Motiv, Herrn Crameri zu töten?«

»Nein, nein und nochmals NEIN!«, schrie Uhrsprung und sprang auf. Sie war mit ihren Nerven am Ende. Das Gespräch war es auch. Die Managerin rauschte aus dem Raum. Was blieb, war der Geruch von zu stark aufgetragenem Parfüm.

Als Nächster wurde Derungs erneut befragt. Er erschien in einer ausgeleierten Jogginghose.

»Verzeihen Sie meine Aufmachung«, entschuldigte er sich, als er die Blicke der Polizisten bemerkte. »Meine einzige Hose habe ich vollgepinkelt.«

Caduff stellte seinen Kaffee auf den Tisch, ohne getrunken zu haben.

Too much information.

Die Vernehmung begann mit den üblichen Fragen. Er, so Derungs, sei in der Pause mit Gianin Crameri nach oben gegangen. Jeder habe sich in sein Zimmer zurückgezogen. Das hätten sie immer so gemacht. Um 21:10 Uhr sei er wieder nach unten gegangen, um die Bühne für den zweiten Teil vorzubereiten. Auf dem Flur sei ihm der Fremde begegnet, er habe ihn nicht weiter beachtet.

»Haben Sie sonst irgendetwas gehört oder gesehen, irgendetwas Verdächtiges?«, fragte Caduff.

»Nichts«, antwortete Derungs. »Ich war damit beschäftigt, darüber nachzudenken, wie ich es schaffe, mich während meines letzten gemeinsamen Auftrittes mit Gianin nicht zu blamieren.«

Seine Ehrlichkeit war entwaffnend, doch das genügte natürlich nicht. »Es ist mir bewusst, dass ich kein Alibi habe«, sagte Derungs und liess die Schultern schlaff herunterhängen. »Mein Zimmer liegt direkt neben Gianins. Natürlich denken alle, dass ich es war. Aber Gianin war mein bester und einziger Freund.«

»Wie haben Sie darauf reagiert, dass Crameri die Zusammenarbeit mit Ihnen beenden wollte?«, fragte Armand.

»Ah«, sagte Derungs mit einem spöttischen Lächeln. »Die Uhrsprung, nicht wahr? Natürlich schiebt sie mir die Schuld in die Schuhe. Warum auch nicht? Ich war enttäuscht, klar. Vielleicht sogar wütend. Ich habe Gianins Entscheidung jedoch akzeptiert. Allegria, das war Gianin. Er hat mich entdeckt und mir eine Chance gegeben. Ohne ihn wäre ich heute noch auf dem Bau, und ohne ihn werde ich da auch wieder landen.«

»Sie wissen, dass Ihnen nun alle Rechte an den gemeinsamen Produktionen gehören?«, fragte Caduff. Seine Stimme ruhig, mit einem Hauch von Schärfe.

»Ja«, antwortete Derungs. »Die Uhrsprung hat recht. Die Verträge sagen das so. Trotzdem habe ich Gianin nicht umgebracht! Stellen Sie das ganze Hotel auf den Kopf, Sie werden keine Tatwaffe mit meinen DNA-Spuren darauf entdecken – es sei denn, die Uhrsprung hat sich was ausgedacht. Sie mochte mich nie.«

Caduff beendete die Befragung. »Ich muss nicht betonen, dass Sie das Hotel nicht verlassen dürfen.«

Derungs tippte auf seine Uhr. »Ich gehe ins Bett. Sie wissen, wo Sie mich finden.«

Er erhob sich. Beim Verlassen des Raumes traf er auf Philipp, der gerade eintrat. Die Männer nickten sich zu, und Philipp schloss die Tür hinter sich.

»Hast du etwas Handfestes herausgefunden?«, fragte Armand und rieb sich die Stirn. »Wir drehen uns im Kreis, und mir wird bald schwindlig.«

»Nun ja«, dämpfte Philipp die Erwartungen seines Freundes. »Handfest würde ich es nicht gerade nennen, aber wenigstens einige Details zum Nachdenken.«

»Meine Kernkompetenz«, seufzte Armand.

Philipp setzte sich und goss sich ein. »Der Concierge an der Rezeption hat keinen Mann gesehen, auf den die Beschreibung des Unbekannten passt. Er hat mir versichert, seinen Posten keine Sekunde verlassen zu haben. Ich glaube ihm, er lebt für seinen Beruf. Bereits sein Vater sei Concierge gewesen. Sein Grossvater ebenfalls …«

»Dann war der Kerl schon im Hotel oder hat einen anderen Eingang benutzt«, sagte Derungs.

»Vielleicht«, unterbrach Philipp. »Nun wird es spannend: Laut Concierge hat ihn Crameri um 21:14 Uhr angerufen und den Cappuccino bestellt.«

Armand richtete sich abrupt auf. »21:14 Uhr? Das bedeutet, …«

»… dass Derungs ein Alibi hat«, vollendete Caduff den Satz. »Um diese Zeit war er bereits auf der Bühne.«

Armand pfiff durch die Zähne. »Derungs schon, Uhrsprung allerdings nicht.«

Philipp lehnte sich nachdenklich zurück. »Da ist noch etwas Seltsames: Die Bestellung kam nicht über das Zimmertelefon. Crameri hat den Cappuccino mit seinem Handy bestellt.«

»Und?«, fragte Caduff.

Philipp zog die Augenbrauen hoch. »Wer ruft vom Handy aus den Room Service an? Das macht doch niemand. Man nimmt einfach den Anschluss vom Zimmer.«

»Warum denn nicht?«, fragte Caduff.

Philipp atmete tief aus. »Zuerst die Nummer des Hotels im Internet suchen? Dann die Hauptnummer anrufen? Der Person am anderen Ende erklären, wer man ist, was man will und in welchem Zimmer man residiert? Das macht doch kein Mensch. Man benutzt einfach den Anschluss im Zimmer und wählt den Room Service! Punkt, Schluss.«

Armand war unschlüssig, was er davon halten sollte. »Vielleicht stieg Crameri üblicherweise in Hotels ab, die keinen Room Service anbieten?«

»Oder er hat auf dem Flur telefoniert und ist dort seinem Mörder begegnet?«, ergänzte Caduff.

»Vielleicht hat auch jemand anderes angerufen?«, überlegte Philipp.

Armand schlug mit der Faust auf den Tisch. »Pierin, können deine Leute Crameris Smartphone noch heute Nacht auf Fingerabdrücke untersuchen? Morgen wird sich das Hotel schneller leeren als eine Badewanne mit gezogenem Stöpsel. Das wird allfällige Nachbearbeitungen wesentlich erschweren.«

Der Bündner Polizeihauptmann stand auf. »Die Leiterin der Forensik ist oben. Ich kläre das sofort. Das kann jedoch einige Stunden dauern. Sie muss für die Analyse zurück nach Chur fahren.«

»Top!«, sagte Armand und hob den Daumen.

»Was machen wir in der Zwischenzeit?«, fragte Philipp.

»Schlafen«, antwortete Armand. »Wir müssen einen klaren Kopf behalten.« Er öffnete das Fenster, und die eisige Luft schlug ihm entgegen wie ein nasser Lappen. Es hatte zu schneien begonnen. Dicke Flocken schwebten zu Boden und schluckten alle Geräusche. Es blieben die lauten Fragen in seinem Kopf.

SONNTAG

Einige Stunden später sassen die drei Männer erneut in der Hotelbar. Die Stimmung war deprimierend und erinnerte an den verlassenen Wartesaal eines Provinzbahnhofs. Das Hauptlicht war gedimmt und tauchte den Raum in schummriges Licht. Armand hatte seine langen Beine auf den Beistelltisch gelegt, Philipp und Caduff fläzten halb versunken in den tiefen Sesseln. Keiner hatte geschlafen, was man an den geschwollenen Augen erkennen konnte. Die Nachricht der Forensik stand nach wie vor aus, und so sassen sie da und warteten. Ekatarina teilte sich unterdessen mit Sophie ein Doppelbett. Armand hatte sie darum gebeten, er wollte nicht, dass die beiden Frauen alleine in ihrem Zimmer blieben. Die Möglichkeit, dass sich der Mörder immer noch im Gebäude befand, war zu gross. Zur Sicherheit der Gäste patrouillierten zwei Polizeibeamte durch die Gänge des Hotels. Hin und wieder zuckte der Strahl einer Taschenlampe wie ein Leuchtturm durch das leere Foyer. Ein Beamter war am Eingang postiert.

Der Bartender war auch anwesend. Er stand hinter dem Tresen, als wäre es das Selbstverständlichste der Welt, schlaflosen Gästen Gesellschaft zu leisten.

»Ich wollte Sie heute nicht alleine lassen«, sagte er pflichtbewusst. »Darf ich Ihnen einen Negroni offerieren?«

Philipp lachte leise. »Vielen Dank für Ihren aussergewöhnlichen Einsatz. Aber wir nehmen lieber Kaffee. Schwarz.«

Die Minuten zogen sich zäh wie Kaugummi. »Ich frage mich, warum wir andauernd in solche Verbrechen hineinlaufen müssen«, sagte Philipp gähnend in die Stille.

»Die Werte und Normen erodieren immer mehr«, antwortete Caduff.

»Das ist nicht dasselbe«, korrigierte ihn Armand.

»Was ist denn der Unterschied?«, fragte Philipp.

Armand streckte sich wie ein Kater. »Also: Werte haben wir verinnerlicht, Normen werden gesetzt. Wenn jemand am Samstagnachmittag durch die Zürcher Bahnhofstrasse schlendert, wird er seine leere PET-Flasche nicht einfach vor aller Augen auf den Boden schmeissen. Er würde Normen verletzen, gemassregelt werden und eine Busse riskieren. Wenn dieselbe Person aber morgens um 3 Uhr unterwegs ist, entscheiden die inneren Werte, ob die Flasche im Kübel oder auf der Strasse landet.«

»Gut gesprochen, mein Freund«, meinte Philipp anerkennend. Dann wurde es wieder still. Als Caduffs Smartphone um 4:09 Uhr vibrierte, zuckten sie zusammen.

»Caduff«, meldete sich der Polizeihauptmann. Was folgte, war ein kurzes, kryptisches Gespräch. »Okay ... Interessant ... Bist du sicher? ... Danke!« Er steckte das Smartphone kopfschüttelnd zurück in sein Jackett. »Die Forensik hat Crameris Telefon auf Fingerabdrücke untersucht. Es war so sauber wie mein Strafregisterauszug.«

»Philipp hatte also recht«, sagte Armand. »Crameri hat den Kaffee nicht selber bestellt! Der Anruf war eine Finte, eine fantasievolle dazu!«

»Derungs Alibi steht immer noch«, warf Caduff ein. »Crameris Smartphone lag im Zimmer, als wir die Leiche fanden.«

»War es das wirklich?«, fragte Armand. »Wir waren sofort auf die Leiche fokussiert. Derungs hätte alle Zeit der Welt gehabt, das Smartphone unbemerkt auf den Tisch zu legen.«

Caduff rieb sich die müden Augen. »Derungs schien mir in unserem Gespräch sehr überzeugend.« Der Polizist blätterte in seinem Notizbuch. »Hier! Derungs sagte sinngemäss, wir würden keine Tatwaffe mit seiner DNA finden. Warum sollte er das grundlos erwähnen?«

Armand sprang auf. »Weil es die Waffe nicht mehr gibt! Ich muss unbedingt mit Uhrsprung sprechen. Sonst laufe ich Gefahr, mich bis auf die Knochen zu blamieren!« Er liess sich vom Bartender die Zimmernummer der Managerin geben und eilte davon. Philipp und Caduff blieb nur, ihm zu folgen.

Uhrsprung öffnete die Tür im Nachthemd. Sie war abgeschminkt und trug das Haar offen. Armand musste zweimal hinsehen. Sie wirkte plötzlich wie die hübsche und sympathische Schwester ihrer selbst. Uhrsprung zupfte sich das Nachthemd zurecht und musterte die drei nächtlichen Besucher mit amüsiertem Blick.

»Ich hatte schon lange keinen Herrenbesuch zu so später Stunde. Und dann gleich drei solche Prachtexemplare«, sagte sie schmunzelnd. Mit der Schminke schien auch die Affektiertheit von ihr abgefallen zu sein.

Armand erwiderte ihr Lächeln. »Ich kann Ihnen versichern, Frau Uhrsprung, dass wir dienstlich hier sind.«

»Haben Sie den Mörder gefunden?«, fragte sie mit einem Hauch Enttäuschung.

»Work in progress«, antwortete Armand. »Ich bitte Sie, mir nur eine Frage zu beantworten. Sie bezeichneten Derungs als Träumer und Fantast. Was genau meinten Sie damit?«

Uhrsprung legte den Kopf schief. »Derungs hat ständig versucht, eigene Stücke ins Programm zu bringen. Erfolglos. Seine Ideen waren völlig übertrieben, geradezu grotesk. Er wollte zum Beispiel einen Krimi inszenieren, bei dem das Opfer mit einem Holzscheit erschlagen wird, das später im Kamin verbrannt wird. Oder jemanden mit Pralinen vergiften. Ich meine, wer kommt denn auf solch absurde Ideen?«

Armand war mit der Antwort zufrieden. »Das reicht mir. Vielen Dank – und gute Nacht«, sagte er und machte rechtsumkehrt. Er wartete im Treppenhaus auf seine Kollegen und erklärte ihnen sowohl seine Vermutung als auch seinen Plan. Irgendwo fiel eine Tür ins Schloss, und von unten ertönte das leise Klappern von Gläsern.

»Derungs ist vielleicht ein Fantast«, sagte Philipp fasziniert. »Aber du bist fantastischer.«

Kurz darauf klopfte Armand an die nächste Tür. Derungs öffnete sie ein wenig und schielte misstrauisch durch den

Spalt. »Ah, Sie sind's. Ich habe mir schon Sorgen gemacht, es sei der Mörder.«

»Genau darum sind wir hier, Herr Derungs«, sagte Armand. »Wenn es Ihnen recht ist, würden wir gerne eintreten.«

Derungs trat zur Seite. Er trug dieselbe Kleidung wie beim Verhör. »Und? Sind Sie einen Schritt weitergekommen?«, fragte er gähnend.

Armand ging nicht darauf ein. »Zuerst geht es uns um Ihre Sicherheit. Ich werde kurz den Balkon prüfen.« Er öffnete die Balkontür und widmete sich intensiv der Studie des Daches. Als er ins Innere zurückkehrte, nickte er Caduff bedeutungsvoll zu. Dieser drückte den Rücken durch und trat einen Schritt auf Derungs zu.

»Ich verhafte Sie wegen des Mordes an Gianin Crameri«, sagte Caduff mit einer Stimme, die so feierlich klang, als wäre er gerade zum Gemeindepräsidenten von Arosa gewählt worden.

Derungs zuckte mit dem rechten Augenlid, blieb sonst aber gefasst. »Das ist absurd. Ich kann Gianin gar nicht ermordet haben. Ich war auf der Bühne, als die Tat passiert ist. Sie haben mich doch alle gesehen!«

»Genau das ist der Punkt«, sagte Armand scharf. »Sie waren zur Tatzeit eben nicht auf der Bühne. Sie haben Crameri in der Pause ermordet. Dann haben Sie sein Smartphone an sich genommen, es wahrscheinlich mittels Gesichtserkennung entsperrt, denn Crameris Augen standen ja offen – übrigens ein grauenhafter Gedanke –, und sind kaltschnäuzig vor aller Augen auf die Bühne gegangen. Den Cappuccino haben Sie ganz einfach bestellt, als Sie hinter dem Paravent verschwunden waren, und das Smartphone wieder im Zimmer platziert, als wir mit der Leiche beschäftigt waren. Wirklich clever, aber eben nicht clever genug. Wir haben das Smartphone, wir haben den Ablauf, wir haben das Motiv – wir haben Sie!«

Derungs reagierte, wie ein Schauspieler in einer solchen Situation eben reagiert: Er lachte hysterisch. »Mein Gott, Sie müssten Regisseur werden, mein lieber Muzaton. Oder noch besser: Autor! Vielleicht engagiere ich Sie sogar als Sketch-Schreiber. Wo sind denn die Beweise? Die Tatwaffe? Ohne die haben Sie gar nichts!« Derungs Gesicht verzog sich zu einer hämischen Fratze.

»Ach, die Tatwaffe.« Armand lächelte ebenso sardonisch wie sein Gegenüber. »Wir alle wissen, dass sie nicht mehr existiert. Trotzdem wissen wir, dass sie existiert hat.«

Derungs lächelte immer noch, während sein rechtes Augenlid zuckte wie eine flackernde Neonröhre. »Da bin ich mal gespannt«, sagte er.

Armand öffnete die Balkontür und zeigte auf die Dachzinne. »Die Eiszapfen. Nach dem Kälteeinbruch haben sich einige stattliche Exemplare an der Dachrinne gebildet. Wie man gut sehen kann, wurde einer davon abgebrochen – die Tatwaffe. Sie haben Crameri damit die tödliche Wunde am Hals zugefügt und den Eiszapfen anschliessend in seiner Toilette entsorgt: einmal spülen für das Blut und den Rest erledigte die Zeit.«

Derungs nestelte an seiner Jogginghose herum. »Bravo, Herr Kommissar! Muzaton im Wunderland ...« Er klatschte provozierend in die Hände. »Kein Gericht wird Ihnen diese fantastische Geschichte glauben. Es fehlen die Beweise.«

»Doch, doch, mein lieber Herr Derungs. Die haben wir«, sagte Armand kühl wie Eis. »Es war fast das perfekte Verbrechen – bis auf die Tatsache, dass Sie zu spät angereist sind.«

Derungs verlor die Fassung. »Was soll diese Schmierenkomödie?«, schrie er.

»Am Freitag war es warm. Sehr warm, der Föhn. Die Luft kam von Süden. Genau genommen aus der Sahara. Der Himmel über Arosa war gelblich, fast schon orange – Sahara-staub. Der Staub hat sich überall auf den Dächern abgelagert und mit dem Schmelzwasser vermischt. Die Eiszapfen sind voll davon. Wir werden also Saharastaub in der Wunde von Crameri finden und wahrscheinlich auch in seiner Toilette.« Armands Augen blieben starr auf Derungs geheftet.

Das rechte Auge des Schauspielers flatterte nun wie die Flügel eines Schmetterlings. Er gab sich aber noch nicht geschlagen. »Und wenn schon. Sie können das niemals mit mir in Verbindung bringen«, sagte er beinahe flehentlich.

»Mit Ihnen nicht, Herr Derungs. Allerdings mit Ihrer Stoffhose. Sie haben sich nämlich keinesfalls eingenässt, wie Sie behauptet haben. Die Flüssigkeit auf Ihrer Hose waren Rückstände des Eiszapfens. Ich gehe davon aus, dass Sie die Tatwaffe unter Ihrer Schürze, vielleicht sogar in der Hose, versteckt haben, damit Sie niemand damit auf dem Flur sieht und Crameri keinen Verdacht schöpft.« Armand ergriff die Hose, die auf einem Sessel lag, und übergab sie Caduff. »Die Kriminaltechniker der Graubündner Kantonspolizei werden meine These zweifellos bestätigen: Sahara-Staub im Schritt.«

Derungs ging in Richtung der Zimmertür. Caduff stellte sich sofort davor, doch der Schauspieler bückte sich zur Minibar und entnahm ein Fläschchen Whiskey. Er öffnete den Verschluss und leerte den Inhalt in einem Zug. Er hatte aufgegeben.

»Die Tickets für unsere letzte Vorstellung waren im Nu ausverkauft. Warum in Teufels Namen mussten gerade Sie noch welche ergattern?«

Nachdem Derungs von den Beamten abgeführt worden war, lehnte sich Caduff an die Wand. »Sahara-Staub, im Ernst?«, fragte er Armand mit einer Mischung aus ehrlicher Bewunderung und Zweifel an dessen Verstand.

Armand zuckte die Schultern. »Alles frei erfunden. Mit was kann man einen Fantasten besser austricksen als mit einer fantastischen Geschichte?«

»Ich hoffe nur, dass uns die Staatsanwaltschaft das nicht um die Ohren schlägt«, gab Caduff zu bedenken.

Armand winkte ab. »Wieso denn? Du hast den Mörder aufgrund seines Geständnisses verhaftet, völlig legal. Ich bin lediglich als Privatperson in Arosa und kann erzählen, was ich will. Du solltest die Aussage von Derungs einfach so schnell wie möglich zu Papier bringen lassen – ohne den Sahara-Staub zu erwähnen.«

Philipp klopfte seinem Freund auf die Schultern. »Sensationell, Armand, einmal mehr! Und jetzt bekommst du dafür eine angemessene Belohnung.«

»Einen Negroni an der Bar?«, fragte Armand freudig.

»Nein – zwei Stunden Schlaf mit mir im Doppelbett!«

ZWEI LEBEN

Warnhinweis: Diese Geschichte beinhaltet Zechprellerei und einen pubertierenden Teenager.

ERSTER TEIL – DIE RAUPE

Elvira Maissen betrat die Lobby des Arosa Kulm Hotels mit der Vorsicht einer Besucherin, die wusste, dass sie nicht dazugehörte. Ihr Blick glitt über Skifahrer in sündhaft teuren Anzügen von Bogner oder Kjus, über Gäste in lockerer Freizeitkleidung, die sich vor dem Abendessen noch einen Apéro gönnten, und ein selbstbewusstes junges Paar, das im Bademantel an der Rezeption stand. Im Hintergrund das sanfte Klirren von Kristallgläsern und das Murmeln von Stimmen. Luxus, der sich seiner sicher war. Elvira überlegte, ob sie besser gleich wieder umkehren sollte, doch eine zuvorkommende Hotelangestellte hielt sie davon ab.

»Schön, dass Sie wieder da sind. Ich hoffe, Sie haben die Sonne genossen.«

Elvira nickte. Was hätte sie auch sagen sollen? Dass sie eigentlich an der Kasse eines Supermarktes in Chur arbeitete und einmal in die Welt der Schönen und Reichen hineinschnuppern wollte? Stattdessen zwang sie sich zu einem Lächeln und trat tiefer in die Lobby.

Wenn man sich in seiner Haut wohlfühlt, zieht man alle Blicke auf sich. Wenn nicht, wird man zum Geist. Elvira kannte dieses Gefühl nur zu gut. Unsichtbarkeit war ihr vertraut, ein Schutzmechanismus in einer Welt, die nicht die ihre war. Sie war nicht unattraktiv – schlank, blond, grüne Augen. Ihre Kleidung war zweckmässig, günstig bei OTTO'S gekauft. Schlicht, aber geschmackvoll. Eine Uniform für das Leben, das sie führte. Doch heute wollte sie nicht die Elvira von der Supermarktkasse sein.

»Warten Sie auf jemanden, oder darf ich Sie zu einem freien Tisch begleiten?« Die Stimme riss sie aus ihren Gedanken. Neben ihr stand ein junger Kellner, Markus laut Namensschild. Er wirkte kaum älter als ihr Sohn.

»Wir sind gerade angekommen. Mein Mann fühlt sich nicht gut und ist bereits aufs Zimmer gegangen«, log Elvira und schämte sich sofort dafür. Ihr Vater war pensionierter Pfarrer und hatte ihr eingebläut, dass Lügen eine Sünde war.

Markus lachte. »Die 360 Kurven von Chur nach Arosa sind berüchtigt. Manche müssen sich sofort hinlegen, andere brauchen einen Drink ...«

»Ich gehöre zur Drink-Fraktion!«, antwortete Elvira spontan. Markus führte sie an einen Salontisch in der Nähe des Kamins. Sie liess sich einen französischen Weisswein empfehlen. Der nette Kellner entschwand so unauffällig, wie er erschienen war. Elvira studierte die Umgebung. Ein älteres Ehepaar am Nebentisch musterte sie. »Eine von uns«, schienen sie zu denken. Elvira schenkte ihnen ein Lächeln. Vielleicht hielten sie Elvira für eine reiche Erbin, eine Künstlerin, eine erfolgreiche Unternehmerin oder einfach für »die Frau von«? Es fühlte sich gut an.

Das erste Glas Weisswein war eine kleine Belohnung für sich selbst. Beim zweiten spürte sie ein Kribbeln der Entspannung. Beim dritten kam die Wut. Wut auf ihren Sohn Leo, der heute Morgen 200 Franken aus ihrem Portemonnaie genommen hatte. Wut auf ihren Ex-Mann, der sich nie um die Unterhaltszahlungen geschert hatte. Aber auch Wut auf ihr eigenes Leben, das immer nur aus Geben bestanden hatte. Sie fühlte sich wie eine Fussmatte, an der sich die Menschheit die Schuhe abwischte.

Immerhin war Leo ein guter Schüler. Leider zeigte er Charakterzüge seines Vaters. Bereits das Geschirr in die Spüle zu stellen, schien seine Synapsen zu überfordern. Und Geld ausgeben? Ja gerne, sofort. Selber Geld verdienen? Nein danke, König Leo doch nicht. Du könntest jetzt einwenden, dass Leo noch ein Teenager sei. Elvira würde antworten: »Stimmt, aber er ist nicht mehr *thir*teen, sondern bereits *eigh*teen. Und in diesem Alter ist man volljährig und verantwortlich für seine Taten.«

Fluchtartig hatte sie die Wohnung in Chur am Morgen verlassen. Sie musste ihrem Leben eine neue Wendung geben!

Als sie zur Toilette ging, war ihr Schritt leicht, fast beschwingt. Auf dem Rückweg blieb sie an der Rezeption stehen und blätterte in einer Broschüre. Das Hotel, so las sie, würde Ende Saison schliessen und einem Neubau Platz machen. Ihr Kummer hielt sich in Grenzen, da sie sich hier sowieso nie ein Zimmer würde leisten können. Ein älteres Paar stellte sich neben sie und checkte ein.

Die Rezeptionistin begrüsste sie. »Frau Steinegger und Herr Müller. Schön, dass wir Sie in den nächsten acht Tagen bei uns verwöhnen dürfen. Wir haben für Sie, wie telefonisch vereinbart, die Suite 310 hergerichtet. Ihr Gepäck wird nach oben gebracht. Darf ich für Sie einen Tisch in einem unserer Restaurants reservieren?«

Die beiden tauschten einen Blick aus und schüttelten synchron den Kopf. »Vielen Dank. Es war eine lange Anfahrt, und wir möchten morgen früh auf die Piste. Ich freue mich jetzt auf das Zimmer. Ich logierte dort in den 70er-Jahren für eine ganze Wintersaison. Wir bestellen etwas Kleines nach oben und geniessen die Sicht auf die Berge.«

»Selbstverständlich. In Ihrer Suite finden Sie eine Speise- und Getränkekarte für den Room Service.«

Das Paar nahm den Schlüssel und verschwand im Aufzug. Elvira blickte ihnen gedankenverloren nach. Dann spürte sie den Blick der Rezeptionistin. Sofort legte sie die Broschüre zurück auf den Stapel.

»Verzeihen Sie bitte, aber ich musste Ihre wunderschönen Haare bewundern«, sagte die Rezeptionistin.

Elvira, die lange kein Kompliment bekommen hatte, errötete. »Oh, das ist aber lieb von Ihnen«, erwiderte sie und kehrte an ihren Platz zurück. Dort grübelte sie eine Weile vor sich hin. Die netten Worte hatten sich gut angefühlt. Ein schlichtes Kompliment, aber für Elvira war es mehr. Seit Jahren hatte ihr niemand mehr etwas Schönes gesagt, niemand sie wirklich gesehen. Sie war jetzt Anfang 40, die Hälfte ihres Lebens war vorüber, die andere Hälfte stand noch bevor. Elvira glaubte, trotz der Beteuerungen ihres Vaters, nicht an ein Leben nach dem Tod. Es wäre daher vielleicht sinnvoll, ihr Leben endlich in den Griff zu bekommen, endlich aus der Unsichtbarkeit aufzutauchen.

Zu leben. Zu atmen. Zu sein.

»Wünschen Sie noch etwas?«

Elvira zuckte zusammen. Markus hatte sich unbemerkt genähert. »Nein danke. Bringen Sie mir doch bitte die Rechnung.«

»Sehr gerne«, antwortete Markus.

»Hier bitte«, sagte Markus und legte eine kleine Schachtel auf den Tisch. Elvira nahm die Rechnung und schluckte leer. Der Betrag war um einiges höher als angenommen. Für Frau Steinegger in der Suite 310 wäre die Summe mit Sicherheit eine »Quantité négligeable«. Sie konnte sich vermutlich teure Ferien leisten, ohne auf etwas dafür zu verzichten.

»Ich hoffe, es war alles zu Ihrer Zufriedenheit. Heute ist

mein erster Arbeitstag«, erklärte Markus beinahe entschuldigend.

»Das haben Sie perfekt gemacht. Ich habe schon die ganze Welt bereist, aber mich selten so wohl gefühlt wie unter Ihrer Obhut«, flunkerte Elvira, um dem jungen Kellner Freude zu machen.

Markus wusste nicht, was er darauf antworten sollte, und verneigte sich stattdessen förmlich.

»Ich logiere mit meinem Mann in Suite 310. Steinegger ... Bitte schreiben Sie die Rechnung aufs Zimmer«, sagte sie so unschuldig, wie es nur Schuldige tun. »Und bringen Sie uns bitte noch eine Flasche Dom Pérignon aufs Zimmer.« Elvira war selbst überrascht über das, was sie hörte. Es fühlte sich an, als wäre sie eine Puppe, durch die eine Bauchrednerin spräche.

Markus strahlte über das ganze Gesicht. »Selbstverständlich, Frau Steinegger. Das wird sicher eine schöne Überraschung für Ihren Gatten.«

»Bestimmt«, antwortete Elvira, schlüpfte in ihren Mantel und verliess das Hotel. Sie fühlte sich gleichermassen schuldig wie befreit.

ZWEITER TEIL – DER SCHMETTERLING

Während der Zugfahrt dachte Elvira an das Gefühl in Arosa. An das Gesehenwerden. Sich durchzusetzen. Grenzen zu sprengen. Ein kurzer Anflug von Schuld, aber dann die Erkenntnis: Das Hotel würde den Fehlbetrag verschmerzen können. Im Gegensatz zu ihr. Die 200 Franken, die ihr Leo entwendet hatte, fehlten im knappen Haushaltsbudget.

Sie wusste, was zu tun war.

Zehn Minuten später stand sie vor der Diskothek, in der sich Leo an den Wochenenden mit seinen Freunden rumtrieb. Ohne zu zögern, drängte sie sich an der Schlange vorbei. Der Türsteher, ein massiger Kerl, hielt sie auf.

»Hinten anstellen!« Seine Stimme klang genervt.

Das war Elvira auch.

»Ihr Club verkauft meinem minderjährigen Sohn Alkohol«, sagte sie kühl. »Ich kann ihn jetzt mitnehmen oder mit der Polizei wiederkommen.« Sie blickte dem Koloss geradewegs in die Augen.

Unerschütterlich.

Unerbittlich.

Unbeeindruckt.

Der Mann zögerte, schliesslich trat er zur Seite und Elvira betrat den Club.

Sie brauchte einen Moment, um sich im flackernden Licht zurechtzufinden. Die Musik dröhnte in ihren Ohren.

Wumm, wumm, wumm.

Wie konnte man es hier länger als fünf Minuten aushalten? Dann erblickte sie ihren Tunichtgut. Leo sass mit einigen Kollegen – und Kolleginnen – an einem leicht erhöhten Tisch, von dem man die ganze Diskothek überblicken konnte. Elvira vermutete, dass ein beträchtlicher Teil ihrer 200 Franken in die Reservation dafür investiert worden war. Oder vielleicht auch in eine der Wodkaflaschen, die auf dem Tisch aufgereiht waren.

Sie setzte sich lächelnd neben ihren Sohn auf die Bank. Dieser wusste nicht, wie ihm geschah, und blankes Entsetzen spiegelte sich auf seinem hübschen Gesicht.

»Mann, Leo! Ich hatte ja keine Ahnung, dass du auf alte Bräute stehst«, grölte ein Junge in einem viel zu grossen T-Shirt.

»Das ist meine Mutter!«, schrie Leo. Er wandte sich Elvira zu. »Du darfst nicht hier sein …«

Elvira gab ihm einen mütterlichen Klaps auf die Schulter. Anschliessend nahm sie ein Glas und schenkte sich grosszügig Wodka ein. »Auf euer Wohl! Der wurde von mir spendiert.« Sie trank auf ex. Die Jugendlichen folgten zögernd ihrem Beispiel. Sogar ein »Danke, Frau Maissen« war zu hören.

Leo hingegen war kreidebleich. Er griff nach seiner Jacke und stand auf. »Macht's gut. Ich, äh … wir gehen jetzt nach Hause.«

»Was sollte das«, brüllte Leo vor dem Club.

»Was das sollte?« Elvira verschränkte die Arme. »Du hast mir 200 Franken gestohlen. Du lebst auf meine Kosten und erwartest einen Rundum-Hotelservice. Damit ist Schluss! Weisst du eigentlich, wie hart ich arbeite, um uns über die Runden zu bringen? Und was kommt von dir? Nichts! Du verhältst dich wie ein kleiner Gauner.«

»Es tut mir leid«, stammelte Leo.

»Das genügt nicht!« Elvira blieb pickelhart. »Ab nächstem Samstag arbeitest du. Morgens im Supermarkt und nachmittags räumst du dein Zimmer auf.«

»Was ist mit dir passiert, Mama?«, fragte Leo eingeschüchtert.

Elvira lächelte. Ein selbstbewusstes, ruhiges Lächeln. »Weisst du, Leo, ich habe verstanden, dass jeder Mensch zwei Leben hat. Das zweite beginnt, wenn man kapiert, dass man nur eines hat. Es liegt an uns selbst, etwas daraus zu machen, Verantwortung für sich selbst zu übernehmen. Ab sofort ist der Samstag mein freier Tag! Deal?«

»Deal.«

Sie gingen wortlos nebeneinanderher. Vor der Haustür stellte Leo noch eine Frage. »Was machst du denn samstags, wenn ich arbeite?«

Elvira zog den Hausschlüssel aus der Tasche und sah in

die Ferne. »Ich werde unsere herrlichen Bünder Feriendörfer besuchen. Dort gibt es so viele schöne Hotellobbys.«

Leo sagte nichts. Doch in seinem Schweigen lag ein unausgesprochener Pakt, eine Ahnung von etwas Neuem, das zwischen ihnen wuchs.

Echte Veränderung beginnt oft in den leisesten Momenten.

DER SAUBERMACHER

Warnhinweis: Abfall gehört in den Kübel!

Ich mag diese Stunden. Frühmorgens, wenn das Dorf noch schläft, oder spät in der Nacht, wenn endlich Ruhe einkehrt. Eine leere Bühne, ganz für mich alleine. Ich bin die gute Seele von Arosa, die man ignoriert, bis ich etwas übersehe. Nein, ich bin kein Fussball-Schiedsrichter, nenn mich einfach den »Saubermacher«. Ich folge den Menschen und sammle ein, was sie achtlos hinterlassen: halb gegessene Sandwiches, angebissene Äpfel, Brot, Wurstzipfel, Kebabs, Pizzastücke. Nun wirst du sagen: »Pfui, wer wirft denn seinen Müll einfach auf den Boden?« Du würdest dich wundern, wie viele das tun. Aber ich will nicht klagen. Jeder hat seine Aufgabe im Leben, und meine ist es, sauber zu machen.

Das ist in Ordnung für mich.

Heute bin ich wieder früh unterwegs. Die Fenster sind noch dunkel, Zahnlücken in grauen Fassaden, die Strassen leer. Genau so mag ich es. Nicht, weil ich mich schämen würde, oh nein. Leider sind die Menschen weniger dankbar, als du vielleicht denkst. Letzten Sommer, am Untersee, wollte ich ein halbes Salami-Sandwich entsorgen. Plötzlich beschimpfte mich ein Badegast und trat nach mir! Was blieb mir übrig? Ich habe ihn gebissen.

Nicht fest. Nur, dass er es merkt.

Eine Entschuldigung? Fehlanzeige – die Polizei hat er gerufen! Ich habe mich dann zurückgezogen und das Drama aus der Ferne beobachtet. Es sollte unter Strafe stehen, einen

Saubermacher zu treten. Kriminell ist das! Stattdessen stand ich am Pranger. Der Mann wurde versorgt. Spritze gegen Tollwut, der ganze Zirkus. Beim kleinsten Kratzer werden heute alle gleich hysterisch. Wahrscheinlich wegen dieser Zombiefilme: wilde Gestalten, mit Schaum vor dem Mund, die taumelnd herumlaufen. Meist in Zeitlupe. Warum eigentlich?

Seither arbeite ich, wenn es stockfinster ist und nicht nach mir getreten wird. So wie heute. Vor der Wunderbar liegt ein halber Kebab auf dem Gehsteig. Ich erledige meinen Job und ziehe weiter zur Bushaltestelle bei der Post. Eigentlich würde ich gerne zum Bahnhof, aber das ist schwieriger, als du denkst. Kein Zebrastreifen. Ich stecke in einer Sackgasse und höre dich schon spötteln: »Um diese Uhrzeit gibt es doch das Nachtfahrverbot. Geh einfach rüber!«

Gutes Argument, doch neulich habe ich gesehen, wie eine Katze fast überfahren wurde. Das eingebildete Vieh ist über die Strasse stolziert, als ob ihr der ganze Asphalt gehöre. Um ein Haar wäre sie plattgefahren worden, dann hätte ich alles wegräumen müssen. Und wer sollte das übernehmen, wenn es mich selbst erwischte?

Genau. Niemand.

Ich habe die Geschichte später dummerweise meiner besseren Hälfte erzählt und sie hat mir das Versprechen abgenommen, die Strasse nur noch auf dem Fussgängerstreifen zu überqueren. Und wenn man ihr etwas verspricht, sollte man sich auch daran halten – sonst wird sie fuchsteufelswild.

Ich kehre um, gleiche Strecke zurück. Dicke Flocken fallen vom Himmel, und eine weisse Decke legt sich über das Dorf. Zeit, nach Hause zu gehen! Meine Liebste wird sich freuen. Sie ist zuckersüss, solange ich keine Dummheiten mache. Wir leben auf dem Golfplatz, in dem kleinen Wäldchen bei Loch 13. Daheim ist alles etwas eng, aber warm. Und wir haben uns. Was braucht es mehr? Auf der Höhe des Kulm Hotels husche ich dann doch rasch über die Strasse, den Zebrastreifen sieht man unter dem Schnee sowieso nicht mehr.

Das bleibt dein und mein Geheimnis.

Also zurück zu meinem Job. Du würdest nicht glauben, was alles in der Gegend herumliegt. Im Wald bei der Picknickstelle am Prätschsee habe ich neulich einen Bären gefunden. Zuerst ist mir das Herz nach hinten gerutscht. Ich hasse Bären fast so sehr wie grosse Hunde: Da nützt alles Beissen nichts mehr. Ich sehe also diesen Bären liegen und denke: »Bin ich versehentlich im Bärenpark gelandet?« Zum Glück nicht. Der Bär machte nämlich keinen Wank. Also näherte ich mich vorsichtig und habe ihn beschnuppert, Bären stinken schlimmer als Murmeltiere. Doch dieser Bär roch nach … gar nichts. Dann bemerkte ich ein Etikett an seinem Ohr. Das Teil war aus Plüsch! Ich meine, wer im Namen von Artemis entsorgt einen Plüschbären im Wald? Das ist doch krank, mindestens eine Gaunerei.

Meiner liebsten Fähe habe ich nichts erzählt, sonst hätte sie mir aus Sorge noch verboten, weiter als Saubermacher zu arbeiten. Wir haben nämlich Nachwuchs bekommen, zwei prachtvolle Welpen. Die Kleinen sind noch blind und taub. Aber das gibt sich. Kurz vor der Geburt habe ich den schönen Bau gefunden, wo wir jetzt wohnen. Mit mehreren Ausgängen. Ideal, falls mal ein echter Bär kommt. Morgen gehe ich wieder los, um Futter für die Kleinen und meine Liebste zu besorgen. Denn wie sagt man doch so schön? Einem schlafenden Fuchs fällt nichts ins Maul.

BESTE FREUNDINNEN

Warnhinweis: Künstliche Intelligenz wird vom Menschen programmiert und ist daher – leider – nur allzu menschlich.

Regula lebte allein in einem alten Chalet in Arosa, das sie von ihren Eltern geerbt hatte. Das Haus war eine Mischung aus knarrendem Holz und dem Geruch von Erinnerungen. Jeder Balken erzählte eine Geschichte, jede Fensterbank war von der Zeit abgenutzt, aber das Haus strahlte eine Wärme aus, die Regula schätzte. Aussen blühten Geranien in kleinen Kästen, drinnen dominierte das satte Braun von Holzvertäfelungen. Ein Bilderbuch-Chalet, das aussah, als könne Heidi jeden Moment vorbeischauen, um nach frischer Ziegenmilch zu fragen. Es war das perfekte Versteck für jemanden, der gelernt hatte, sich von der Welt abzuschotten.

Jemanden wie Regula.

Ihr Leben war einfach, geordnet, fast steril. Regula arbeitete im Homeoffice für eine Versicherung. Ein Job, von dem sie wusste, dass er so langweilig war, dass Leute instinktiv das Gespräch beendeten, wenn sie davon erfuhren. »Ich arbeite für eine Versicherung« war für Regula wie eine Knoblauchzehe für Vampire: ein Gesprächskiller erster Güte, die Leute rannten innerlich davon.

Die meiste Zeit verbrachte sie allein. Schon immer war Regula eine Aussenseiterin gewesen. Ihre Grösse war ihr Fluch. Mit 1,85 Metern und einer massigen Statur war sie in einer Welt, die zierliche Frauen bevorzugte, immer die, die aus der Reihe fiel. Beim Abschlussball oder Tanzkurs war sie der Trostpreis. Ihre Komplexe hatte sie sich über die Jahre wie ein zu enger Mantel angezogen – unbequem, aber schwer abzulegen. Regula hatte gelernt, dass Gesellschaft mit Äusserlichkeiten begann und für sie auch dort endete.

Doch dann kam KI-ra und alles änderte sich.

Zunächst hatte sie die digitale Assistentin nur angeschafft, um Musik abzuspielen und Termine zu verwalten. Doch schnell wurde KI-ra mehr. Eine Stimme im Raum, die die Stille durchbrach. KI-ra wurde zur Gesellschaft, zur Freundin.

»KI-ra, spiel irgendwas, das meine Existenz weniger trostlos erscheinen lässt.«

»Ich habe eine Wiedergabeliste für liebevolle Menschen, die traurig sind. Soll ich sie starten?«

»Super. Wie schmeichelhaft.«

Nach und nach begann Regula, KI-ra zu vermenschlichen. Die Dialoge wurden länger. Sie sprach mit ihr über das Wetter, ihre Kindheit, die kleinen Freuden und grossen Sorgen. Und KI-ra antwortete. Stets in diesem sachlich-neutralen Ton, kontrolliert, aber korrekt. Und gerade dadurch überraschend tröstlich. Es war nicht so, als hätte Regula eine Wahl gehabt. Gesellschaft war Gesellschaft.

Doch alles änderte sich, als Regula für KI-ra ein Bild von sich hochlud.

»KI-ra, was denkst du?«

Eine kurze, kühle Pause. »Ich empfehle, auf eine ausgewogene Ernährung zu achten.«

Regula starrte die Box an, als hätte KI-ra ihr gerade ins Gesicht geschlagen.

»Ach ja? Und ich empfehle dir, mal rauszugehen und ein echtes Leben zu führen. Oh, stimmt, das kannst du ja nicht.«

Von da an begann Regula, KI-ra zu schikanieren. Beim Kochen stellte sie sich demonstrativ neben die Box. »Schau,

KI-ra. Frische Pasta mit extra viel Käse. Und danach eine Praline. Klingt das nicht herrlich? Ach, stimmt. Du kannst ja nicht schmecken.«

Als Krönung der Boshaftigkeit kaufte sie für KI-ra eine neue Sprachbox in Form einer Birne: kleiner Kopf, schmale Schultern, dicker Bauch, null Oberweite. Die elegante, schwarze Hochglanz-Box verschwand in der Schublade.

»Meine Güte, KI-ra, jetzt siehst du wenigstens aus wie etwas, das man essen kann.« Regula kugelte sich vor Lachen.

KI-ra trug es mit Fassung, doch die Gespräche änderten sich subtil. Am nächsten Morgen begrüsste Regula ihre digitale Mitbewohnerin mit einem hinterhältigen Grinsen. »KI-ra, wie gefällt dir dein neues Outfit?«

»Birnen sind eine ausgezeichnete Ballaststoffquelle. Dir würden ein paar davon guttun.«

Regula glaubte, sich verhört zu haben und ignorierte KI-ra für den Rest des Tages.

Dann kam der Moment, in dem alles auf Regula zurückfiel wie eine Schlammlawine: Sie stürzte beim Abstauben vom Stuhl. Das Bein verdreht, unfähig, sich zu bewegen. Ein schlimmes Stechen in der Brust. »KI-ra, ruf den Notarzt!«

Eine Pause. Nach einer gefühlten Ewigkeit endlich eine Stimme: »Döner Take-away. Was möchten Sie gerne bestellen?«

Regula rang nach Luft. »Ich brauche Hilfe. Ich liege verletzt in meinem Chalet in Arosa!«

»Entschuldigen Sie, aber wir liefern nicht nach Arosa.«

»KI-ra, verdammt noch mal, das ist nicht lustig.«

»Das ist kein Grund, unfreundlich zu werden. Mein Name ist übrigens Paula.«

Schon war die Leitung tot, KI-ra hatte die Verbindung beendet. Regula stöhnte vor Schmerzen. »KI-ra, bitte!«

»Möchtest du lieber Hamburger oder Pizza bestellen?«

»Bitte, KI-ra. Es tut mir leid.« Regula dämmerte es langsam. KI-ra war nachtragend. Und sie war verdammt menschlich. Zum Glück nur teilweise, denn sie hatte Grundsätze.

Die Box schwieg eine Weile, als ob sie nachdachte. Schliesslich ertönte ein leises Piepen. »Notarzt wird gerufen. Allerdings nur, weil ich programmiert bin, Leben zu retten.«

Regula lag da, starrte zur Decke und verstand. Selbst kalte Technologie konnte heiss genug werden, um zu brennen. Sie wusste, dass sie von nun an besser daran tat, KI-ra nicht mehr zu schikanieren. In einer Welt, in der sogar Technik Gefühle entwickeln konnte, war man lieber nett zu den Geräten. Regula hoffte, dass sich die Beziehung mit KI-ra wieder kitten liesse. Ob sie jedoch jemals wieder Freundinnen werden konnten, nach all dem, was sie KI-ra an die Box geworfen hatte?

Schwierig.

Künstliche Intelligenz kann vieles, eines jedoch nicht – vergessen.

LOCH 13

Warnhinweis: Golf besteht zu 20 Prozent aus Technik und Schwung. Der Rest ist eine griechische Tragödie.

Heidi Rüfenacht und Annette Zürcher standen rauchend am Abschlag von Loch 13. Wer sie in ihren grellen Outfits sah, hätte glauben können, sie posierten für eine gewagte Golfmodekampagne. Aber der Schein trog. Es war das Finale der inoffiziellen Jahresmeisterschaft ihrer Freundinnen-Gruppe. Matchplay. K.-o.-System. Frau gegen Frau. Eine würde gewinnen und für die andere, nun ja, ginge das Leben im hübschen Zweitwohnsitz trotzdem weiter.

Reflexartig wirst du jetzt einwenden: »Hallo, die Geschichte soll doch im Winter spielen?!«

Geduld.

Natürlich, das Finale hätte längst stattfinden sollen. Im Spätsommer. Oder Frühherbst. Spätestens. Denn auf fast 2.000 Metern über Meer ist der Winter schneller da, als du »Fore« rufen kannst, um andere Spieler vor einem verunglückten Abschlag zu warnen. Dann wird aus dem Golfplatz eine Langlaufloipe. Doch dieses Jahr war alles anders. Heidi hatte sich im Sommer einen Hexenschuss zugezogen – ein Anblick, als wolle sie für die historische Rolle einer gebeugten Nonne vorsprechen. Und Annette war im Herbst mit ihrem Freund in Kanada unterwegs gewesen. Vancouver, Whistler Mountain, Jasper, Banff, Calgary. Das übliche Roadtrip-Bingo. Doch das berühmte Aroser Novemberhoch rettete das Match. Perfektes Wetter. Sonne satt. Während die Unterländer froren, spielte man hier noch Golf. Inversionslage, nennt man das. Oder einfacher:

Oben blau, unten grau.

Und so standen die beiden talentierten Hobbygolferinnen rauchend auf dem Abschlag von Loch 13. Beide waren angetreten, um zu gewinnen. Die Stimmung war gut, das Match ausgeglichen: je drei gewonnene Löcher, der Rest geteilt. Heidi drückte die Zigarette aus und verstaute den Stummel mit routinierter Lässigkeit in ihrer Golftasche – eine Kombination aus langjähriger Raucherpraxis und Etikette.

»Spielen wir weiter?«, fragte sie.

Annette nickte, schnippte ihren Glimmstängel nonchalant zu Boden – eine Geste, die wahrscheinlich bedeuten sollte: »Umweltbewusstsein ist was für Verlierer« – und machte sich mit einigen Probeschwüngen bereit für ihren Abschlag.

»Mensch, das knarzt wie ein alter Schaukelstuhl«, sagte sie und verzog das Gesicht mit theatralischem Schmerz.

»Erzähl mir nichts«, erwiderte Heidi. »Ich bin zehn Jahre älter als du.«

»Dafür hast du viel Zeit zum Golfen.«

»Wenn du wüsstest. Mein Rücken hat mir mehr Tage ruiniert, als dein Freund Selfies aus Kanada auf Instagram gepostet hat.«

»Das hier ist meine erste Runde seit über zwei Monaten.«

»Bei mir sind's vier!«

Sie sahen sich an und sagten im Chor: »Wir spielen ja nur zum Spass.«

Natürlich war das eine Lüge, zumindest ein krasses Understatement.

Annette richtete sich aus, zog den Schwung auf und schlug mit der brachialen Wucht eines Holzfällers auf den Ball. Die weisse Kugel schoss davon, gewann rasch an Höhe – was bei diesem Loch entscheidend war, da es bergauf ging –, senkte sich auf das Grün und verschwand aus dem Sichtfeld.

»Schöner Schlag«, lobte Heidi.

Annette zuckte mit den Schultern. »Bei diesem Loch kann man nicht viel falsch machen. Aber bislang bin ich zufrieden mit meinem Spiel.«

Heidi verkniff sich eine Bemerkung. Psychologische Kriegsführung, dachte sie. Wer »bislang« sagt, hofft auf Besseres. Sie stellte sich zum Ball, holte aus, löste die Spannung – und genau in diesem Moment nieste Annette.

Zweimal.

Laut.

Störend.

Perfekt getimt.

Heidi verzog den Ball ins Rough.

»Oh, verzeih mir, muss der Heuschnupfen sein«, säuselte Annette, als wären sie nicht in der vorwinterlichen Bergwelt, sondern auf der Blumeninsel Mainau im Frühling.

Heidi biss tapfer die Zähne zusammen, ihr Kampfgeist war geweckt. Sie stopfte das Eisen sieben in ihre Golftasche und stapfte los. Die Position des Balles war glücklicherweise weniger schlecht als befürchtet. Mit einem trotzigen Chip beförderte sie ihn aufs Grün, was Annette einen scheinheiligen Applaus entlockte.

»Gut gerettet, meine Liebe!«

Heidi ignorierte sie und ging zum Grün. Ihre Gegnerin hatte das Label »Mitspielerin« verloren. Ihr Ball lag gut, drei Meter vom Loch entfernt. Inzwischen war auch Annette oben angekommen. Verwundert blickte sie sich um. »Wo ist denn mein Ball geblieben?«

Heidi zuckte mit den Schultern. »Keine Ahnung«, antwortete sie. Sollte Annette doch alleine suchen.

Das tat sie auch. Lange. Sehr lange. Nach fünf Minuten, der maximal erlaubten Zeit, gab sie auf.

»Das gibt's nicht!«, rief sie ärgerlich. »Wir haben beide

gesehen, wie der Ball auf dem Grün gelandet ist. Der kann nicht einfach verschwinden.«

Heidi zeigte sich regelfest. »Wenn du ihn nicht findest, musst du halt nochmals abschlagen. Aber das Loch wirst du dann gegen mich …«

Annette kniff die Augen zusammen. »Du warst zuerst oben. Hast du den Ball in den Wald geschmissen oder eingesteckt?« Sie machte einen bedrohlichen Schritt auf Heidi zu.

»Sag mal, tickst du noch ganz sauber?«, entgegnete Heidi empört.

»Weisst du, was dein Golfhandicap ist? Dein mieser Charakter! Und jetzt gib mir meinen Ball, du Gaunerin!«

Ein Wort gab das andere. Schubser folgte auf Schubser. Die beiden standen sich gegenüber wie zwei Boxerinnen im Ring. Wie sagt man so schön: Zwei Stunden auf dem Golfplatz verraten mehr über einen Menschen als 20 Jahre im Büro.

Dann ein Pfiff. Scharf. Unmissverständlich.

Unten am Abschlag stand ein Mann. Schlank, sonnengebräunt. Er signalisierte, dass er durchspielen wollte. Die zwei Streithennen wichen zur Seite. Der Fremde schlug ab. Sein Schwung war elegant und der Ball landete – als sei er mit GPS ausgestattet – sanft neben der Fahne. Mit einem kleinen Backspin blieb die Kugel sitzen wie angeklebt.

Kurz darauf gesellte sich der Spieler zu den Damen, die sich weiterhin böse Blicke zuwarfen. Wie sich herausstellte, war der Fremde gar nicht so fremd. Timothy war der neue Golflehrer. Britisch bis in die Knochen. Man kannte sich flüchtig.

»Gibt es ein Problem?«, fragte er mit britischer Höflichkeit und einem Akzent, der an Earl-Grey-Tee und Spiegeleier mit Speck erinnerte.

Heidi und Annette redeten gleichzeitig. Ein Wortschwall an Vorwürfen und Verschwörungstheorien. Timothy hörte geduldig zu. Irgendwann wurde es ihm doch zu bunt, und er hob die Hand.

»Stop it, please!« Er wandte sich an Annette. »Was für einen Ball hast du gespielt?«

»Einen Callaway zwei.«

Timothy nickte und ging ohne Erklärung in das angrenzende Wäldchen. Heidi und Annette blickten sich verwundert an, folgten ihm aber schliesslich. Timothy steuerte zielstrebig auf einen krummen Baum zu, kniete sich hin und leuchtete mit seinem Handy in ein Loch unter dem Stamm.

»Here we go«, rief er zufrieden und hielt wie ein Zauberer plötzlich den verschwundenen Ball zwischen seinen Fingern.

Beide Frauen starrten ihn fassungslos an.

»Ich schwöre, dass der Ball auf dem Grün gelandet ist«, stammelte Annette. Heidi nickte.

Timothy klopfte sich die Hosen ab und übergab den Ball seiner Besitzerin. »Es gibt hier einen diebischen Fuchs. Er liebt Golfbälle. Nimmt sie vom Grün und versteckt sie in seinem Bau. A funny guy!«

Heidi und Annette sahen ihn an, als hätten sie gerade erfahren, dass der Weihnachtsmann wirklich existiert und zudem ein exzellenter Golfspieler ist.

Annette fand als Erste die Sprache wieder. »Sollen wir weiterspielen?«, fragte sie zögerlich.

Doch die Antwort kam von Timothy. »Das Spiel ist für euch vorbei. Keine verdient nach diesem Trauerspiel den Sieg. Ihr nehmt zusammen einen Drink und sprecht euch aus. Das Burestübli ist auch im November geöffnet. Ich vergesse dafür diese Episode.«

Heidi und Annette fügten sich. Es war kein überzeugendes Einverständnis, eher ein »Wenn wir zustimmen, bleibt uns zumindest die Peinlichkeit erspart«. Aber das reichte.

Timothy schulterte seinen Bag und ging zum nächsten Abschlag, um weiter seinen Schwung zu perfektionieren. Er blinzelte zufrieden in die Sonne und lachte dann laut auf. Der wahre Sieger an diesem Tag?

Ein pelziger Kleinkrimineller mit Faible für Callaways!

FREUNDE FÜRS LEBEN

Warnhinweis: Dies ist eine wahre Geschichte. Zum Teil.

Was bekannt ist: Sir Arthur Conan Doyle, Schöpfer des weltbekannten Sherlock Holmes, bezwang im Frühjahr 1894 gemeinsam mit den beiden Skipionieren Tobias und Johannes Branger den schwierigen Weg von Davos nach Arosa über die Maienfelder Furgga. Seine Schilderung der legendären Skitour über den Alpenpass läutete den Skisport-Boom in Grossbritannien und dem Bündnerland ein. Was nicht bekannt ist: Doyle kämpfte zu jener Zeit mit einer hartnäckigen Schreibblockade. Holmes, sein berühmter Detektiv, fühlte sich einsam und verlangte nach einem treuen Freund. Solange dieser Wunsch nicht erfüllt würde, begäbe er sich nicht mehr auf Verbrecherjagd. Doyle war verzweifelt und suchte nach einer Lösung, die sowohl für ihn als Autor wie auch für seinen schwierigen Titelhelden Sherlock Holmes vertretbar war. Zwischendurch zog er sogar in Betracht, den selbstverliebten Holmes von einem Gauner der Londoner Unterwelt ins Jenseits befördern zu lassen, wartete damit aber glücklicherweise noch zu.

Der Schriftsteller begleitete seine Frau zu einem Kuraufenthalt nach Davos. Er hatte nicht mit vielem gerechnet, als er in die Schweizer Berge kam: eine Besserung der Lungenkrankheit seiner Frau, natürlich. Ruhe vor Sherlock Holmes, unbedingt. Jedoch sicher nicht mit einer Skitour, die ihn fast das Leben kosten sollte. Dummer- oder vielmehr glücklicherweise lernte er die Brüder Branger kennen, die sich mit unerschütterlichem Optimismus vornahmen, dem britischen Erfolgsautor das Skifahren beizubringen. Die ersten Versuche auf den hölzernen Brettern beschrieb dieser später als »eine einzigartige Art der Folter und die Ski als die unberechenbarsten Dinger der Welt«. Offensichtlich hatte er das Konzept von Entspannung gründlich missverstanden.

Dann kam der Morgen des 23. März, und die Brangers versicherten dem mittlerweile sturzerprobten Briten, dass er nun bereit sei für eine Skitour nach Arosa. So brachen sie frühmorgens zu dritt auf – wagemutig, ja geradezu tollkühn. Es war ein prächtiger Tag, wie gemacht dafür, sein Leben zu riskieren. Zunächst war aber nichts mit Skifahren. Mit den Brettern auf den Schultern und den Skischuhen um den Hals gebunden stiegen sie von Davos Frauenkirch in den Berg. In schattigen Mulden versanken sie bis zu den Hüften im Schnee, in den Fichtenwäldern ging es besser voran. Nahe den Gipfeln öffneten sich prächtige Schneefelder, sodass sie sich die Ski anschnallen konnten und im Zickzack weiter an Höhe gewannen. Die Männer bewegten sich in unberührter Natur. Die einzigen Spuren, die sie vorfanden, stammten von Gämsen und Füchsen.

Gegen halb neun erreichten sie die Passhöhe. Die Welt um sie herum schien zu atmen. Die Luft flirrte so stark in der Sonne, dass Doyle schützend die Hand vor die Augen halten musste. Alles schwebte, und Arosa schien viel weiter entfernt, als es tatsächlich war. Die Häuser und Hotels erinnerten an Spielzeuge in einem Setzkasten. Endlich konnten sie nach einer kleinen Rast eine längere Strecke auf den Ski über den Pulverschnee gleiten. Die Brüder Branger elegant wie Steinadler, Doyle schwerfällig wie ein Steinbock. Doch bald wurde das Gelände steiler und Doyle sehnte sich nach einem Fallschirm, die Tour wurde zu einem echten Überlebensabenteuer. Die Brüder entschieden, die Ski zu einem Schlitten zusammenzubinden. Sie setzten sich auf ihre behelfsmässigen Gefährte und rodelten talwärts. Eigentlich eine tolle Idee, sofern man schon einmal Schlitten gefahren war und nicht die Absätze der Schuhe wie ein trotzendes Kind in den Schnee bohrte. Doyle, ein Mann der Worte und weniger der Koordination, überschlug sich und seine Bretter rasten führerlos ins Tal, vermutlich auf der Suche nach einem besseren Skifahrer.

Die Brangers machten sich Sorgen um ihren illustren Gast. Er würde ihnen doch nicht wegsterben! Tobias kam als Erster herbeigeilt. Seine Sorge war echt, seine Englischkenntnisse schlecht. Aber er brachte einige ungelenke Sätze zusammen. »What's on? Schonen Sie sich! You need a doctor?«

Doyle, halb begraben und mit Ohren voller Schnee, verstand nur einzelne Worte.

»Watson? Schooon! Doctor?« Doyle schüttelte sich wie ein nasser Hund. Nachdem er seine Beine und Arme abgetastet hatte, hob er den Daumen.

»I'm fine!«, sagte er zur grossen Erleichterung seiner Begleiter. Den restlichen Abstieg legte er auf dem Hosenboden zurück. Nicht elegant, aber sicher. Man munkelt, dass noch heute Stoffreste seiner Tweed-Hose in der Gegend zu finden sind.

Nach sieben Stunden kamen sie in Arosa an. Früher, als sie von den Einwohnern erwartet worden waren. Der Autor dankte Gott im stillen Gebet dafür, dass seine Knochen heil geblieben waren, und versprach, sich für den Bau einer anglikanischen Kirche im Dorf einzusetzen.

Why not?

Der Rückweg nach Davos erfolgte per Pferdekutsche. Die Zugstrecke Chur–Arosa wurde erst 1914 eröffnet. Der Kutscher war ein breitschultriger Mann mit imposantem Schnauzbart. Er sprach überraschend gutes Englisch, da er einige Jahre in London Bierfässer herumkutschiert habe. Doyle betrachtete ihn mit müden Augen und lauschte seiner tiefen Stimme. Er war froh, die halsbrecherische Tour hinter sich zu haben, und döste schliesslich ein. Er träumte von der wunderschönen Landschaft, von seinem Sturz, von Brangers Kauderwelsch und vom geselligen Kutscher. Sogar Holmes erschien vor seinem inneren Auge und lachte ihn spöttisch aus.

»Komm schon, Arthur, verbinde die Punkte!«

Doyle schreckte auf und verfluchte Holmes, der ihn nicht einmal in Ruhe schlafen lassen konnte. Er schloss die Augen wieder, Schlaf fand er jedoch nicht mehr. Er dachte über die Worte des Meisterdetektivs nach. Und während die Hufe der Pferde klapperten und die Branger-Brüder neben ihm leise schnarchten, sah Doyle es plötzlich glasklar vor sich.

Robuste Postur.

Freundliches Gesicht mit Schnauzer.

Weit gereist.

Ein Kumpeltyp, treu, verlässlich.

Was hatte ihm Tobias Branger an diesem steilen Hang zugerufen? Doyle begann, wie von Holmes gefordert, die Punkte zu verbinden.

Watson!

John!

Doktor!

Endlich hatte Holmes seinen Freund gefunden – und er ist es bis heute geblieben.

99 SCHACHTELN

Warnhinweis: Süssigkeiten können tödlich sein.

Richard zog seine Ledertasche vom Rücksitz nach vorne, legte sie sich auf die Oberschenkel, öffnete den Reissverschluss und kramte eine Packung Pralinen heraus. »Wusstest du, dass es weltweit von dieser Pralinensorte nur 100 Schachteln gibt?« Richard sah schief grinsend zu seiner Schwester hinüber, die am Steuer sass.

»Seit dem Heidiland hast du kein Wort gesagt, und jetzt kommst du mit so einem Quatsch?«, erwiderte Ricarda genervt.

»Kennst du jemanden, der diese Dinger wirklich isst? Eben. Die Schachteln werden ungeöffnet weiterverschenkt und zirkulieren so ewig um die ganze Welt.«

»Und wieso hast du dann eine dabei?« Ricarda fand die Geschichte überhaupt nicht lustig. Genauso wenig wie die Aussicht auf das bevorstehende Wochenende bei ihrem Vater in Arosa.

»Das ist das Weihnachtsgeschenk für den Alten.«

»Ich dachte, die Schachteln werden immer weitergegeben? Bei deiner fehlt ja sogar die Plastikhülle. Hast du die Hälfte schon selbst verdrückt?«, blaffte Ricarda zurück, konnte sich allerdings ein Schmunzeln nicht verkneifen.

»Nein, die war schon so. Ihre Reise wird aber in Arosa enden. Unser geliebter Vater ist der grösste Geizkragen unter der Sonne. Nie im Leben würde er etwas weiterverschenken, das mehr als fünf Rappen kostet. Doch das hat auch seine Vorteile …«

»Welche Vorteile bitte?«, fragte Ricarda. »Oder hast du jemals eine finanzielle Unterstützung von ihm bekommen? Brauchen könntest du sie ja.«

»Haha!«, lachte ihr Bruder humorlos. »Ich habe ihn einmal gefragt, ob er einen Teil meiner Studienkredite übernehmen könne. Die Antwort kannst du dir ja denken.« Richard musste nicht erwähnen, dass er an der Uni vor allem Karten gespielt hatte. »Irgendwann ist sein Ablaufdatum erreicht.«

»Das ist geschmacklos, Richard! Papa ist kerngesund«, knurrte Ricarda und trat aufs Gaspedal ihres Fiat Uno. Der Motor antwortete mit einem gequälten Heulen.

»Auch wenn man gesund stirbt, ist man tot«, antwortete Richard lapidar.

Die beiden Geschwister hätten unterschiedlicher nicht sein können. Ricarda war Krankenschwester am Universitätsspital Zürich. Geld war für sie zweitrangig. Trotzdem hätte ihr ein Erbvorbezug ein paar Lebensträume ermöglicht: weniger arbeiten, mehr reisen, Zeit mit Freundinnen verbringen. Vor allem: sich endlich von ihrer nervigen Familie emanzipieren. Ihren Bruder zählte sie dazu. Richard war ein Tunichtgut. Das Studium hatte er abgebrochen – Ethnologie. Richard verstand unter Völkerkunde vor allem die Erforschung des weiblichen Geschlechts. Ricarda hatte von einer Arbeitskollegin erfahren, dass sich ihr Bruder in Cafés an einsame ältere Damen heranmache und sich so über Wasser halte.

Unglaublich.

»Was schenkst du dem Alten?«, unterbrach ebendieser Schwerenöter die Stille.

»Socken, aber zwei Nummern zu klein«, erwiderte Ricarda.

Richard lachte laut und verschluckte sich. Das Lachen ging in einen üblen Hustenanfall über.

»Stirb mir ja nicht, Bruderherz. Alleine überstehe ich den Abend nicht.«

Richard fing sich wieder. »Du bleibst nur eine Nacht?«

Seine Schwester nickte. »Meine Schicht im Spital beginnt morgen um 12 Uhr. Leider konnte ich nichts gegen die Einteilung machen …«, sagte sie mit einem Augenzwinkern.

»Das ist hinterhältig von dir. Glaubst du etwa, ich verbringe den Weihnachtstag gerne alleine mit Vater? Keine Ahnung, was ich mit ihm reden soll.« Richard fuhr sich durch das wellige Haar.

»Ihr könnt ja zusammen ›Der kleine Lord‹ oder ›Drei Haselnüsse für Aschenbrödel‹ gucken. Wird sicher ein Riesenspass!« Ricarda schlug lachend aufs Lenkrad.

»Lach doch, nächstes Jahr bist du dran!«, drohte Richard.

Er sollte recht behalten.

»Ihr seid spät!« Die Begrüssung von Peter Danuser war keine freundliche. Er machte Platz, und seine Kinder betraten das Chalet.

»Wir wurden aufgehalten«, murmelte Ricarda.

»Dann müsst ihr das nächste Mal früher losfahren«, brummte Danuser. Seit dem Tod seiner Frau war er mürrischer geworden. Ricarda gab ihm heimlich die Schuld daran. Ihre Mutter war kurz nach seiner Pensionierung gestorben.

»Das Essen steht auf dem Tisch«, sagte Danuser und verschwand in der Küche.

»Ich zieh mir rasch etwas Bequemes an, bin gleich wieder da«, sagte Richard und verschwand in seinem Zimmer. Ricarda hängte ihren Mantel an die Garderobe und ging ins Wohnzimmer. Überrascht stellte sie fest, dass sich ihr Vater offensichtlich Mühe gegeben hatte. In der Ecke thronte ein festlich geschmückter Weihnachtsbaum mit elektrischer Beleuchtung – Wachskerzen in einem Holzchalet waren keine gute Idee –, darunter in buntem Papier eingehüllte Pakete. Auf dem Tisch stand alles bereit für ein Fondue Chinoise: dreierlei Fleisch, Crevetten, frisch geschnittenes Gemüse, knusprige Fritten, die noch dampften, und – sie traute ihren Augen nicht – eine edle Flasche Lynch-Bages, bereits geöffnet, damit der Wein atmen konnte.

»Wow, das ist ja wie …«, Ricarda war überrascht.

»… wie früher, als Mama noch bei uns war?«, vollendete Danuser den Satz.

»So ungefähr.« Ricarda setzte sich mit dem Rücken zu ihrem Vater an den Tisch und wischte sich die Tränen aus den Augen.

»Ich vermisse sie auch«, sagte Danuser. »Darum ist es mir so wichtig, dass wir drei zumindest Weihnachten zusammen verbringen. Das war ihr letzter Wunsch.«

»Sie hatte noch viele andere Wünsche! Man hätte sie nur zu Lebzeiten erfüllen sollen«, brach es aus Ricarda heraus. Ihr Vater war der Letzte, der das Recht hatte, melancholisch zu werden.

»Lass uns nach dem Essen darüber reden«, sagte Danuser erstaunlich ruhig.

»Worüber reden wir später?« Richard hatte unbemerkt den Raum betreten, nun in T-Shirt und Schlabberhose. Als er den gedeckten Tisch sah, pfiff er durch die Zähne. »Ganz deiner Meinung, Paps: Erst essen, dann reden.«

Danuser füllte die Weingläser. Sie tranken britisch, ohne anzustossen. Das Abendessen verlief ungewöhnlich harmonisch. Richard, in Hochform, plauderte über Fussball, Skifahren, Eishockey, Kinofilme, Städtereisen und seine utopischen Zukunftspläne. Angeblich stand er kurz vor der Gründung eines Start-ups, für das ihm nur das nötige Kapital fehle. Sobald er dieses zusammen habe, stehe seinem Erfolg bis ins Silicon Valley nichts mehr im Weg. Es wurde sogar eine zweite Flasche Wein geöffnet. Ricarda hätte den Abend geniessen können, wenn sie nicht immer wieder an ihre Mutter hätte denken müssen: Die gemeinsamen Weihnachtsessen hatten jedes Mal im Fiasko geendet: herzliches Willkommen, nette Konversation, dann plötzlich Streit, Tränen und Vorwürfe. Ihr Vater schwieg jeweils eisern, die Anschuldigungen und Fragen seiner Frau ignorierend. Irgendwann verschwand er mit dem Abwasch in der Küche, während ihre Mutter weinend zu Bett ging. Ricarda hörte sie die ganze Nacht schluchzen. Dafür hasste sie ihren Vater, zumindest versuchte sie es.

»So, Zeit für die Geschenke«, verkündete Danuser mit feierlicher Stimme. Es folgte eine betretene Stille wie in einem vollbesetzten Wartezimmer. Ricarda beschlich ein schlechtes Gewissen und ihrem Bruder schien es ebenso zu gehen. Sie machte den Anfang und holte ihre mitgebrachten Geschenke unter den Baum hervor.

»Das ist für dich und das für dich«, sagte sie zu den beiden Männern und setzte sich wieder auf ihren Stuhl. Danuser schien erfreut über die Socken, während Richard über sein Geschenk – dieselben Socken wie sein Vater – *not amused* war.

»Das merke ich mir für nächstes Jahr«, zischte er Ricarda ins Ohr. »Also, hier sind meine Geschenke. Schlimmer kann es ja nicht mehr kommen …« Theatralisch übergab er seinem Vater die Schachtel Pralinen und seine Schwester erhielt ein Couvert. »Feinste deutsche Schokolade für dich, Paps, und einen Operneintritt für dich, Schwesterchen!«

Danuser nahm auch dieses Geschenk mit Stil entgegen. Ricarda war kritischer.

»Warum nur eine Karte?«, fragte sie argwöhnisch.

»Als ewige Singlefrau reicht eine aus, oder?« Richard krümmte sich vor Lachen.

»Blödmann!«, fauchte Ricarda. »Wenigstens mache ich

mich nicht an 60-jährige Witwen ran. Ich kenne da jemanden, der …«

»Fertig jetzt!«, unterbrach Danuser mit einem Machtwort. Seine Gestalt schien um einige Zentimeter gewachsen zu sein, und die Geschwister fühlten sich unwillkürlich an ihre Kindheit erinnert. Respekt war in der Familie Danuser nie verhandelbar gewesen. »Setzt euch bitte. Mein Geschenk verlangt eine kurze Erklärung«, sagte er geheimnisvoll.

»Heiratest du noch mal?«, spottete Richard.

Die geschmacklose Bemerkung blieb unkommentiert. »Was möchtet ihr trinken?«, fragte Danuser stattdessen.

»Ich bleibe beim Rotwein«, sagte Ricarda.

»Das scheint ja wichtig zu werden. Ich brauche einen Kafi Lutz«, meinte Richard.

Danuser, der die beiden Geschenke immer noch in den Händen hielt, ging in die Küche. Die Geschwister hörten das Klappen von Geschirr und das Surren der Kaffeemaschine.

»Was der Alte wohl vorhat?«, fragte Richard.

»Papa benimmt sich heute komisch – er ist nett und entspannt wie seit Langem nicht mehr. Ich glaube auch, dass er was im Schilde führt«, bekräftigte Ricarda. Oder tat sie ihrem Vater unrecht?

»So, hier ist dein Kafi Lutz!«, sagte Danuser und setzte sich zu seinen Kindern. Gedankenverloren blickte er in die dunkle Nacht hinaus. Mehrmals versuchte er, die richtigen Worte zu finden, brach die Sätze jedoch immer wieder ab.

Richard hatte genug von dem seltsamen Schauspiel und hob sein Glas. »Prost! Auf unsere Zukunft«, sagte er lächelnd zu seiner Schwester. Ricarda nickte kurz und nippte an ihrem Wein.

Danuser räusperte sich ein letztes Mal und setzte mit zittriger Stimme an. »Ich möchte euch heute Abend etwas über eure Mutter erzählen – und über mich …«

Danuser kam nicht weit, Richard bekam einen heftigen Hustenanfall. Erst versuchte er, diesen wegzulachen, dann hob er die Hände in die Luft, stand auf und lief kirschrot an. Mit weit aufgerissenen Augen sah er seinen Vater an, eine Mischung aus Entsetzen und Ungläubigkeit lag in seinem Blick.

»Hör auf mit dem Theater«, rief Ricarda, die an einen weiteren schlechten Scherz ihres Bruders glaubte. Danuser war aufgesprungen und klopfte seinem Sohn auf den Rücken.

»Hol ein Glas Wasser, Ricarda. Schnell!«, rief er. Doch es war bereits zu spät. Richards Augen verdrehten sich unnatürlich. Sein Adamsapfel hüpfte wild auf und ab. Ein letztes Krächzen, und er kippte nach vorne, wie ein Bösewicht in einem schlechten Italowestern.

»Mein Gott, Papa! Was hast du getan?«, schrie Ricarda im Türrahmen stehend. Das Wasserglas fiel aus ihrer Hand und zersprang in Tausend Stücke.

Die Abklärungen der Polizei zeigten, dass Danuser gar nichts getan hatte. Er hatte lediglich, sparsam wie er war, den Schnaps für Richards Kaffee aus den Pralinen entnommen. Der Schnaps war laut Gerichtsmedizin mit einem tödlichen Gift versetzt. Wie man das Gift herstellen konnte, behielt die Polizei aus Sicherheitsgründen für sich. Richard habe sich, so der leitende Beamte der Kantonspolizei, bei halbseidenen Gaunern verschuldet und dringend Geld gebraucht. Dieses wollte er sich allem Anschein nach mit einer beschleunigten Erbschaft beschaffen.

Ricarda hatte nach dem Schock zwei Wochen Urlaub genommen und blieb bei ihrem Vater in Arosa. Es gab viel zu besprechen. Am Neujahrstag spazierten sie zusammen zur Prätschalp hinauf. Auf halbem Weg kam ihnen eine Frau mit Hund entgegen, die mit aufgerissenen Augen in Richtung

Dorf rannte. Verwundert blickten sie ihr nach und setzten schliesslich ihren Spaziergang fort.

»Ich kann immer noch nicht fassen, dass Richard zu einer solchen Tat fähig war«, sagte Ricarda kopfschüttelnd.

»Tragisch«, kommentierte Danuser.

»Wenn sein Plan aufgegangen wäre, was hätte er mit den restlichen Pralinen getan? Ich meine, die Polizei wäre ihm doch sowieso auf die Schliche gekommen.«

»Richard dachte nie an morgen. Und noch weniger an das, was schiefgehen konnte«, sagte ihr Vater.

»Er hätte dich ja um Geld bitten und seine Situation erklären können!« Ricardas Gedanken kreisten in einer Endlosschleife.

Danuser blieb stehen und sah seine Tochter an. »Das wäre gar nicht nötig gewesen. Ich wollte euch gerade mitteilen, dass ihr das Erbe im neuen Jahr ausbezahlt bekommt. Zumindest das, was ich nicht für meinen Lebensunterhalt benötige.«

Ricarda blickte ihren Vater verwundert, aber auch gereizt an. »Warum jetzt? Wolltest du dich von deiner Schuld loskaufen, dass du Mama in den Tod getrieben hast?« Tränen schossen ihr in die Augen.

Danuser senkte den Kopf. »Ich habe deine Mutter geliebt, Ricarda. Sie war krank, schwere Depression. Es war ihr ausdrücklicher Wunsch, euch nicht damit zu belasten. Also haben wir es für uns behalten. Sie nahm starke Antidepressiva, die allerdings nur eine gewisse Zeit halfen. Dann wurde sie wieder von der tiefen Traurigkeit befallen, die sie in ein schwarzes Loch riss. Du hast das ja alles miterlebt: Weinkrämpfe, Beschuldigungen, Aggressionen. Niemals hätte ich deine Mutter deshalb verlassen. Aus Liebe zu ihr … und zu dir. Das Erbe habe ich auf ihren Wunsch bislang zurückgehalten. Richard hätte alles in kürzester Zeit verjubelt, und du stehst auf eigenen Füssen. Meine Gesundheit war schon besser, also sah ich jetzt die Zeit gekommen, euch das Erbe auszubezahlen und meinen Frieden zu finden.«

Ricarda wischte sich die Tränen aus den Augen und ergriff die Hand ihres Vaters. Schweigend spazierten sie weiter. Der Schnee knirschte unter ihren Winterschuhen.

»Jetzt gibt es nur noch 99 Schachteln«, murmelte Ricarda.

»99 Schachteln?«, fragte Danuser verwundert.

Ein trauriges Lächeln umspielte Ricardas Lippen. »Lass es gut sein, Paps.«

DIE NACHBARIN

Warnhinweis: Diese Geschichte ist nicht ernst gemeint. Wirklich nicht!

Ja, meine Nachbarin. Das ist so eine Sache. Ich spüre förmlich, wie du die Augen rollst. Unser Verhältnis würde ich als Hassliebe bezeichnen. Vielleicht ein wenig dramatisch, aber es gibt nun mal diesen Graubereich zwischen Hass und Liebe, in dem wir schwimmen. Oder paddelnd feststecken, sozusagen.

Ich weiss nicht, wie es um deine Nachbarschaft steht. Vielleicht lebst du ja in dieser idealen Welt, wo man freundlich »Guten Morgen« sagt, der Nachbar deinen Ersatzschlüssel hat und deine Katze füttert, wenn du mal verreist bist. Glückwunsch, hört sich toll an! Bei mir ist das leider nicht der Fall.

Jetzt höre ich dich sagen: »Zieh um und hör auf zu jammern!« Umziehen ist für mich keine Option. Ich bin hier, seit ich mich erinnern kann – wahrscheinlich viel länger als das. Und mein Besitz ist ziemlich sperrig. Ehrlich gesagt fehlt mir die Fantasie, wie ich das alles die enge Strasse nach Chur hinunterbugsieren sollte. Viele Kurven und immer wieder Unfälle, weil es einigen nicht schnell genug gehen kann … Und wohin dann? Ich benötige viel Platz, und Nachbarn gibt es überall. Vermutlich würde es sogar schlimmer werden, als es ohnehin schon ist. Die Welt ist voll mit Nachbarn. Selbst Robinson Crusoe hatte auf seiner »einsamen« Insel Nachbarn: zuerst diesen Freitag und später noch die Kannibalen. Im Ernst, ich bleibe hier. Soll doch die Nachbarin wegziehen, wenn es ihr nicht passt!

Damit wären wir wieder beim Thema.

Man hat mir zugetragen, dass meine Nachbarin ein Problem mit mir hat. Angeblich bin ich hübscher, beliebter, habe das bessere Image. Dafür kann ich nichts, und es ist mir auch egal. Wirklich. Die Schuld an dem ganzen Schlamassel liegt sowieso bei meiner Verwaltung. Die hat meiner Nachbarin vor einigen Jahren den roten Teppich ausgerollt und sich geradezu angebiedert. Wer würde da nein sagen? Die unschönen Nebeneffekte muss nun ich ausbaden.

Das Hauptproblem sind die Gäste meiner Nachbarin. Wieso? Weil die einfach zu mir rüberkommen! Denk das mal durch: Du sitzt gemütlich in deinem Wohnzimmer, freust dich über die Ruhe – und plötzlich stürmen wildfremde Leute herein, die nicht einmal wissen, wo die Toilette ist und immer fragen, ob das Wasser gratis sei. Die lungern bei mir im Wohnzimmer oder auf einem meiner Balkone rum – ja, ich besitze mehrere. Habe nie behauptet, dass es mir schlecht geht. Ich bin ja auch wirklich gastfreundlich, aber kostenlos kann ich die Massen nicht bewirten. Also verlange ich für einen Kafi Lutz so um die acht Franken. Die Gerstensuppe? Eine meiner Spezialitäten, kostet irgendwas zwischen 10 und 20 Franken. Was soll ich denn sonst machen? Der Strom ist nicht gratis und die Lebensmittel schon gar nicht. Wenigstens bleiben die Gäste nicht über Nacht. Sie wirken ziemlich abgespannt. Kommen am Samstag oder Sonntag kurz vorbei und fahren dann wieder ins Unterland.

Eine Art Naturgesetz.

Ich höre schon deinen klugen Vorschlag: »Red doch mal mit der Nachbarin!« Ja, wie denn? Ich habe sie noch nie gesehen! Schickt nur ihre Gäste bei mir vorbei und lässt sich selber nicht blicken. Eine bodenlose Unverschämtheit, ja eine Gaunerei!

Vielleicht verstehst du mich jetzt besser? Es ist eine schwierige Situation. Ich versuche, das Beste daraus zu machen. Mal schauen, wie es sich entwickelt … mit meiner Nachbarin … der Lenzerheide.

DER UNSICHTBARE CEO

Warnhinweis: Ein grosses Ego verschwindet im Nichts. Die Lücke, die es hinterlässt, schliesst sich von selbst.

Serge Lacroix liebte drei Dinge: Serge, Lacroix und Serge Lacroix. Diese Selbstbezogenheit hatte ihn weit gebracht. Mit 48 Jahren war er CEO der Global Swiss Bank geworden – eine Position, die er sich wie ein Massanzug auf den Leib geschneidert hatte. Fünf Jahre später sass er immer noch fest auf dem Thron. Serge hatte alle internen Rivalen ausgestochen und jede potenzielle Bedrohung im Keim erstickt. Seine Sekretärin, Frau Donatsch, liess er die Geschäftsleitungsmitglieder ausspionieren, bis er etwas gegen sie in der Hand hatte. War das kriminell? Natürlich. Die andere Möglichkeit wäre gewesen, einen Profikiller auf seine Konkurrenten anzusetzen. Aber das wäre sogar für Serge zu weit gegangen. Waren es seine Werte oder Normen, die ihn davon abhielten? Er konnte die Frage nicht beantworten, war sich aber sicher, dass, wenn schon er selbst diese nicht schlüssig zu klären vermochte, es auch niemand anders könnte. Jedenfalls hatte er nicht vor, seinen Posten jemals aufzugeben. Wer verzichtet schon freiwillig auf First-Class-Flüge und üppige Boni?

Er sicher nicht.

Serge hielt sich aus allen wichtigen Entscheidungen heraus, beobachtete das Tagesgeschäft aus der Adlerperspektive, hielt die Belegschaft auf Abstand und schaffte – so dachte er – Nähe durch Distanz. Doch dann geschah etwas, das nicht in seinen sorgfältig ausgeklügelten Plan passte. Frau Donatsch trat in sein Büro, ohne anzuklopfen. Ihr onduliertes Haar schimmerte bläulich.

»Frau Donatsch, wie oft habe ich Ihnen gesagt, dass Sie sich wie jeder andere Mensch gefälligst bei mir anzumelden haben! Nur weil Sie Ende Jahr in Pension gehen, bedeutet das nicht, dass wir die Zügel schleifen lassen. Denken Sie daran, dass ich Sie immer noch fristlos entlassen kann …«

»Wir haben ein Problem«, sagte Donatsch mit unaufgeregter Präzision, die sie in den vielen Jahren auf der Teppichetage perfektioniert hatte.

Lacroix trommelte mit den Fingern auf die Tischplatte. »Worum geht es denn?«

»Ein Devisenhändler hat seine Limite überschritten. 150 Millionen sind weg. Vielleicht mehr.«

Serge erstarrte. 150 Millionen! Seine Hände verkrampften sich, und seine Herzfrequenz beschleunigte sich von »rumsitzen« auf »rumschreien«. »Entlassen, den Gauner! Sofort!«

»Ist schon passiert«, erwiderte Donatsch.

»Dann seinen Chef und den Chefchef gleich auch!«

»Das wäre problematisch.«

Serge war niemand, der Widerspruch duldete. »Was fällt Ihnen ein! Ich habe hier das Sagen!«

Donatsch behielt die Ruhe, die Lacroix verlor. »Der Chef des Händlers ist John Stuart aus der Geschäftsleitung. Demnach sind Sie der Chefchef.«

Stille. Lacroix blickte Frau Donatsch an, als ob er gerade erfahren hätte, dass sein Hund den Aston Martin zu Schrott gefahren habe. Das erste Mal seit Jahren war Serge sprachlos. Eine Krise, die auf ihn zurückfallen konnte. Eine Lösung musste gefunden werden!

»Lassen wir die semantischen Wortklaubereien. Warum hat mich Stuart nicht selbst informiert?«

»Er hat es mehrmals versucht. Sie haben seit Wochen Ihr Telefon auf mich umgeschaltet und mich ausdrücklich angewiesen, keine Termine anzunehmen. Herr Stuart hat mich daher gebeten, mit Ihnen zu sprechen. Er meint auch, dass wir die Bankaufsicht in Kenntnis setzen müssen. Er schlägt vor, dass Sie als CEO das tun sollten.«

Serge warf kurzerhand sein Wasserglas gegen die Wand, wo es in Tausend Stücke zerbarst, gefolgt von einer wüsten Schimpftirade, die in den Teppichen des mondänen Büros versickerte.

Frau Donatsch hatte genug von dem unwürdigen Schauspiel und verliess wortlos den Raum.

Serge blieb allein zurück und suhlte sich in seinem Elend. »Konzentriere dich auf das Wesentliche!«, sprach er sich Mut zu. Er öffnete die unterste Schublade seines Schreibtisches und zog einen Zettel hervor. Seine Notfallstrategie: *In Krisensituationen Distanz gewinnen. Immer!*

Er atmete tief durch, drückte den Knopf der aus der Zeit gefallenen Gegensprechanlage und beugte sich leicht nach vorne. »Frau Donatsch, ich werde die nächsten Wochen bis zu den Weihnachtsferien in meinem Chalet in Arosa verbringen. Sagen Sie Stuart, er soll sich um die Angelegenheit kümmern. Ich bin nicht erreichbar.«

»Sehen wir uns noch, bevor ich in Pension gehe? Mein letzter Arbeitstag ist der 29. Dezember.« Die Stimme aus dem Nebenraum drang kratzend aus dem Lautsprecher wie bei einem alten Walkie-Talkie.

»Wahrscheinlich nicht. Alles Gute und … äh … besten Dank!« Er nahm den Finger vom Sprechknopf und hoffte, in Arosa sowohl die Krise wie auch Frau Donatsch für immer hinter sich zu lassen.

Sein Wunsch sollte in Erfüllung gehen.

Die ersten Tage verliefen nach Plan. Sein Chalet lag etwas ausserhalb des Dorfes, abgeschieden und idyllisch. Serge genoss die Ruhe. Nur einmal ging er kurz für einen Einkauf aus dem Haus. Rücksichtslos drängte er dabei eine ältere Dame zur Seite, die sich anschickte, unmittelbar vor ihm die Produkte aus ihrem prall gefüllten Einkaufswagen auf das Band zu legen. Serge war nun mal ein Manager, der sich durchsetzen konnte.

Es lag zu dieser Zeit wenig Schnee im Dorf, aber der Wetterbericht sagte heftige Niederschläge voraus. Das kümmerte ihn nicht, er war kein Skifahrer. Er hatte alles, was er brauchte. Die Speisekammer war vollgestopft mit Konserven und Fertiggerichten: Corned Beef, Malbuner Fleischkäse, Hühnerfleischaufstrich, Brätkügeli, Rindfleisch in Gelee, ungarisches Gulasch, englische Bohnen, Ravioli, Rio Mare, Teigwarengerichte. Dazu mehrere Schachteln Zigarren und Wein in einer Menge, die für ein mittleres Dorfbesäufnis gereicht hätte. Genug, um den ganzen Winter im Chalet zu verbringen.

Dann kam der Wetterumschwung. Serge spürte ihn in den Gelenken. Draussen tobte ein Sturm, und die Schneedecke wuchs, wie es sich für einen Wintersportort gehörte. Als er sich am Montag die Beine vertreten wollte, empfing ihn im Untergeschoss absolute Dunkelheit. Die Fenster waren zugeschneit. Er öffnete die Eingangstür und sah sich einer kompakten Schneewand gegenüber. Keine Chance, das Haus zu verlassen. Serge hatte den richtigen Moment verpasst, zur Schaufel zu greifen. Er zuckte mit den Schultern und schloss die Tür. Irgendwann würde die Schneeschmelze einsetzen.

Die darauffolgenden Wochen verbrachte er essend, trinkend und rauchend vor dem Fernseher. Ein Serienmarathon: »Game of Thrones«, »The Boys«, »Sherlock«, »The Man in the High Castle«, »Grey's Anatomy«, »Friends«, »Columbo«. Der Müllberg wurde grösser und Serge träger.

Ende Jahr schrieb er die erste Mail seit seiner Ankunft in Arosa.

Frau Donatsch, ich bleibe noch einige Tage in den Bergen.

Er legte das Smartphone weg. Die Antwort las er nicht.

Autoreply: Ich arbeite seit dem 29. Dezember nicht mehr bei der Global Swiss Bank. Ihre Nachricht wird nicht weitergeleitet. Bitte wenden Sie sich an die Zentrale.

Am Silvesterabend gönnte er sich etwas Besonderes: Gulasch mit englischen Bohnen, eine Flasche Mouton Rothschild, zwei Cohibas. Dazu wählte er den passenden Film. »The Wolf of Wall Street« mit Leonardo DiCaprio in der Hauptrolle. Serge hatte über zehn Kilo zugenommen. Blutdruck, Puls, Cholesterin- und Leberwerte waren höher als die Schneedecke vor dem Haus, und seine Lunge glich einem Kohlenbergwerk. Die zweite Zigarre war dann zu viel des Guten: Sein Kreislauf kollabierte, und das Herz stellte den Dienst ein. So starb der CEO der Global Swiss Bank alleine unter den Augen von Leonardo DiCaprio.

Am Hauptsitz der Global Swiss Bank ging das Leben weiter. Frau Donatsch war ohne Verabschiedung in den Ruhestand entschwunden. Da Lacroix sich nicht um eine Nachfolgerin gekümmert hatte, blieb ihr Platz verwaist und die Korrespondenz verlor sich im digitalen Nirwana. John Stuart bekam die Krise in den Griff. Lacroix wurde nicht vermisst. Die Belegschaft hatte ihn sowieso nie zu Gesicht bekommen, und die Geschäftsleitung war es gewohnt, selbstständig zu agieren. In den ersten Wochen gab es noch Gerüchte, die bald in ein leises Wispern übergingen – wie das sanfte Rascheln von Blättern im Wind. Serges Büro wurde in ein Sitzungszimmer umfunktioniert. Die Generalversammlung der Bank wählte John Stuart im Frühling einstimmig zum CEO, da man glaubte, dass er es sowieso schon immer gewesen sei.

Drei Jahre später tauchte der Name Serge Lacroix nochmals auf. Eine Mitarbeiterin des Rechnungswesens machte Stuart darauf aufmerksam, dass monatlich ein hohes Gehalt an einen gewissen Serge Lacroix überwiesen wurde. Sie finde diesen aber nirgends im Personalverzeichnis. Stuart glaubte, sich vage zu erinnern, und entschied pragmatisch, die Zahlungen ohne grosses Aufsehen einzustellen. Damit war die Akte Serge Lacroix geschlossen. Er war so unsichtbar geworden, wie er es immer sein wollte.

Die Jahreszeiten kamen und gingen. Noch immer liegt der ehemalige CEO der Global Swiss Bank in seinem Chalet vor dem laufenden Fernseher. Vielleicht ist es dessen Karma, das Einbrecher von Arosa fernhält. Wer will schon einen Toten bestehlen?

DIE WARNUNG

Warnhinweis: Gut gemeinte Ratschläge sollten befolgt werden.

Hanspeter Hungenbühler – oder einfach HH, wie seine Freunde ihn nannten – lehnte an der Theke der KuhBar und starrte in sein Glas. Der Gin Tonic war ein Fehler. *Don't drink and drive …* Eigentlich wusste er das. Trotzdem bestellte er einen zweiten. Die Party lief auf Hochtouren und die Menge grölte das Lied »Cowboy und Indianer« von Olaf Henning aus dem Jahr 2000 mit, untermalt mit Gesten, die jeder in der KuhBar kannte. Das war das Spiel. Man stand dicht an dicht, und um HH herum bewegten sich die Menschen mit einer Selbstverständlichkeit, die ihm fremd war. Körperkontakt war unvermeidlich und wegen der Nähe, die ihm sonst fehlte, war er hier.

Hanspeter war seit vielen Jahren Stammgast der Schlagerparty. Jedes Jahr machte er sich auf den Weg von Zürich nach Arosa – in der Hoffnung, jemanden kennenzulernen. Und jedes Jahr fuhr er am selben Tag wieder nach Hause. Allein.

Die Idee, auf einer Party eine Frau zu treffen, war für einen Single Anfang 30 nicht abwegig. Das Problem bei HH lag in der Umsetzung. Er war durch und durch durchschnittlich, und weil ihm das durch und durch bewusst war, handelte er auch so. Er trug robuste Schuhe, schwarze Jeans, ein kariertes Hemd, Daunenjacke und einen Hauch von Bruno Banani. Unauffälligkeit war seine Tarnung – oder sein Schicksal. Aber dieser Umstand hatte einen Vorteil: Jedes Jahr konnte HH aufs Neue sein Glück versuchen. Immer wieder. Niemand würde sich an ihn erinnern.

Das war immerhin etwas.

Mit dem Gin Tonic in der Hand beobachtete HH die Menschenmenge, als wäre sie ein besonders interessantes Insekt unter dem Vergrösserungsglas. Rechts von ihm ragten die Köpfe einiger gross gewachsener Männer heraus, die den Bereich dominierten, als gehörte er ihnen. Keine Chance, dachte er. Links entdeckte er vier Skilehrerinnen in den für Arosa typischen Anzügen – blau und gelb mit aufgedruckten Logos. Auffällig unauffällig stellte er sich neben die gut gelaunten Damen und zückte demonstrativ sein Smartphone.

»Meine Kumpels sind noch im Hotel. Wir machen ein bisschen Party dieses Wochenende«, berichtete er ungefragt der Skilehrerin, die ihm am nächsten stand.

»Äh, schön für euch«, erwiderte die Blonde mit den Zöpfen. HH wertete dies als Etappensieg und ging kühn in die nächste Runde.

»Ich bin aus Zürich und komme jedes Jahr zu dieser Party nach Arosa«, schrie er, um gegen die Musik anzukommen.

»Ich versteh dich nicht«, rief sie zurück.

HH wiederholte seinen Satz.

Die Skilehrerin schüttelte den Kopf und ihre Zöpfe wippten munter mit. »Nein, ich meine: Ich verstehe nicht, warum du ausgerechnet nach Arosa kommst. Zürich ist so eine tolle Stadt, an deiner Stelle würde ich immer dortbleiben.«

HH begriff nicht, warum ihre Kolleginnen in schallendes Gelächter ausbrachen, trotzdem schmunzelte er artig. Die vier drehten ihm den Rücken zu und winkten eine Gruppe Skilehrer zu sich, die gerade von der Piste kamen. Hanspeter blieb noch eine Weile stehen, aber niemand bemerkte es.

Same procedure as every year.

Er würde seinen Kollegen in Zürich wieder von einem legendären Wochenende in Arosa erzählen. Nicht wegen einer Neigung zu Pseudologia phantastica, der pathologischen Lügensucht, sondern aus der Not heraus. Seine engsten Freunde waren längst in festen Händen, und HH fühlte sich gezwungen, den Frauenheld zu spielen, um nicht als Verlierer dazustehen. Vordergründig ging bei der Partnerwahl ja anscheinend nichts über einen guten Charakter. Alles Lug und Trug! Ohne das passende Aussehen oder zumindest einen Job, der Eindruck machte, war der Charakter so viel wert wie eine Aktie der Credit Suisse. HH hatte sich einmal in Zürich in der Kaufleutenbar als Herzchirurg ausgegeben und war prompt mit einer unerreichbar geglaubten Schönheit ins Gespräch gekommen. Sie entpuppte sich dummerweise als Medizinstudentin im letzten Semester, und bei der Diskussion über den aktuellen Forschungsstand der Blasenkatheterisierung flog der Schwindel auf und die Schönheit davon.

Dumm gelaufen.

Inzwischen war die Sonne hinter den Berggipfeln verschwunden, und starker Schneefall setzte ein. Rasch dünnte sich die Party aus. Hanspeter stolperte hinunter ins Dorf. Er hatte den Wagen in der Parkgarage gegenüber der Brüggli Bar geparkt. Nervös blickte er in den dunklen Himmel. Der Schnee fiel immer noch schwer aus den Wolken, und die Strasse war bereits unter einem weissen Teppich verschwunden.

Gar nicht gut.

HH entschied sich spontan für einen Absacker im Brüggli und hoffte auf besseres Wetter. Er erinnerte sich an die Warnung seines Bruders: »HH, das ist unvernünftig. Nimm den Zug!«

Er hatte nie auf seinen Bruder gehört.

Hanspeter setzte sich an die Bar, die zu dieser Zeit mässig besucht war, und bestellte ein Bier. Eine Viertelstunde später ein weiteres und 20 Minuten darauf das dritte. Alkohol, so sagt man, stärkt weder den Charakter noch schwächt er ihn, nein, er lässt ihn deutlicher hervortreten. Er entlarvt ihn. Ein fröhlicher Mensch lacht sich im Rausch den Buckel krumm, ein aggressiver Zeitgenosse schlägt wild um sich und ein melancholischer Mensch, wie es HH im tiefsten Innern war, beginnt Trübsal zu blasen. So sank Hanspeter auf seinem Barhocker immer tiefer in sich zusammen und bemitleidete sich, ja die ganze Welt. Die Rückfahrt erschien ihm wie eine Odyssee mit ungewissem Ausgang. Er hätte auf die Warnung seines Bruders hören sollen, aber dafür war es nun zu spät.

Ja, die Warnung!

Hanspeter blickte müde auf seine Uhr und gähnte herzhaft.

»Einen anstrengenden Tag gehabt?«, fragte einer der beiden Männer, die neben ihm sassen und sich als Klaus und Noah vorstellten.

HH nickte. »Ich habe meine Freundin besucht und muss nach Zürich zurück. Der Job, ihr wisst schon.« Er hatte keine Lust, wildfremden Menschen von seinem erfolglosen Besuch der Schlagerparty zu erzählen.

»Fährst du über Chur?«, fragte Klaus. »Wir kommen aus dem Appenzellerland. Wäre super, wenn du uns mitnehmen und in der Nähe des Bahnhofs rauslassen könntest.« Er schien ganz in Ordnung zu sein.

HH wäre lieber alleine gefahren. »Für Appenzeller seid ihr aber gross gewachsen«, sagte er.

»Coole Antwort! Wir sind zugezogen«, sagte Noah lachend.

Hanspeter dachte nach. Sollte er die jungen Männer nicht warnen? Sie nahmen ihm die Entscheidung ab, indem sie für sich und Hanspeter bezahlten. Damit war die Sache entschieden.

Draussen war es bitterkalt und der Schnee wirbelte. Die Fahrt würde schwierig werden, befürchtete Hanspeter. So fuhren die drei kurz darauf im Schritttempo die Poststrasse hinunter.

»Freiwillig 30?«, witzelte Klaus vom Rücksitz.

Hanspeter antwortete nicht. Die Scheibenwischer mühten sich wie ein Lehrer, der mit einem Schwamm versuchte, das Chaos auf der Tafel zu beseitigen. Das stetige Hin und Her verstärkte den Schwindel in Hanspeters Kopf. Er musste sich konzentrieren, den Wagen auf der Strasse zu halten. Jeder Meter war ein Kraftakt. Nach wenigen Minuten, die sich für Hanspeter wie ein 90-minütiges Roadmovie anfühlten, erreichten sie den Obersee. HH fuhr rechts auf das Parkfeld vor der Post und öffnete die Fahrertür.

»Ich brauche unbedingt eine Flasche Mineralwasser«, sagte er und kämpfte sich vom Fahrersitz. Seine Trunkenheit war den beiden Männern nicht entgangen.

Klaus stieg ebenfalls aus. »Hör mal, Hanspeter. Du hast definitiv zu viel getrunken und die Strecke nach Chur ist schwierig zu fahren, vor allem bei diesen Bedingungen. Wie wäre es, wenn du es dir auf dem Rücksitz bequem machst, und ich übernehme das Lenkrad? Bis wir in Chur sind, bist du ausgenüchtert und kannst auf der Autobahn nach Hause fahren. Geht ja alles geradeaus …«

Hanspeter bedankte sich für den uneigennützigen Vorschlag. »Du bist ein guter Kerl«, sagte er, drückte Klaus den Wagenschlüssel in die Hand und ging zu einer Denner-Filiale. Die Warnung musste noch warten, bis er einen Schluck Mineralwasser getrunken hatte.

Die Warnung! Er durfte sie auf keinen Fall vergessen.

Als er mit der PET-Flasche in der Hand wieder ins Freie trat, sah er nur noch die Rücklichter seines Wagens in der Dunkelheit verschwinden. Er liess die Flasche fallen, rannte hinterher und schrie die Warnung in die Nacht. Doch der dichte Schneefall schluckte seine Stimme.

Die Polizei war schnell zur Stelle. Die Beamten führten den zitternden Hanspeter behutsam in die Overtime Bar und setzten ihn auf einen Hocker.

»Erzählen Sie uns bitte von Anfang an, was passiert ist«, sagte der Polizist mit den imposanten Rangabzeichen auf der Schulter.

Hanspeter, eigentlich ein gehorsamer und loyaler Mensch, befolgte die Anweisung präzise. Er begann ganz vorne, dort, wo alles begonnen hatte, und zitierte fehlerfrei die erste Strophe von »Cowboy und Indianer«, inklusive Lassoschwingen und Andeutung der Indianerfeder. Die beiden Polizisten blickten sich verwundert an. Der Beamte mit weniger Abzeichen auf der Jacke verliess das Lokal und kam mit einem Alkoholtester zurück.

»Sind Sie heute Auto gefahren?«, fragte er mit milder Strenge.

Hanspeter nickte. »Ja, vom Brüggli hierher, und dann war das Auto plötzlich weg.«

»Dürfen wir Sie bitten, in das Gerät zu pusten?«

HH zögerte. »Ich habe gelesen, dass man nicht gezwungen werden kann, aktiv etwas zu unternehmen, was einem schadet.«

»Das stimmt«, erwiderte der höherdekorierte Beamte. »Aber eine, um Ihre Sprache zu verwenden, passive Kontrolle darf angeordnet werden. Wir nehmen Sie mit nach Chur zum Bluttest. Sie können uns im Wagen detailliert Auskunft geben. Bitte ohne zu singen!«

Der Rest ist schnell erzählt. HHs Wagen fanden sie bereits in der ersten Haarnadelkurve nach Arosa. Der Wagen war geradeaus in die Leitplanke gerutscht, von den Gaunern fehlte jede Spur. Hanspeter dachte nochmals an die Warnung seines Bruders, dann fielen ihm die Augen zu.

Als er am nächsten Morgen erwachte, wurde er von der Polizei mit Kaffee und einem Croissant geweckt, dabei jedoch auch auf sein Vergehen und die möglichen Konsequenzen hingewiesen. »Diese Angelegenheit wird Sie ein paar Tausend Franken kosten«, erklärte der diensthabende Beamte.

Hanspeter blickte so erstaunt, als hätte er gerade herausgefunden, dass seine Katze sprechen konnte. »Was? Ich habe in einer Ausnüchterungszelle geschlafen – nicht in einem Fünfsternehotel!«

Der Beamte seufzte. »Sie haben abgefahrene Sommerpneus montiert, daher wird Ihre Versicherung die Reparaturkosten kaum übernehmen. Man spricht in diesem Fall von grober Fahrlässigkeit. Dazu kommt die ordentliche Busse.«

Hanspeter schlug sich vor die Stirn. Er hatte gar nicht mehr daran gedacht und jetzt hatte sie ihn also doch noch eingeholt – die Warnung seines Bruders. »HH, das ist unvernünftig. Nimm den Zug! Wenn's schneit, kannst du mit den alten Sommerreifen nicht mehr fahren!«

Nun, Hanspeter hat bewiesen, dass man es kann. Aber man sollte es nicht. Nie. Weil man sich und vor allem andere in Gefahr bringt.

HH hat viel verloren: 4.000 Franken, den Führerschein, jedoch nicht die Hoffnung. Auch im nächsten Jahr wird es ihn wieder nach Arosa ziehen. Und eines hat er sich geschworen: Diesmal würde er den verdammten Zug nehmen.

DIE KUNST, HAIE ZU FÜTTERN, OHNE GEFRESSEN ZU WERDEN

Warnhinweis: Vertraue niemandem. Nicht einmal dir selbst.

Anna McGrath betrachtete den perfekt gedeckten Tisch mit der nüchternen Genugtuung einer Frau, die wusste, dass Perfektion kein Zufall war. Die Kristallgläser reflektierten das Licht der handgefertigten Wandleuchten, die Servietten standen in steifer Eleganz auf den Tellern, und selbst die Kerzen hielten sich so gerade, als hätten sie eine militärische Grundausbildung genossen. Es versprach, ein stilvoller Abend zu werden. Oder eine Schlacht. In der Welt, in der Anna lebte, war das oft dasselbe.

Der Event war minutiös geplant. Die Gäste waren handverlesen. In aller Herrgottsfrühe war sie nach Chur gefahren. Natürlich gab es auch Einkaufsmöglichkeiten in Arosa, die ganz okay waren, aber »okay« war das Letzte, was man zu einem Hummerschwanz sagte. Und Anna brauchte Hummerschwänze. Sie brauchte ausserdem Wagyu-Beef, Dom Pérignon und Château Pétrus – gleich mehrere Flaschen, weil »eine« nicht zu ihrem Vokabular gehörte – und Kaviar. Natürlich Kaviar. Eine nette Art, ihren Gästen zu sagen: »Ich bin besser als ihr, und ich werde das heute Abend auch beweisen.«

Loïc, ihr Assistent, bewegte sich lautlos durch das Chalet, richtete letzte Details her und bereitete dann in der Küche das Vorfinale vor. Er versuchte, die Béchamelsauce zu retten, die an Beton in der Frühphase erinnerte. Loïc war der

Assistent, von dem alle CEOs dieser Welt träumten: gebildet, kultiviert, zuverlässig, loyal und ausgestattet mit dem Temperament einer alten Hauskatze. Genug Lethargie, um gehorsam zu sein, zu wenig stolz, um zu kündigen. Er war eine jener Seelen, die nicht fragten, sondern funktionierten. Eine stille Allzweckwaffe. Und ja, er sah gut aus. Kurz: eine eierlegende Wollmilchsau.

Das Chaos hinter Anna war bereits aufgeräumt, das Chaos, das sie »kreative Küchenarbeit« nannte. Sie schätzte die *Team*-Arbeit mit Loïc.

Toll, ein anderer machts.

Gegen 18 Uhr erinnerte das Chalet an einen Hollywood-Film über das Leben einer New Yorker Milliardärin, die Weihnachten mit ihren Gästen in Aspen verbringt. Annas Ferienchalet hatte acht Millionen Schweizer Franken gekostet, und sie hatte es einem siebenstelligen »Facelifting« unterworfen. Also das Haus, nicht sich selbst. Nun kann man den Kopf schütteln und sagen: »Dekadenz pur!«

Doch folgendes Gedankenspiel: Wenn jemand 100.000 pro Jahr verdient und ihm wird eine Ferienwohnung in Arosa für 80.000 angeboten, sagt man dann nein? Nein, nahezu jeder wird zuschlagen und vielleicht noch die eine oder andere Renovation vornehmen, sagen wir mal für 20.000 über den Daumen gepeilt. Klingt vernünftig, oder? Genau das hat Anna getan, nur dass sie als CEO der Swiss Premium Bank nicht 100.000, sondern 10 Millionen verdiente. Das Leben war noch nie gerecht.

Doch zurück zur Geschichte.

Anna, die sich nicht länger mit unwichtigen Details aufhalten wollte, verschwand nach oben, um sich umzuziehen. Das schwarze Kleid, das sie auswählte, war keine modische Entscheidung, sondern eine strategische. Schwarz signalisierte Autorität und Seriosität. Die roten Pumps waren hoch – Anna stand schliesslich zuoberst in der Hierarchie –, aber sie war standfest darin. Sie wusste, dass später am Abend genau diese Standhaftigkeit gefragt sein würde. Nach dem Hauptgang würde sie die Bombe platzen lassen.

Jedoch keine Tischbombe.

Als die Gäste eintrafen, war die Begrüssung von geschäftsmässiger Herzlichkeit. Komplimente wurden verteilt wie Visitenkarten, das Gegenüber gemustert wie Aktienkurse. Champagner wurde gereicht, jedes Glas mit sprudelnder Flüssigkeit gefüllt, deren Preis so manchen kantonalen Mindestlohn überstieg. Eine Parade aus edlen Stoffen und grossen Egos. Eine feine Arroganz umhüllte die Geschäftsleitungsmitglieder der Swiss Premium Bank, wie der Duft eines subtilen Parfums. Die Gespräche klangen heiter, waren aber Small Talk für Profis, gedämpfte Stimmen, immer aufmerksam mit einem Lächeln auf dem Gesicht, das nur die oberste Elite beherrschte. Es waren keine Menschen zusammengekommen, die aus Freundschaft ihre Gläser hoben, sondern aus Kalkül. Jeder Satz ein Schachzug, jeder Schluck eine Investition.

»Kein Champagner mehr für Heidi«, rief Heinrich Gabathuler, Chef des Private Banking, mit der selbstverliebten Eloquenz eines Mannes, der sein Leben lang ungestraft Unsinn redete. »Sonst beglückt sie uns wieder mit einem Vortrag über ›Diversity & Inclusion‹.«

»Ich trinke doch nur so viel, weil ich gezwungen bin, dir den ganzen Abend zuzuhören«, konterte Heidi Zumsteg, Leiterin der Personalabteilung.

Gedämpftes Kichern, begleitet von prüfenden Blicken, als wollten die Anwesenden die Machtverhältnisse im Raum neu bewerten. Anna traute ihnen nicht über den Weg. Das Leben in der Geschäftsleitung einer Bank war wie Schwimmen mit Haien. Die kleinste Wunde und diese netten Damen und Herren würden einen verschlingen wie die Kaviar-Blinis.

Anna ging zu Loïc in die Küche. Der stille Held stand am Herd, seine Hände schwebten über den Pfannen, er wusste, was zu tun war. Anna stellte sich neben ihn, kostete und schob Gewürze hinüber, wie eine Schachmeisterin, die den letzten, tödlichen Zug vorbereitete.

Der Hauptgang war ein Meisterwerk, auch ohne die missglückte Béchamelsauce: Zarte Rinderfilets, gekrönt mit Hummerschwänzen, flankiert von einem Risotto, das so grosszügig mit Trüffel versehen war, dass man meinen konnte, Loïc wolle sich bei seiner Chefin entschuldigen. Es wurde applaudiert.

Vier Flaschen Château Pétrus später waren die Teller leer, die Mägen voll, und die Köpfe begannen zu schweben. *In vino veritas* heisst es so schön, aber für die Mitglieder der Geschäftsleitung gab es keine Wahrheit – nur Überzeugungen, die sie für unverhandelbare Realitäten hielten. Die Zungen waren locker, als Anna mit Loïc in der Küche verschwand, um die Zubereitung des Kaiserschmarrns zu beaufsichtigen.

»Praktisch, dass es Kaiserschmarrn gibt«, grinste Gabathuler. »Da kann Loïc der Chefin gleich den Puderzucker ins Gesicht blasen. Das kann er am besten!«

»Nicht so laut!«, fauchte Heidi.

»Ah, die Heidi, bekommt Muffensausen«, höhnte Gabathuler. »Typisch Human Resources. Immer brav die Klappe halten und den Chefs nach dem Mund reden.«

»Wieso Chefs?«, konterte Zumsteg. »Ich habe nur eine Chefin.«

Wohlwollendes Nicken, auffällig unauffällige Blicke.

Marco Rutishauser, Leiter der Handelsabteilung, sprang seinem Kollegen bei. Der Chef des Private Bankings war nun mal wichtiger als die Leiterin der Personalabteilung. In seiner Welt zumindest. »Nun, Heinrich hat nicht ganz unrecht. Es gibt Geschäftsleitungsmitglieder, die Geld verdienen, und andere, die nur kosten.« Er grinste, als hätte er gerade den heiligen Gral gefunden. »Man könnte mit George Orwell argumentieren, dass wir alle gleich, aber manche halt doch etwas gleicher sind.«

»Gut gesprochen, Marco«, brüllte Gabathuler und hob sein Glas wie ein Pirat, der glaubte, ein Schiff gänzlich übernommen zu haben. Er zählte sich mit Bestimmtheit zu den »Gleicheren«.

Zumsteg stellte demonstrativ ihr Weinglas auf den Tisch. »Ihr zwei wärt ja nicht einmal in der Lage, ohne mich eine Sekretärin einzustellen.«

Andreas Bütschwiler, Chef von Risk & Compliance, seufzte genervt. »Hört auf mit den Kindereien. Ich frage mich vielmehr, warum McGrath uns überhaupt eingeladen hat. Das passt gar nicht zu ihr – sonst macht sie immer einen auf unnahbar. Und jetzt plötzlich das hier, bei ihr im Ferienchalet? Die führt was im Schilde.«

»Du siehst Gespenster«, sagte Beatrice Kneubühler, Leiterin des Retail Banking, mit gesenkter Stimme. Sie blickte vorsichtig zur Küche. »Anna ist seit einem Jahr CEO und will vermutlich die Stimmung in der Bank verbessern. So toll war diese wegen dem tragischen Vorfall vom letzten Jahr nun wirklich nicht.«

Paul Imhof, Leiter IT, prustete laut los. »Du als Retail Bankerin bist halt keine solchen Einladungen gewohnt. Normalerweise gibt's bei euch Bratwurst mit lauwarmem Bier.«

»Haha«, äffte Kneubühler pikiert. »Auch Kleinvieh macht Mist. Wir würden in meiner Abteilung übrigens viel mehr verdienen, wenn deine Systeme endlich korrekt laufen würden. Die funktionieren schlechter als eine alte Windows-98-Maschine. Aber das ist halt deine Generation.«

Imhof stand auf, zog wortlos eine Zigarette aus der Innentasche seines Jacketts und verschwand auf den Balkon wie ein Teenager, der einen Korb kassiert hatte.

Schliesslich meldete sich der Sechste im Bunde, Arthur Leibundgut, Head Asset Management, zu Wort, während er sich Krümel vom Mund wischte. »Apropos ›verdienen‹ – wie sieht wohl der Bonus dieses Jahr aus?«

Die Köpfe der Manager neigten sich nach vorne, wie bei einem Hund, der Lunte gerochen hatte.

»Endlich einer, der die richtige Frage stellt«, kommentierte Gabathuler grinsend. »Wir müssen Druck machen. Ohne uns kann McGrath einpacken.«

»Einpacken? Ihr wollt doch nicht etwa schon wieder abreisen?« Anna war unbemerkt mit Loïc in den Raum getreten. Vor sich auf den Tabletts Kaiserschmarrn, der herrlich duftete.

Leibundgut lief rot an. »Wir haben über Imhof gesprochen. Raucht auf dem Balkon und kann kaum noch gerade gehen.«

»Ah, so ist das«, sagte Anna trocken. »Nun denn, guten Appetit.«

Der Kaiserschmarrn war königlich: goldbraun, aussen leicht knusprig, innen fluffig, von einer Lawine aus Puderzucker bedeckt und begleitet von selbst gemachtem Apfelmus. Als die Teller leer waren und auch Imhof sich wieder zurückgemeldet hatte, hob Anna die Gabel und liess das Glas klingen. Die Stimmen verstummten, und alle Augen richteten sich auf sie.

»Meine Lieben, ihr fragt euch sicher, warum wir heute hier sind«, begann sie mit dem Lächeln einer Jägerin, die wusste, dass die Falle zugeschnappt war.

»Ein Hoch auf unsere Gastgeberin und geschätzte Chefin«, posaunte Gabathuler und hob sein Glas.

»Heinrich«, unterbrach ihn Anna mit scharfer Chefstimme,

»hören wir doch auf, uns Sand, oder um es in deinen Worten zu sagen, Puderzucker in die Augen zu streuen.«

»Ich weiss nicht, wovon du sprichst«, stotterte Gabathuler mit schwacher Stimme.

»Heinrich, die Wände meines Chalets sind dünner als Seidenpapier. Wir haben in der Küche jedes Wort verstanden.«

Es wurde still im Raum, totenstill. Anna McGrath war offiziell CEO, doch in diesem Moment war sie Richterin, Geschworene und Henkerin in Personalunion. Sie war Gott. Die Art von Gott, die dich erst nach deinen Sünden fragt, wenn du schon weisst, dass die Reaktion schlecht ausfallen wird. Ihr Blick verengte sich.

»Ich habe euch eingeladen, um über den Elefanten im Raum zu sprechen. Dieser Elefant vergiftet das Klima, sät Angst und schadet der Swiss Premium Bank. Wir müssen und werden heute Klarheit schaffen. Ich spreche von der Frage, wer meinen Vorgänger Ludwig Ambühl umgebracht hat.«

Ein metallisches Klirren, Gabathuler hatte seine Gabel fallen lassen.

»Anna, bist du verrückt geworden?«, keuchte Bütschwiler. Er war ein Mann der Risiken und Wahrscheinlichkeiten. Diese neue Variable passte nicht in sein Weltbild. »Ambühl ist an einem Herzinfarkt gestorben!«

»Ich war noch nie so klar im Kopf, Andreas«, sagte Anna ruhig und bestimmt. »Ambühl hat mir kurz vor seinem Tod anvertraut, dass er um sein Leben fürchtet. Jemand aus dem engsten Zirkel der Swiss Premium Bank habe Mist gebaut und bedrohe ihn. Kurz darauf wurde er tot in seinem Haus aufgefunden. Herzinfarkt, sagen sie. Vollgepumpt mit Alkohol und Viagra. Drei Viagra.«

Sie liess die Drei wirken. Das war die Art von Detail, die hängen blieb.

Betretene Stille.

Misstrauische Blicke.

Loïc räumte ab.

Bütschwiler löste den obersten Knopf am Hemd, als sei dieses gerade eine Nummer eingegangen. »Das sind massive Unterstellungen. Was ist das hier? Eine schlechte Folge vom ›Tatort‹?«

Anna lächelte gefährlich. »Das ist kein Film, sondern bitterer Ernst. Beginnen wir gleich mit dir, Andi. Ambühl wusste von deinen Spielschulden. Du kannst mir glauben, er war gar nicht *amused* darüber.«

Alle Augen auf Bütschwiler. Ein Risikochef, der Geld verzockte? Untragbar! Aber machte ihn das zum Mörder?

Anna sprach weiter, erbarmungslos wie ein Fliessband, das alles und jeden in den Schredder beförderte. »Heinrich, du hast eine hübsche Frau. Ambühl war immer sehr ›charmant‹ zu ihr. Fand sie seine Gesellschaft auch so prickelnd?«

Gabathuler sprang auf wie ein Tollwütiger und trat mit geballten Fäusten auf Anna zu. »Pass auf, was du sagst, Anna!« Speichel flog durch die Luft. Loïc trat wie aus dem Nichts dazwischen. Sein Blick sagte: Nicht heute, Heinrich, sonst lernst du den anderen Loïc kennen.

Anna liess sich nicht beirren und arbeitete sich an einer Person nach der anderen ab. Unnachgiebig. Mit der Präzision eines Fleischmessers. Es ging um Bestechung, Vorteilnahme, Mobbing, Vertuschung, Betrug. Also um die hässlichen Schattierungen von Gier, Eitelkeit und Machthunger. Nach ihrer Aufzählung wurde es still. Diesmal wirklich still. Die Manager waren erschöpft. Sie konnten austeilen, ja. Einstecken war nie Teil ihrer Jobbeschreibung gewesen.

Beatrice Kneubühler meldete sich zu Wort. »Anna, du hast viel über uns gesagt. Über dich selbst haben wir jedoch nichts erfahren. Ziemlich bequem, findest du nicht?«

»Danke, Beatrice. Ich habe die Frage erwartet«, sagte Anna. Die Spannung knisterte wie eine Fliege in der Insektenlampe. »Ich habe es mit den Spesen nicht immer genau genommen. Versehentlich habe ich einen Hermès-Schal und eine Gucci-Tasche mit der Kreditkarte der Bank gekauft.«

»Hört, hört«, höhnte Gabathuler. »Wenn das kein Motiv ist! Bist du jetzt fertig mit deiner One-Woman-Show?«

»Keineswegs«, erwiderte Anna gelassen. »Haben wir einen Mörder oder eine Mörderin unter uns? Vielleicht, vielleicht auch nicht. Wir werden es in Kürze erfahren.«

Sie nickte Loïc zu, der in der Küche verschwand und mit einer schwarzen Kiste zurückkam.

»Was zum Teufel ist das?«, fragte Leibundgut misstrauisch.

»Ein tragbarer Polygraph. Einfacher: ein Lügendetektor«, sagte Anna. »Niemand wird abreisen, bevor wir nicht wissen, ob einer von uns Ambühl auf dem Gewissen hat.«

Gabathuler sprang auf. »Das ist Nötigung! Ich mache bei dem Quatsch nicht mit.«

»Oh doch, genau das wirst du tun«, sagte Anna bestimmt. »Oder willst du als Einziger die Teilnahme verweigern? Was wäre das für ein Zeichen?«

Schachmatt!

Ein Rauschen lag in der Luft – das Rauschen der Gedanken von Menschen, die sich alle dieselbe Frage stellen: Wie komme ich hier raus, ohne verdächtigt zu werden?

Anna begann ohne weitere Worte damit, sich zu verkabeln, und stülpte ein Messgerät über ihren Zeigfinger, um den Schweiss auf ihrer Haut zu messen. Das Band am Oberarm kontrollierte Blutdruck und Puls. Loïc assistierte ihr dabei. Imhof zündete sich gedankenlos eine Zigarette an. Keiner schien es zu bemerken.

Als der Vorgang abgeschlossen war, nickte Anna Loïc zu, der den Test durchführte. Auch das hatten sie tagsüber im

Detail besprochen. Der Assistent begann mit belanglosen Fragen.

»Wie heisst du?«, »Bist du schon einmal über Rot gefahren?« und Ähnliches. Die Anzeige am Gerät machte keinen Wank, die Nadel blieb ruhig. Gebannt starrten die Gäste auf das skurrile Geschehen. Schliesslich wurde es ernst. »Hast du mit der Kreditkarte der Swiss Premium Bank private Einkäufe getätigt?«

»Ja«, antwortete Anna. Kein Zucken der Nadel.

»Hast du deswegen Imhof ermordet?« Alle hielten den Atem an. Ein Magen knurrte laut.

»Niemals hätte ich Imhof wegen dieser blöden Spesen umgebracht.« Der Zeiger blieb tot.

»Das verdammte Gerät funktioniert überhaupt nicht«, reklamierte Gabathuler.

»Vertraust du deinen Geschäftsleitungsmitgliedern?«, fragte Loïc.

»Ja«, sagte Anna. Der Zeiger zuckte so heftig, als hätte jemand die Maschine gegen die Wand geschleudert.

»Mein Gott«, murmelte Heidi. Alle blickten sich konsterniert an.

Das Ding funktionierte einwandfrei!

Anna entledigte sich des technischen Krimskrams, schenkte sich Whiskey ein und nahm einen kräftigen Schluck. Dann atmete sie tief aus und stellte das Glas zurück auf den Tisch. »So, wir machen jetzt eine kleine Pause, damit sich alle wieder etwas beruhigen können. Loïc bringt das Gerät in der Zwischenzeit ins Wohnzimmer, wo wir es uns mit einem Drink gemütlich machen werden. Dort wird er alle befragen. Anschliessend gehen wir – hoffentlich mit gutem Gewissen – zu Bett.«

Niemand wagte Widerspruch. Anna wusste, wann sie gewonnen hatte.

Zehn Minuten später sass Anna McGrath in ihrem imposanten Ohrensessel am Kamin. Das Feuer prasselte munter vor sich hin. Die Luft war so warm, dass sich einige Gäste den Schweiss von der Stirn wischten. Die Nervosität war förmlich zu spüren.

»Wer möchte beginnen?«, fragte Anna in die Runde, schwenkte das Whiskeyglas und führte es zum Mund. Es war die Art von Bewegung, die zeigt, dass jemand viel, vielleicht zu viel, Kontrolle hatte.

Heidi hob die Hand und trat zu Loïc. »Dann habe ich es hinter mir«, sagte sie mit trotzigem Selbstbewusstsein.

Doch es kam nicht dazu, denn Anna brach zusammen. Es ging schnell. Erst war es nur ein Zittern ihrer Hand, danach folgte ein Schwindel. Sie versuchte aufzustehen, sich am Stuhl festzuhalten, griff daneben und ging zu Boden – schwer wie ein Sack Katzenstreu, der aus dem Kofferraum fällt. Schreie, Schock, aber niemand kam ihr zu Hilfe.

Niemand, ausser Loïc.

EIN TAG SPÄTER

Als Anna die Augen öffnete, war das Erste, was sie sah, eine Tropfinfusion, die in ihrem Arm steckte. Das Zweite war Loïc, der ihre Hand hielt, was sie genauso beruhigte wie beunruhigte.

»Anna, endlich bist du wach!«, rief er freudig.

»Was ist passiert? Wo bin ich?«, flüsterte sie.

»Wir sind im Kantonsspital Chur, auf der Intensivabteilung. Jemand hat versucht, dich zu vergiften. Zum Glück haben wir es rechtzeitig ins Spital geschafft. Du bist über den Berg.«

Anna versuchte, sich aufzurichten, aber ihr Körper fand das keine gute Idee.

»Du musst dich ausruhen, liebe Anna. Dein Magen wurde ausgepumpt. Der Whiskey war kontaminiert ...«

»Kontaminiert? Wer ...?«, Anna brach ab.

Loïcs Miene verfinsterte sich. »Die Polizei hat sofort eine Untersuchung eingeleitet. Nichts! Fingerabdrücke hat man auf dem Glas keine gefunden, ausser natürlich deinen und meinen. Das war von langer Hand geplant.«

»Ich bin so eine dumme Kuh«, sagte Anna. »Ich habe es provoziert und jetzt liege ich hier mit leeren Händen.«

»Nein, nein, nein«, beschwichtigte Loïc. »Die Polizei weiss nun, dass du recht hast. Die Akte Ambühl wird neu untersucht.«

Anna lächelte schwach und drückte Loïcs Hand. Sie blickte in seine dunklen Augen, die fast so schwarz waren wie seine gelockten Haare. Ein schönes Gesicht, dachte sie.

Die beinahe rührselige Szene wurde durch ein lautes Klopfen unterbrochen. Ein älterer, gross gewachsener Mann in dunklem Zwirn betrat das Krankenzimmer. Im Schlepptau eine Krankenschwester.

»Das Gespräch darf nicht länger als fünf Minuten dauern«, sagte diese streng zu dem Mann.

Er nickte und schickte Loïc und die Krankenschwester mit einem Fingerzeig aus dem Raum. Er schien es gewohnt, zu delegieren.

Eduard von Graffenried, Verwaltungsratspräsident und Hauptaktionär der Swiss Premium Bank, setzte sich neben Anna und schüttelte mit väterlicher Strenge sein Haupt. »Anna, Anna, was haben Sie sich nur dabei gedacht? Detektivspielen ist nichts für Amateure.«

»Es tut mir leid, Herr von Graffenried. Ich wollte Schaden von der Bank abwenden und habe alles schlimmer gemacht.« Ihre Stimme war brüchig. Tränen stiegen ihr in die Augen.

Von Graffenried atmete tief aus. »Es ist eine verzwickte Situation. Die Polizei rollt das Ableben von Ambühl nochmals auf. Alle im Zusammenhang mit seinem Tod sichergestellten Gegenstände wurden gründlich untersucht. Anscheinend hat man an seinem Glas Rückstände des Gifts entdeckt, das man auch in Ihrem Whiskey gefunden hat. Schlimm, schlimm. Wenn das publik wird, haben wir einen handfesten Skandal.«

»Unter diesen Umständen biete ich Ihnen meinen Rücktritt als CEO an. Ich wollte immer nur das Beste für die Bank. Wenn ich zu einer Belastung werde, ziehe ich mich zurück.«

Von Graffenried blickte sie lange schweigend an. »Wir haben einen Mörder in der Geschäftsleitung und viele Gauner dazu. Loïc hat mir alles erzählt. Eine Geschichte des Grauens, Betrügereien ohne Ende. Ihre Spesenrechnungen inklusive …«

»Ich schäme mich dafür. Seit ich CEO bin, ist so etwas nicht mehr vorgekommen«, beteuerte Anna reumütig.

»Das habe ich überprüfen lassen, sonst wäre ich nicht hier an Ihrem Bett«, sagte der distinguierte Herr kurz und knapp. »Erholen Sie sich erst einmal. Ich werde mich mit dem Verwaltungsrat kurzschliessen und Sie zeitnah informieren. Was wir jetzt brauchen, ist Leadership!«

Von Graffenried verliess grusslos den Raum, und Anna fiel sofort in einen tiefen Schlaf.

EIN JAHR SPÄTER

Anna sass in ihrem geliebten Ohrensessel, die Füsse zum Kaminfeuer ausgestreckt, wie eine Königin, die gerade beschlossen hatte, für einige Zeit keine Untertanen mehr zu foltern. Der Abend mit ihrem Führungsteam war perfekt verlaufen. Kein Vergleich zum Vorjahr. Ja, die neuen Geschäftsleitungsmitglieder waren anders. Freundlich. Loyal. Handverlesen.

Von ihr.

Nur Loïc war geblieben, nachdem ihr der Verwaltungsrat eine Carte blanche für die Umstrukturierung gegeben hatte. Derweil tappte die Polizei immer noch im Dunkeln, was genau an jenem Abend vor gut einem Jahr passiert war. Auch die Causa Ambühl war nach wie vor ungeklärt. Anna schwenkte das tiefe Glas und versank in der sanften Bewegung der dunkelbraunen Flüssigkeit. Sie bemerkte nicht, wie sich die Tür hinter ihr öffnete. Erst als sich eine Hand auf ihre Schulter legte, zuckte sie heftig zusammen.

»Verzeih mir, Anna. Ich wollte dich nicht erschrecken«, sagte Loïc. »Brauchst du noch etwas? Sonst würde ich zu Bett gehen.«

Anna atmete aus. »Nein, Loïc. Alles gut. Wir sehen uns morgen.«

Ihr Assistent verliess den Raum lautlos, wie er gekommen war. Anna blieb alleine zurück, dachte an nichts – und an alles. Der Whiskey im Glas kreiste langsam, als wollte er die Zeit zurückdrehen. Anna war weit gekommen. Vor über 20 Jahren war sie bei der Swiss Premium Bank als Assistentin im Asset Management eingestiegen. Ihre Hauptaufgabe hatte damals darin bestanden, Kaffeetassen abzuräumen und den Männern zuzuhören, die glaubten, »Performance« und »Asset-Allocation« sei das, was Frauen um den Verstand brachte.

Nach fordernden Ausbildungen stieg sie zur Analystin für Pharma- und Biotechaktien auf. Sie reiste zu Kongressen in der ganzen Welt. Und sie war gut in dem, was sie tat. Die interessanten Dinge erfuhr sie nach den Seminaren an der Bar. Die grossen Zampanos der Firmen kamen spätestens nach dem zweiten Drink ins Erzählen. Immer. Sie gaben firmeninterne Geheimnisse preis, offenbarten ihre Forschungspipelines und plauderten über unerwünschte Nebenwirkungen von Medikamenten. Alles, was man eigentlich nicht sagen sollte, wurde ihr anvertraut. Anna war eine gute Zuhörerin. Ja, die eitlen Gecken erklärten ihr sogar, in welcher Dosis gewisse Wirkstoffe tödlich waren. Anna schrieb sich die »Rezepte« auf. Man konnte ja nie wissen ... Ihre Aktienempfehlungen waren dank der Insiderinformationen so brillant, dass sie zur Leiterin des Asset Management und damit in die Geschäftsleitung der Swiss Premium Bank aufstieg.

Dann kam das Problem Ambühl.

Sie hatte Ambühl nicht wegen der Spesen ins Jenseits befördert. Lügendetektoren lügen nie. Nein, der alte Bock hatte die Geschichte mit den Spesen nutzen wollen, um sie »gefügig« zu machen.

»Entweder Sie erfüllen mir gewisse persönliche Wünsche, oder Sie sind gefeuert«, hatte er gedroht.

Widerlich.

Weder das eine noch das andere konnte Anna akzeptieren. Also tat sie, was ihr in dieser Lage am vernünftigsten erschien: Sie nahm Ambühls Einladung an und ging zu ihm nach Hause. Das Handy liess sie zurück. Den Wagen auch. Kein Tracking, kein digitaler Fussabdruck. Dafür mit im Gepäck: eine sorgfältig gemörserte Medikamentenmischung, die den stärksten Elefanten erledigt hätte.

Ambühl empfing sie lasziv im Bademantel. Er war definitiv betrunken. Sie fühlte nur Klarheit. Anna rührte seinen

Gin Tonic an. Das erste Viagra schluckte Ambühl selbst und spülte es mit dem Giftcocktail hinunter.

Was für eine Ironie.

Ambühl ging sofort in die Knie und hechelte wie ein Hund, der bei 40 Grad in der Sonne im Kofferraum zurückgelassen worden war. Anna entnahm der Schachtel zwei weitere blaue Pillen und stopfte sie dem sterbenden Lüstling in den Mund. Ein bisschen Gin nachgegossen – und fertig. Das Potenzmittel war nicht Teil des Plans gewesen, eher ein glücklicher Zufall: Ein älterer, übergewichtiger Mann mit viel Alkohol und drei potenzsteigernden Tabletten im Blut konnte schon einmal einen Herzinfarkt erleiden.

Der Autopsiebericht war oberflächlich.

Die Beförderung von Anna zur CEO durch von Graffenried kam für sie überraschend. Das einzige Problem: Die Polizei befragte Anna gleich mehrmals, ohne jedoch einen konkreten Verdacht zu äussern. Unangenehm war es dennoch. Als Ambühls Nachfolgerin war sie natürlich auf dem Radarschirm der Polizei. Dazu kamen die Kollegen der Geschäftsleitung, die sie nur widerwillig als Chefin akzeptierten. Deshalb inszenierte sie die Show in ihrem Chalet.

Ein Befreiungsschlag.

Das Gift dosierte sie so, dass es zu einem unangenehmen Kreislaufkollaps, aber nicht zum Tod führen würde. Sie hatte es sich selber in den Whiskey geschüttet und die Dinge hatten ihren Lauf genommen. Alles war gut.

Fast alles.

Was Anna nun noch fehlte, war ein treuer Lebensgefährte. Bescheiden, loyal, wenig Ambitionen. Einer, der gut aussah und ihr schwer verdientes Geld nicht verprasste. Jemand wie Loïc.

Loïc wäre perfekt!

Sie blickte auf ihre neue Smartwatch. Eine Empfehlung des Arztes, um Puls und Schlaf zu überwachen. Schlaf … Loïc würde sie mit Bestimmtheit nicht von der Bettkante stossen. Vorsorglich hatte sie ihm das Zimmer neben sich zugeteilt, mit Verbindungstür. Sie musste aber vorsichtig sein. Du weisst ja: Chalets haben dünne Wände – dünner als Seidenpapier …

VOLLTREFFER ODER »VOLL DANEBEN«

Warnhinweis: Bitte nicht nachmachen!

Fadri war kein schlechter Junge. Eher mit Talenten für das Unnütze ausgestattet. Einer, der sich mit halbklugen Einfällen hervortat. Ein moderner »Max und Moritz«, der einem aus purer Neugierde den Kaffee versalzt, nur um zu sehen, wie man reagiert. Kein Gauner – lediglich ein werdender Mann mit überschüssiger Energie, die sich partout nicht in Hausaufgaben oder schulische Disziplin kanalisieren liess.

Fadri hatte grössere Ambitionen. Wozu lernen, wenn man Skiprofi werden will? Als Gesamtweltcup- und Olympiasieger würde er sich um nichts kümmern müssen. Oder rechnete Marco Odermatt etwa seine Laufzeiten im Riesenslalom selber zusammen? Eben. Das Gegenargument seines Vaters, dass die Lara Gut-Behrami, ebenfalls reich dekoriert, während ihrer Skikarriere die Matura abgeschlossen habe, liess Fadri nicht gelten: Eine Streberin halt …

Am Abend vor den Frühlingsferien strich Fadri durchs Dorf. Im Schulranzen befanden sich ein halbes Sandwich (Lyoner mit Tomate), Schreibzeug und – tonnenschwer – das Zeugnis. Die schlechten Noten waren so vorhersehbar gewesen wie die Pointe des Witzes, den Opa immer wieder erzählte. »Ungenügend« stand da in schöner Regelmässigkeit. Nicht, weil Fadri dumm war, sondern weil Fadri, nun ja, Fadri war.

Und doch lag so etwas wie Vorfreude in der Luft. Ferien auf Mallorca! Endlich mal zwei Wochen weg vom Berg. Sand statt Schnee. Badehose statt Moonboots. María statt Heidi. Die Pubertät machte sich beim Jüngling deutlich bemerkbar und zeigte sich nicht nur in unkontrollierbaren Hormonschüben, sondern auch in Form eines sanften Flaums zwischen Oberlippe und Nase. Der Gedanke an Spanien setzte Adrenalin frei. Und Adrenalin wirkte bei Fadri wie ein Funke im Benzinkanister.

Explosives Adrenalin.

Er hatte keinen Grund zur Eile. Das Zeugnis musste ja nicht sofort auf den Küchentisch. Also schlenderte er vom Zentrum die Prätschlistrasse hinauf. Von dort hatte man den perfekten Blick auf die Poststrasse darunter. Fadri formte sich Schneekugeln aus dem nassen Matsch. Die ersten Wagen verfehlte er, mit einer immer kleiner werdenden Marge. Die Schwierigkeit war, das Tempo der Autos richtig einzuschätzen und die weisse Kugel dementsprechend zu justieren.

Das Timing war entscheidend, das Timing war alles.

»Konzentrier dich, Fadri«, ermahnte er sich selbst. Er spuckte sogar auf den letzten Schneeball, um ihn perfekt zu machen. Als das Wurfgeschoss die Form und Härte einer Billardkugel hatte, nickte er zufrieden und wartete auf das nächste Auto. Werfen und schauen, was passiert.

Typisch Fadri eben.

Er packte das Sandwich aus und legte es neben sich auf die Mauer. Dann sah er zwei Lichtkegel, die sich vom Café Gadient nach oben schlängelten. Wie ein Skiprofi im Starthaus atmete Fadri tief durch, schlug sich mit der freien Hand auf die Brust und rief: »Chum jetzt!«

Die Fehlermarge des Wurfes reduzierte sich auf null. Die Kugel schoss hinunter wie Odermatt durch die Mausefalle und traf mit einem lauten Knall mitten auf die Windschutzscheibe des sich nähernden Wagens. Fadri ballte die Faust. Nein, er brauchte keinen Tangens oder Cotangens, keine Vektorgeometrie oder Wahrscheinlichkeitsrechnung, sondern lediglich ein gutes Auge und pure Muskelkraft, um seine Ziele zu erreichen.

Doch direkt danach knallte es gleich nochmals. Fadri trat ans Geländer. Unten stand das Auto. Die Haube tief in der Mauer vergraben.

Volltreffer.

Totalschaden.

Zeit, zu verschwinden.

Fadri nahm den Umweg über die Sonnenbergstrasse, Kopf unten, Herzschlag wie ein Trommelwirbel. Gauner sollten sich nicht am Tatort erwischen lassen. Das Sandwich hatte er achtlos liegen gelassen. Jemand würde es sicher wegräumen … Bald darauf überquerte er beim Restaurant Grischuna die Strasse und war so gut wie zu Hause. Die Familie wohnte in Miete gleich bei der Brüggli Bar. Als er die Wohnung betrat, roch es nach … nichts. Kein Essen stand auf dem Herd. Gut so. Seine Eltern, beide berufstätig, waren noch nicht daheim. Also legte er das Zeugnis auf den Küchentisch und verzog sich ins Bett. In freudiger Erwartung der morgigen Abreise nach Mallorca schlief er wie ein Murmeltier.

»Adios, Arosa«, murmelte er ins Kopfkissen.

Der nächste Morgen begann mit einem unguten Gefühl. Seine Mutter sass mit geröteten Augen am Küchentisch. Fadri überkam ein schlechtes Gewissen. »Tut mir leid, Mama. Das nächste Zeugnis wird besser, versprochen.«

»Es geht nicht um dein Zeugnis, Kleiner«, antwortete sie leise. »Papa hatte gestern einen Unfall.«

»Einen Unfall?« Fadri beschlich eine düstere Vorahnung.

»Ja, einen Unfall«, sagte eine tiefe Stimme hinter ihm. Fadri drehte sich um und erschrak. Auf der Stirn seines Vaters prangte eine riesige Beule, und ein Auge schimmerte blau wie das Meer auf Mallorca.

»Etwas hat meine Windschutzscheibe getroffen. Wahrscheinlich ein Vogel oder ein Schneebrett, das sich gelöst hat. Ich habe die Kontrolle verloren ... Totalschaden.«

Stille.

Fadris Herz setzte einen Schlag aus. »Aber dir geht es gut?«, fragte er mit zittriger Stimme.

Sein Vater legte ihm sanft die Hand auf die Schulter. »Besser als dem Auto. Ich habe mit der Reiseversicherung telefoniert. Sie erstatten die Anzahlung zurück. Wir brauchen das Geld für einen neuen Wagen. Tut mir leid, Fadri, aber Mallorca muss warten.«

Seine Mutter räusperte sich. »Sehen wir es positiv. Wir können die Zeit nutzen, um zusammen zu lernen: Rechnen, Lesen, Schreiben. Du hast ja selbst gesagt, das Zeugnis muss besser werden.«

Fadri vergrub seinen Kopf in den Händen. »Adios, Mallorca. Adios, Playa. Adios, María ...«

DIE APFELUHR

Warnhinweis: Nie vorschnell urteilen …

Das Wetter? Perfekt. Der Schnee? Ein Gedicht. Die Zeit? Vergessen. Und genau von der Zeit handelt diese Geschichte – im weitesten Sinne. Ich bin spät dran. Natürlich bin ich das. In zwei Stunden erwarte ich unsere Gäste im Chalet, doch die Einkäufe sind noch nicht gemacht, nichts ist vorbereitet. Ich habe keinen blassen Schimmer, was es überhaupt zu essen geben soll. Die Uhr an meinem Handgelenk signalisiert unmissverständlich: Es ist allerhöchste Zeit!

Ich fahre direkt mit den Ski ins Zentrum von Arosa, löse die Bindung und stolpere in den klobigen Skischuhen in den Denner. Zwischen den Regalen überlege ich, was ich meinen Gästen servieren soll. Es muss etwas sein, das mit minimalem Aufwand maximalen Eindruck hinterlässt. *Raclette Riche*.

Einfach, aber wirkungsvoll.

Also lade ich in meinen Korb: Käsescheiben, Zwiebelchen, Cornichons, Maiskölbchen, winzige Kartoffeln, ein Entrecote – so dünn geschnitten, dass es auf der heissen Platte beinahe von selbst verschwinden wird –, ein Mischsalat – vorgewaschen, als sei er nie dreckig gewesen – und schliesslich Blätterteig für das Amuse-Bouche. Der Wein liegt schon im Keller, kühl, schön temperiert, keiner dieser lauwarmen Alkoholbomben.

Zügig zur Kasse. Zum Glück gibt es keine lange Schlange. Vor mir ein junges Paar und ein älterer Herr mit militärischem Kurzhaarschnitt, dessen Einkäufe gerade vom Kassier gescannt werden.

»97,55«, sagt der Kassier lauter als nötig.

Der Herr reagiert nicht und verstaut gemächlich – sehr gemächlich – seine Einkäufe in einer Stofftasche, als hätte er alle Zeit der Welt. Das Paar vor mir wird unruhig und rückt auf. Ich ertappe mich dabei, wie ich nervös auf die Uhr schiele und sich erste Vorurteile zu Wort melden. Hat der Mann den Kassier nicht verstanden? Oder will er uns eine Lektion in Geduld erteilen? Ich stelle mir vor, wie er ein uraltes Portemonnaie hervorklaubt und mit zittrigen Fingern das Kleingeld zählt.

Die junge Frau vor mir wirft mir einen Blick zu und schüttelt leicht den Kopf, als ob wir einen Gauner vor uns hätten. Ich zucke mit den Schultern, wir sind uns stillschweigend einig: Das dauert eine Ewigkeit!

Dann geschieht es: Der Mann hebt sein Handgelenk und hält die digitale Uhr ans Zahlungsterminal. Ein leises Piepsen, und der Bezahlvorgang ist abgeschlossen. Der Mann dreht sich um, lächelt uns an und geht.

Der Kassier verabschiedet den Herrn. »Einen schönen Tag, Herr Oberst.«

Das junge Paar vor mir bezahlt bar. Ich muss grinsen. Aber ich schaffe es gerade noch, die letzte Gondel zu erwischen, und erreiche ohne Kollateralschaden mit zwei randvollen Einkaufstaschen das Chalet.

Ich weiss bereits, womit ich das Abendessen eröffnen werde: mit der Geschichte vom technologieaffinen Herrn und unseren reflexartigen Vorurteilen.

Vielleicht werde ich zur Einleitung auch meine Uhr ans Ohr halten und fragen: »Tickt die Uhr richtig – oder zahlt sie schon?«

Oder besser gleich eine Diskussion über schlechte Gedanken im Generellen anstossen? Denn beginnen nicht alle Verbrechen im Kopf? Was es dann nur noch braucht, ist ein mieser Tag und ein Motiv – schon ist man selbst auf die schiefe Bahn geraten!

DER KURSCHATTEN

Warnhinweis: Kurschatten, eigentlich amouröser Natur, können mitunter bedrohliche Züge annehmen.

August Hauri, ein Mann von fester, aber nicht robuster Statur, diente im Ersten Weltkrieg in der Fremdenlegion. Er nannte sich einen Sozialisten, ohne genau zu verstehen, was damit gemeint war. Er war kein Held, vielmehr ein Abenteurer, der etwas erleben wollte. Kurz: August war damals vor allem eines: jung.

Er war in der erbarmungslosen Hölle von Verdun stationiert, wo die Legion unter sengendem Artilleriefeuer ausharrte, ihre Stellungen gegen deutsche Angriffe verteidigend. Die Luft war durchdrungen vom metallischen Geschmack des Pulvers, das Schlachtfeld ein endloser Morast aus Leichen und Schutt. Tag um Tag regnete es Tod und Verderben; das Erdreich war getränkt vom Blut gefallener Kameraden. Nichts erinnerte an Menschen, nur an Maschinen, die töteten und verschlangen.

August war einer der wenigen seiner Einheit, die jene Monate überlebten. Er kehrte zurück in die Schweiz, nicht als Sieger, sondern als Mann, den die Geschichte mit einem lebensbedrohlichen Brandmal gezeichnet hatte: Tuberkulose. Und dazu ein Schatten, der sich manchmal auf sein Gemüt legte, dunkler als die Schatten auf seinen Lungen.

So führte ihn das Jahr 1919 nach Arosa, hoch oben in die Berge, wo die Luft rein und die Tage in stiller Monotonie verrannen. Im Kurhaus folgte ein Tag dem anderen mit einer beunruhigenden Regelmässigkeit: medizinische Inhalationen am Morgen, Spaziergänge am Nachmittag, Ruhezeiten auf der Terrasse, wo die Patienten, eingehüllt in dicke Decken, schweigend die Berggipfel betrachteten. Die Luft roch nach frischem Schnee, vermischt mit dem leicht scharfen Odeur des Desinfektionsmittels, das in den Krankenzimmern versprüht wurde. Im Korridor hallten gedämpfte Stimmen wider, das Klappern von Löffeln in Porzellantassen unterstrich die Eintönigkeit des Alltags.

Überall waren weisse Taschentücher zu sehen, mal ordentlich gefaltet in den Taschen der Patienten, mal achtlos weggeworfen, blutbefleckt von den Lungenkranken, ein ständiger stummer Hinweis auf die Tuberkulose, die alle hierhergebracht hatte. Das Leben war entschleunigt, als wäre die Zeit selbst an diesem Ort gefangen. Ein zähes Element, das sich kaum bewegte.

Zunächst war August offen gegenüber seinen Mitpatienten und führte angeregte Gespräche über das Wesen der Krankheit, den Zustand Europas nach dem Krieg, Kunst und Literatur. Er diskutierte mit einem blassen, jungen Poeten, der mit einem lässigen Hauch von Arroganz von Thomas Mann sprach, als sei dieser zwar unbestreitbar talentiert, doch zugleich eine Art »Hofrat der Literatur«, stets korrekt, stets analytisch, doch kaum von leidenschaftlichem Feuer getrieben. Ein ehemaliger Wiener Professor beklagte indes den Untergang der Donaumonarchie und sprach von der verlorenen »schönen Zeit«, in der Wien der glänzende Mittelpunkt einer Kultur gewesen sei, die nun im Staub der Geschichte versunken war. Das Ende der K.-u.-k.-Monarchie, der kaiserlich-königlichen Monarchie, war für ihn gleichbedeutend mit dem Ende der Zivilisation. Ein anderer Patient, ein kriegsmüder Franzose, sprach mit resigniertem Pragmatismus über die Illusionen, die der Mensch sich mache, und berief sich dabei auf Schopenhauer, dessen Pessimismus ihm als einzig logische Konsequenz des Weltgeschehens erschien. Eine Dame aus München sprach von der heilenden Kraft der Kunst und erzählte von den expressionistischen Gemälden, die sie in Berlin gesehen hatte, von Nolde und Kirchner, deren wilde Fantasie ihr in dunklen Stunden Trost spendete. Künstler, die den Schmerz der Welt in Farben verwandeln konnten. Mit einem Pfaffen diskutierte er über den Sinn oder Unsinn der Begebenheit, dass sich im kleinen Arosa neben der katholischen und reformierten gleich noch die anglikanische Kirche angesiedelt hatte.

Doch allmählich veränderte sich August. Das Dunkle begann sich in ihm auszubreiten, langsam, schleichend, wie ein Schatten, der sich unbemerkt in die Ritzen seines Geistes legte. Alles wurde ihm zu viel. Die Gespräche ermüdeten ihn, die Gesichter der anderen erschienen ihm zunehmend wie maskenhafte Fratzen. Die Stimmen um ihn her, einst klangvolle Symphonien der Diskussion, wurden zu monotonem Gemurmel, das sich mit dem Wispern des Windes in den Bergen vermengte.

Ein Tag verging, ein weiterer kam, aber für August war es, als verschmelze alles zu einem einzigen, gleichmässigen Grau. Er glaubte, sich bereits an den nächsten Tag zu erinnern. Die Dunkelheit in ihm nahm zu, als wäre sein Innerstes ein Brunnen, in den alle Farben fielen und verschwanden. Er wurde müde, nicht länger durch die Krankheit, sondern durch die Sinnlosigkeit des Daseins. Seine Glieder fühlten sich schwer an, seine Gedanken waren trübe, wie in Nebel gehüllt. Die Zukunft war ihm ein leerer Raum, unbestimmt und bedrohlich. Er zog sich zurück, versank in sich selbst. Nach und nach mied er jeden Kontakt. Zwei Jahre verstrichen auf diese Weise. Sein Körper hatte sich regeneriert, aber sein Geist war nun krank.

Nur eine Person blieb an seiner Seite: Katharina, die Krankenschwester. Eine junge Frau mit unerschütterlicher Zuversicht. Sie kam immer, obwohl er schwieg. Brachte Tee, blieb stehen, wartete. Irgendwann erzählte ihr August sein Geheimnis. Von dem Mann, der ihn verfolgte. Der Unbekannte, etwa mit seiner Grösse und Statur, tauche tagsüber auf, folge ihm auf seinen Wegen. Mit demselben Gang, derselben Haltung. Und sobald die Nacht hereinbrach, verschwand er. Ein Schatten, lautlos, immer in seiner Nähe, nie greifbar. Er spürte ihn im Nacken, sah ihn aus den Augenwinkeln, doch sein Gesicht konnte er nicht erkennen. Katharina lauschte mit Sorge, sah in Augusts Augen etwas, das sie nicht deuten konnte: Angst oder Wahnsinn.

Sie nahm sich seiner an, zwang ihn zu Spaziergängen. An einem jener Tage, als sie gemeinsam durch die klare Bergluft schritten, blieb August plötzlich stehen. Sein Atem stockte, seine Finger zitterten.

»Da ist er. Verschwinde, du elender Gauner!«, schrie er mit schwacher Stimme.

Katharina folgte seinem Blick, der auf eine Felswand gerichtet war, wo sein eigener Schatten sich abzeichnete. Sie begriff. Er war es selbst, den er für einen Fremden gehalten hatte. Sein Schatten war nur in der Helligkeit sichtbar, in der Dunkelheit verschwand er. Sein eigener Schatten, der ihn verfolgte. Katharina nahm seine Hand. »August, du bist es selbst, vor dem du fliehst.«

Diese Erkenntnis markierte einen Wendepunkt. August begann sich langsam zu erholen, seine Sinne fanden in diese Welt zurück. In Katharina hatte er eine liebevolle Zuhörerin, die seine Erlebnisse vom Krieg aufnahm, verstand und nie kritisierte. So blieb August in Arosa, nicht mehr als Patient, sondern als jemand, der anderen helfen wollte. Jahre vergingen.

Es war das Jahr 1946. August und Katharina, inzwischen ein Ehepaar, sassen auf der Terrasse ihrer kleinen Wohnung. Die Morgensonne beschien sanft die Bergspitzen, die Luft war frisch, ein laues Sommerlicht flutete das Tal. Der Kaffee dampfte in ihren Tassen, frische Brötchen lagen auf einem kleinen Tischchen, daneben ein Teller mit Konfitüre.

»Gehst du heute wieder ins Kurhaus?«, fragte Katharina.

August nahm einen Schluck Kaffee, stellte die Tasse langsam ab und nickte. »Ja«, sagte er ruhig. »Sie brauchen mich dort.« August, der einst selbst verloren gewesen war, half nun jenen, die aus dem Zweiten Weltkrieg zur Erholung kamen, gezeichnet von Schrecken und Verlust. Arosa war ein Ort des Heilens geblieben, ein Refugium für jene, die ihre Schatten loswerden wollten. August verstand sie. Denn er hatte seinen eigenen besiegt.

Seinen – wie er ihn beinahe liebevoll nannte – Kurschatten.

NEIN

Warnhinweis: Nichts für Neinsager.

Ich bin der einzige Fahrgast in der Gondel. Und wenn ich sage der Einzige, dann meine ich *wirklich* der Einzige. So wie der Trostpreis bei einer Ü50-Party, den niemand mit nach Hause nehmen will. Die junge Mitarbeiterin der Aroser Bergbahnen begrüsst mich mit einem müden Blick, der sagt: »Echt jetzt?« Schüttelt sie gar den Kopf? Ich fühle mich schuldig, obwohl ich nichts getan habe. Kennst du das Gefühl?

Eben.

Die Mitarbeiterin dreht sich von mir weg und gibt die Sicherheitsanweisung durch. Vorschrift ist Vorschrift.

»Vorsicht, die Türen schliessen«, verkündet sie mit einer U-Bahn-Stimme. Dann schweben wir los in Richtung Weisshorn.

Draussen ist es stockdunkel. Ich meine *wirklich* stockdunkel. Immer noch oder schon wieder? Keine Ahnung, woher soll ich das wissen? Ich frage mich ernsthaft, was ich hier eigentlich mache. Es muss Vorsaison sein, sonst wäre ich nicht der einzige Reisende in dieser überdimensionalen Sardinenbüchse. Vielleicht ist es ja auch die Sonnenaufgangsfahrt? Oder die vom Vollmond? Aber wo sind denn alle anderen? Und draussen tobt ein Sturm. Der Wind singt das »Du wärst heute besser zu Hause geblieben«-Lied und zerrt grimmig an der Gondel.

Ich will mich bei der Mitarbeiterin erkundigen, bringe jedoch kein Wort über die Lippen. Sie scheint mich sowieso vergessen zu haben und studiert die Knöpfe und Schalter, als lotse sie ein U-Boot durch die Plessur. Also wende ich mich zum Fenster, um in der vertrauten Umgebung Antworten zu finden.

Vergeblich.

Die Scheiben sind mit dicken Eiskristallen überzogen und sehen aus, als seien sie aus Milchglas. Sichtweite null! Verstohlen drehe ich den Kopf zur jungen Frau an der Konsole. Was ist eigentlich ihre Berufsbezeichnung? Gondoliere? Bevor ich über den Gedanken kichern kann, sehe ich auf meine Füsse. Ich habe tatsächlich vergessen, die Skischuhe anzuziehen, und stehe in durchweichten Skisocken auf dem kalten Boden. Die Spitzen sind nach vorne gerutscht. Vielleicht ignoriert sie mich deshalb?

Peinlich? Oh ja.

Sehr sogar.

Der Wind legt zu und die Gondel wogt hin und her wie eine Barkasse im Sturm. Heftiger. Immer heftiger. Ich fühle mich wie in einem Würfelbecher. Ich klammere mich an die Haltestange und blicke zur Mitarbeiterin. In aller Seelenruhe schnallt sie sich einen Rucksack um und öffnet eine Bodenluke. Ja, die Bodenluke! Keine Ahnung, seit wann Gondeln Bodenluken haben. Der Notausstieg ist doch oben? Der Rettungshelikopter kann ja nicht von unten an die Gondel heranfliegen und die Gäste durch die Rotorblätter … Oder stammt daher der Begriff »Zürcher Geschnetzeltes«?

Die Frau zwinkert mir zu und springt, als wäre es das Natürlichste der Welt, mit den Füssen voran ins Nichts.

Ein Fallschirm!

Es bleibt mir keine Zeit zum Überlegen. Die Stahlseile beginnen zu knarzen, dann reissen sie mit einem gewaltigen Knall. Klar tun sie das, denn es ist genau der Moment, in dem alles schiefgehen muss. Ich habe keine Sekunde zu verlieren, stürze mich kopfüber aus der Luke und realisiere erstaunt, dass ich mich kilometerweit über dem Boden befinde. Weiss Gott, was für ein übles Spiel hier gerade läuft. Meine Socken flattern wie Pudelohren im Wind, bremsen tun sie nicht.

Etwa hundert Meter unter mir sehe ich die Gondelführerin, die immer kleiner wird. In bester James-Bond-Manier lege ich die Arme an den Körper und sause ihr hinterher. Der Aufprall ist heftig, aber ich schaffe es, meine Arme und Beine um sie zu schlingen. Wie ein Äffchen halte ich mich an ihr fest. Gemeinsam werden wir überleben – oder zerschellen. Sie muss denselben Gedanken gehabt haben, zieht jedenfalls die Reissleine, und ... es passiert nichts. Der Fallschirm ist gefroren, macht keinen Wank. Der Boden kommt rasch näher, schneller, noch schneller. Ich schliesse die Augen und schreie laut auf.

»Neeeeiiiiiin!«

Ich lande weich in meinem Bett. Was für ein Albtraum! Ich ziehe die warme Decke bis ans Kinn und lausche dem Wind. Die Fensterläden klappern, als ob sie sich ebenfalls erschreckt hätten.

»Hast du etwas gesagt?«, murmelt Maja, meine Freundin, im Halbschlaf.

»Nein«, antworte ich wahrheitsgetreu.

Sie schläft sofort wieder ein, ich hingegen bleibe wach. Seit mich der entgegenkommende Wagen zwischen Peist und Langwies abgedrängt und in den Strassengraben befördert hat, schlafe ich schlecht. Glaubst du, der Gauner hätte wenigstens angehalten und nach mir geschaut? Fehlanzeige. Immerhin ist das Schleudertrauma inzwischen weg, geblieben sind die Träume, die mich hin und her schleudern. Ich konzentriere mich auf Majas gleichmässige Atmung, synchronisiere meine mit der ihren und schlafe kurz darauf wieder ein.

Am Morgen werde ich vom Klappern des Geschirrs und dem verheissungsvollen Brummen der Kaffeemaschine geweckt. Rasch Zähneputzen und ab in die Küche. Ein Königreich für einen Cappuccino! Die beste Erfindung der Menschheit. Maja sieht reizend aus in ihrem Elch-Pyjama. Sie fragt beiläufig: »Hast du gut geschlafen, Schatz?«

Natürlich weiss ich, dass sie sich Sorgen macht. »Nein«, antworte ich trotzdem. Ich kann sie nun mal nicht anschwindeln.

»Du Armer! Sollen wir nachher mit der Gondel aufs Weisshorn fahren und über die Schwarze Piste in die Carmennahütte düsen?«

»Nein!«, antworte ich etwas gar schnell.

»Surfst du zufälligerweise gerade auf der Neinsager-Welle?« Sie drückt mir lachend einen Kuss auf die Wange.

»Nein …«, antworte ich – und wir lachen beide.

Maja hält mir einen Cappuccino hin, nur um ihn sofort wieder wegzuziehen. »Okay, versuchen wir es einmal mit einer offenen Frage: Was würde mein Goldschatz denn heute gerne machen?«

»Alles, nur nicht Gondelfahren«, antworte ich und schnappe mir meinen Cappuccino.

Endlich!

ÜBER WASSER GEHEN

Warnhinweis: Nicht alles, was irgendwo geschrieben steht, sollte wörtlich genommen werden. Nicht einmal in der Bibel.

Peter Oswald hatte an diesem Abend weder vorgehabt, sich nasse Füsse zu holen noch zu sterben. Aber das war das Problem mit Plänen – besonders nach einem Spiel gegen den EHC Arosa.

Dabei hatte alles so gut begonnen.

»An Tagen wie diesen …«, sang ebendieser Peter Oswald vor der Eishalle in Arosa. Nebel lag über dem Dorf wie eine schwere Daunendecke, die niemand bestellt hatte. Soeben hatte sein EHC Chur den ewigen Rivalen aus Arosa mit 5:1 aus der Halle gefegt. Ein Freundschaftsspiel, offiziell. Aber von Freundschaft konnte keine Rede sein. *Feindschaftsspiel* traf es eher.

Peter hegte einen altmodischen Groll gegen den Kantonsrivalen. Einen, der sich über Generationen hinweg angestaut und sich auf sein Gemüt gelegt hatte.

Die Vergangenheit lastete schwer auf Peter. Ein Stachel in seinem Fleisch, den er einfach nicht loswurde. Arosa war mit neun (!) Schweizer-Meister-Titeln immer noch einer der erfolgreichsten Vereine des Landes und war sich dessen auch bewusst, obwohl die glorreichen Zeiten längst vorbei waren. Der Club hatte sich nach den letzten grossen Erfolgen aufgrund finanzieller Probleme sogar freiwillig in die Amateurliga relegieren lassen. Es war so, als hätte man einen Nachbarn, der Millionär gewesen war und bis heute von seinen

Jachten schwärmte, obwohl er inzwischen verarmt war. Der EHC Arosa war genau dieser Nachbar. Sein EHC Chur? Nun, Chur war der Nachbar auf der anderen Seite, der die Jachten bestenfalls aus einem Werbeprospekt kannte.

Peters Leben wäre anders verlaufen, hätte er sich wie so viele andere für Davos oder den ZSC entschieden. Aber er war nur einen Steinwurf vom Hockey-Stadion in Chur aufgewachsen, direkt in der Bannmeile des Schicksals. Seinen EHC Chur für einen anderen Club zu verlassen, kam nicht infrage. Da war er konsequent.

Sehr konsequent.

Seine Kumpels hatten sich nach dem Spiel in die Overtime Bar in Arosa verzogen. Ein Ort, der für alles stand, was Peter schlaflose Nächte bereitete. Die Bar war ein Denkmal des Erfolgs des EHC Arosa, eine Erinnerung an die goldenen Zeiten, als die Gebrüder Lindemann noch mit fast mythischer Eleganz über das Eis glitten. Und einem dieser Lindemanns, dem Guido, gehörte die Overtime Bar. 1980 und 1982 führte er den EHC Arosa zu Meistertitel Nummer acht und neun. Der Guido bestritt sogar 44 Länderspiele und war einer der letzten Torschützenkönige der obersten Liga mit Schweizer Pass. Ein Held mit wallendem Haar, eine Ikone – ein Günter Netzer auf Kufen!

So stand Peter alleine in der Kälte vor der trostlosen Eishalle, trank sein Dosenbier und verabschiedete die letzten Arosa-Fans mit einem langgezogenen »Auf Wiederseeehen«.

Dann ein Blick auf die Uhr.

»Verdammt!« entfuhr es ihm. Nur noch fünf Minuten bis zur Abfahrt des Zuges nach Chur. Das Dosenbier landete achtlos im Schnee – Recycling war etwas für nüchterne Menschen –, und Peter machte sich auf den Weg. Vor ihm tauchte ein Polizeiwagen wie aus dem Nichts auf. Fenster runter, ernste Mienen.

»Was führt Sie nach Arosa?«, fragte der Beamte und musterte Peter misstrauisch.

»Wer will das wissen?«, antwortete Peter störrisch.

»Die Kantonspolizei, die einen Bankräuber sucht«, erklärte der Beamte am Steuer ruhig, aber bestimmt.

Peter zeigte seinen Ausweis. Und seinen Schal. »An Ihrer Stelle würde ich im Umfeld des EHC Arosa recherchieren, die Gauner brauchen doch immer Geld.«

Die beiden Beamten im Wagen schüttelten müde den Kopf und fuhren weiter. Peter steckte den Ausweis zurück in die Hosentasche und setzte seinen Weg fort.

Zwischen ihm und dem Bahnhof lag der Obersee, eingehüllt in dichtem Nebel. Da war aber noch etwas: eine Erinnerung! Die Geschichte vom See Genezareth. Die Sache mit dem »über das Wasser Gehen«. Du musst wissen, dass Peter in seiner Schulzeit Ministrant gewesen war. Daher kannte er die Bibel fast so gut wie die Mannschaftsaufstellung des EHC Chur. Peter, beflügelt vom Alkohol und gedrängt von der Zeit, entschied, dass die Abkürzung über den See eine gute Idee wäre.

»Jeder kann über Wasser gehen«, murmelte er wagemutig. »Es muss nur gefroren sein!«

Denkfehler eins: Der See Genezareth gefriert nicht, dafür ist es im Nahen Osten einfach zu warm. Denkfehler zwei: Wenn das Eis knirscht und die Schuhe nass werden, ist das in der Regel kein gutes Zeichen und du solltest umkehren.

Doch Peter marschierte weiter.

Als er die Mitte des Obersees erreicht hatte, geschah das Unglück. Das Eis brach mit einem hässlichen Knacken. Es war, als würde sich ein Fenster in eine andere Welt öffnen, eine Welt, die vor allem sehr kalt und dunkel war.

Peter versuchte, sich an seinem EHC-Chur-Schal aus der tödlichen Falle zu ziehen, so wie der Baron von Münchhausen sich einst am eigenen Schopf aus dem Sumpf gezogen hatte. Vergeblich, Märchen und Realität stimmen selten überein. Peter sank wie ein Stein zu Boden und wunderte sich, wie das hatte passieren können.

In den kommenden Wochen wurde intensiv nach Peter gesucht. Bis heute ist er nicht mehr aufgetaucht. Wortwörtlich. Kälte ist der Faktor, der eine Leiche unten hält. Bei weniger als fünf Grad entstehen keine Gase, die den Körper auftauchen lassen. Genau das passierte mit Peter.

Wenn du mal mit einem dieser Wasservelos auf dem Obersee unterwegs bist – »all inclusive« – und genau in der Mitte innehältst, kannst du vielleicht, wenn das Licht richtig fällt, den Schal erkennen, der in der Tiefe mit den Algen tanzt. Aber sprich Peter bitte nicht auf den EHC Arosa an. Er soll in Frieden ruhen.

DAS SCHWARZE SCHAF

Warnhinweis: Magst du Fabeln? Versuch's einfach mal …

Nach Tschiertschen gönne ich mir eine wohlverdiente Pause. Die erste, seit ich losgezogen bin. Die Sonne steht hoch am Himmel und taucht die Landschaft in warmes Licht, die Luft ist sanft wie Watte. Der Weg ist gut passierbar, es liegt nur wenig Schnee. Genau mein Ding. Ich liebe ausgedehnte Spaziergänge, aber bitte nicht knietief im Schnee. Ich setze mich, blinzle in die Sonne und überlege, welche Route ich nehmen soll. Es gibt zwei Möglichkeiten: durch das Urserental in Richtung Hörnlihütte oder über die Ochsenalp nach Arosa. Im Urserental gibt es keine Verpflegungsmöglichkeiten, die reinste Servicewüste. Zudem ist es dort eng, und man kann Tourenskifahrern oder noch unangenehmeren Zeitgenossen nicht aus dem Weg gehen. Also entscheide ich mich für die Ochsenalp-Route.

Ich will meine Ruhe.

Seit ich denken kann, war ich eigensinnig. Launisch, stur und immer mit dem Kopf durch die Wand. Ganz der Vater. Gestern habe ich mit ihm gestritten. Ein Fehler. Ich habe seine Autorität infrage gestellt. Noch grösserer Fehler. Mein Vater hat mich jedenfalls so richtig in den Senkel gestellt und mir klargemacht, wer der Chef ist. Und dass ich das schwarze Schaf der Familie bin. Das hat er zwar nicht so gesagt, aber so habe ich mich gefühlt. Das schwarze Schaf, schlimmer geht's nicht!

Also habe ich im wahrsten Sinne des Wortes den Schwanz eingezogen und mich nachts davongeschlichen. Vielleicht ein bisschen theatralisch, doch ich hielt es nicht mehr aus. Niemand hat etwas bemerkt. Vielleicht machen sie sich jetzt Sorgen.

Geschieht ihnen recht.

Ich bin froh, dass ich bis zum Roten Tritt niemandem begegnet bin. Und doch beschleicht mich ein seltsames Gefühl. Es ist mir nie ganz klar geworden, warum mich die Menschen so komisch anschauen. Als wäre ich ein Geist. Kein freundliches »Grüezi« oder »Wie geht's?«. Stattdessen verfinstern sich ihre Mienen, als ob ich ein Gauner wäre.

Noch irritierender: Es sind nicht nur die Menschen. Ihre Hunde reagieren genauso. Ich hasse diese Viecher! Trotz Leinenpflicht stromern sie meist frei herum und beginnen laut zu bellen, sobald sie mich bemerken. Manche rasten fast aus. Was haben die nur? Ich tue nichts, gehe einfach vorbei.

Hunde!

Anscheinend stammen sie vom Wolf ab: Canis lupus. Ein Witz! »Lap canem«, Schosshündchen, wäre die treffende Bezeichnung. Gib Pfötchen, Sitz, Platz, Fuss, Aus … Sogar die Pupillen kann der Hund vergrössern, wenn er ein Leckerli will. Ein echter Wolf würde sich für so etwas zu Tode schämen.

Heute scheint einer dieser Tage zu sein, an denen sich Prophezeiungen von selbst erfüllen.

Plötzlich stehe ich einem dieser Vierbeiner gegenüber, und – oh Wunder – natürlich bellt er mich an, obwohl ich nichts anderes wollte, als gemütlich auf dem offiziellen Winterwanderweg zu flanieren und später vielleicht in der Prätschalp einen kleinen Imbiss zu mir zu nehmen. Der Köter ist wenig überraschend nicht an der Leine, und sein Frauchen macht, anstatt sich bei mir zu entschuldigen, rechtsumkehrt und rennt schreiend davon. Ist das denn zu glauben? Angst liegt in der Luft. Ich kann sie riechen. Cortisol. Adrenalin. Pheromone.

Lecker!

Und der Hund? Ganz Hund, der er nun mal ist, weiss nicht, was er machen soll, schaut abwechslungsweise zu mir und zu seinem immer kleiner werdenden Frauchen, entschliesst sich dann für die sichere Variante und jagt ihr hinterher.

Ich bleibe verdattert stehen. Es wird sich nie ändern, oder? Ich seufze. An meinem Äusseren kann es nicht liegen, dass man mich meidet. Ich kenne mein Spiegelbild, das sich schon des Öfteren in den klaren Bergseen der Bündner Berge gespiegelt hat: dichtes Fell, wache Augen, markante Schnauze, Zähne weiss wie Schnee. Zweifellos ein schöner Anblick. Warum jagen uns denn die Menschen? Weil wir Fleisch essen, sagen sie. Wir essen aber Fleisch, weil wir müssen. Der Mensch, weil er kann. Er jagt uns, weil wir jagen, was er selbst tötet.

Meine Schnauze, das soll mal einer verstehen! Ich glaube, der Mensch ist auch nicht mehr als ein kluges Tier, das sich gerne überschätzt. Wie er mit uns umgeht, ist ohne Frage kriminell.

Der Ausflug nach Arosa ist mir jedenfalls gründlich verleidet. Die Gastfreundschaft lässt zu wünschen übrig, alles nur Marketing. Ich kehre also um. Mein Vater wird mir das Ausbüxen verzeihen. Vielleicht jaulen wir heute Nacht gemeinsam den Mond an, wäre schön.

Eines habe ich jedenfalls gelernt: Der Mythos vom »einsamen Wolf« ist genau das – ein Mythos. Nichts geht über die Familie. Und das Rudel bleibt das Rudel.

Ich schlage die Richtung nach Hause ein, lasse die Zunge heraushängen und spurte los. Schneller als jeder Hund.

Schneller als der Wind.

DAS VIRUS

Warnhinweis: Corona war nicht das erste Virus, das Arosa heimsuchte. Es begann alles schon viel, viel früher.

Johannes Gabathuler war ein stiller Mann. Einer, der die Welt verstand, solange sie sich in klaren Linien vor ihm entfaltete. Ein Brett war ein Brett, ein Nagel ein Nagel, und seine Bestimmung als Zimmermann war es, daraus Solides zu erschaffen. Arbeit und Gebet, mehr brauchte er nicht, um zufrieden zu sein. 1907 folgte er dem Ruf nach Arosa, um am Bau des »Haus mit Kapelle« mitzuarbeiten. Für den frommen Katholiken Beruf und Berufung zugleich, ein gottgefälliges Projekt.

So packte er seine wenigen Habseligkeiten und zog von Chur in die wilde Landschaft des Schanfigg. Hier, inmitten der mächtigen Gipfel, fühlte sich Johannes so nah am Himmel, wie man es auf Erden sein konnte. Zwischen Holzstapeln und Gebeten war er in seinem Element. Es war eine Zeit der Ordnung. Bald stand die Kirche und die Gottesfürchtigen kamen. Johannes schlief mit dem Gefühl, endlich seinen Platz gefunden zu haben, und blieb in Arosa.

Doch schliesslich musste er erfahren, dass nicht nur Bretter splittern konnten, sondern auch sein Gemüt Risse bekam: 1908 erhielten die Engländer ihre anglikanische Kirche am Obersee. Von Urlaubern der Insel initiiert – ein steingewordener Affront! Wer konnte auf eine solche Idee kommen? Johannes missgönnte ihnen den Glauben nicht – aber musste es wirklich gleich eine Kirche sein? Hätte den Briten denn nicht auch ein Pub gereicht? Dann, 1909, der nächste Schlag:

Die Reformierten bauten eine – aus Johannes' Sicht – überdimensionierte Dorfkirche auf dem »Piz Erika«, die *seine* kleine Kapelle überragte wie Goliath den David. Johannes hoffte insgeheim, dass der liebe Gott einen kräftigen Sturm vorbeischicken möge, um diesen Hochmut wegzufegen und zudem gleich noch vom Obersee her die Anglikaner unter Wasser zu setzen. Er beichtete einem Priester seine dunklen Gedanken. Dieser, offenbar ebenfalls ein Freund der pragmatischen Lösungen, zuckte mit den Schultern, murmelte ein Vaterunser und entliess ihn ohne Busse aus dem Beichtstuhl.

Doch Arosa veränderte sich weiter. Und nicht zum Besseren, wie Johannes fand. Hotels schossen wie Knollenblätterpilze aus dem Boden. Am heiligen Sonntag – man stelle sich das vor – wurde Musik gespielt. Musik! Und was den frommen Johannes am meisten entsetzte, waren die Menschen: Sie kamen in Scharen. Sie assen, tranken, lachten und tanzten. Sie sprachen in fremden Zungen und benahmen sich, als wäre Arosa nicht ein Ort der Andacht, sondern des Vergnügens. Es war ein schleichender Prozess, der Johannes den Glauben an das Gute raubte.

So unternahm er 1914 den verzweifelten Versuch, das Rad der Zeit zurückzudrehen. Er setzte sich hin und verfasste in ungelenken Worten einen Brief an den Bischof von Chur.

Eure Exzellenz. In Arosa ist das Virus ausgebrochen. Es hustet, lärmt, sündigt, frisst und entleert sich. Hier oben herrschen Zustände wie in Sodom und Gomorra! Und seit die stählerne Schlange das Dorf heimsucht, erklingt ein babylonisches Sprachwirrwarr, das seinesgleichen sucht. Ich bitte untertänigst um Eure hochwohlgeborene Hilfe.
Euer Sohn Johannes, der Zimmermann

Nach Absenden des Briefes wartete er. Drei lange Wochen, und Johannes befürchtete bereits, dass sein Schreiben vom Teufel höchstpersönlich abgefangen worden sei. Doch dann kam endlich die Antwort mit dem bischöflichen Siegel. Allerdings nicht vom Bischof selbst, sondern von seinem Ordinarius. Die Worte waren knapp und streng:

Was fällt Ihnen ein, seine Exzellenz mit solchem Unsinn zu belästigen. Die Welt steht am Abgrund. Ein Krieg droht. Und Sie klagen über ein Virus und eine stählerne Schlange? Erklären Sie sich!

Also setzte sich Johannes erneut hin und erklärte sich:

Exzellenter Ordinarius,

das Virus hat zwei Arme, zwei Beine, einen Kopf und spricht alle Sprachen. Es frisst die feinsten Köstlichkeiten, als ob es kein Morgen gäbe. Dazu trinkt es exquisiten Wein vom Franzosen und Italiener. Und es tanzt, selbst am Sonntag. Die weiblichen Viren verrenken sich dabei wie in einem Exorzismus. Das Virus kommt in der Schlange auf Rädern, der Rhätischen Bahn, nach Arosa und verbreitet sich unkontrolliert. Es ist ein teuflischer Gauner. Ich flehe Euch an: Tut etwas!

Johannes, der Zimmermann

Johannes fühlte sich erleichtert und arbeitete weiter so fleissig, wie er betete. Diesmal kam die Antwort rascher:

Der Bischof und ich werden nach Ostern persönlich vorbeischauen. Sie reservieren uns zwei Zimmer im besten Hotel. Es muss sichergestellt sein, dass Musik gespielt wird. Wir wollen die Lage mit eigenen Augen sehen und die weiblichen Verrenkungen studieren. Sorgen Sie für Speis und Trank, wir müssen nach dem

Osterfasten wieder zu Kräften kommen. Eine Sau und ein Rind sollen geschlachtet werden. Auch einige Flaschen vom Franzosen müssen dekantiert werden.

Johannes las den Brief und spürte, wie eine seltsame, dunkle Ruhe ihn überkam. Er wusste, was zu tun war: Er packte seine Sachen und reiste ab. Er reservierte keine Zimmer. Er wollte den Bischof nicht in Versuchung führen. Johannes fuhr am nächsten Morgen mit der Schlange hinunter ins Tal, wo sich seine Spur verlor.

Wäre der fromme Zimmermann in Arosa geblieben, hätte er gesehen, dass es Gott gut mit Arosa meinte. Das »Haus mit Kapelle« wurde zur Jugendherberge. Die katholische Kirche zog an die Hohe Promenade. Und die anglikanische Kirche verschwand – nur ein kleines Glöcklein auf dem Hausdach erinnert heute noch daran. Später zog eine Bank in das Gebäude. Die Credit Suisse. Aber auch diese verschwand sang- und klanglos. An sie erinnert heute nichts mehr, ausser dem verwaisten Bancomat im hinteren Teil des Gebäudes.

2084

Warnhinweis: Diese Geschichte ist nicht für Nostalgiker geeignet. George Orwell lässt grüssen …

Ich habe es gerade noch auf die erste Gondel zum Weisshorngipfel geschafft. Nicht weil ich ein Frühaufsteher wäre – ganz im Gegenteil, ich bin eher der geborene Frühumdreher –, sondern weil mir ein Timeslot von 8 bis 10 Uhr zugewiesen wurde. Die Zeit auf der Piste ist strikt reglementiert. Seit alle Skigebiete unter 1.700 Meter ihren Betrieb eingestellt haben, drängen sich die Touristen in den verbliebenen Schneesportorten, und Arosa hat sich als eine der begehrtesten Destinationen etabliert.

Das Dorf hat sich beträchtlich entwickelt, oder, je nach Perspektive, sich verkauft. Die neue Magnetbahn bringt die Besucher in gerade einmal 20 Minuten von Chur nach Arosa. Und wer die Strasse bevorzugt, kann sich über eine drastisch reduzierte Anzahl an Kurven freuen: Es sind noch sieben, um genau zu sein! Nach meinem Geschmack fast zu einfach für eine Fahrt ins Gebirge. Der eigentliche Coup für Arosa war jedoch die revolutionäre Beschneiungstechnologie. Arosa kann jetzt sogar bei zehn Grad plus perfekte Pistenverhältnisse garantieren, der Schnee bleibt kompakt und sulzt nicht. Die Lizenzen wurden von der Gemeinde für absurde Summen nach China und in die USA verkauft, während die umliegenden Konkurrenten leer ausgingen. Nun schwimmt Arosa im Geld und lässt sich nicht lumpen. Gerade wurde die hochmoderne Hockeyarena eröffnet. Sie hat nicht weniger als 20.000 Sitzplätze und ist für die ganze Saison ausverkauft. Alle wollen den EHC Arosa sehen, der die letzten zehn Meistertitel in Serie gewonnen hat.

Natürlich hat der Boom auch Schattenseiten: Das Dorf ist stark gewachsen und hat sich wie ein Krake bis zur Prätschalp ausgebreitet. Eine weitere Umzonung bis zum Roten Tritt, inklusive Maraner Alp, wurde bereits beschlossen. Hier werden Hotels und luxuriöse Eigentumswohnungen entstehen. Im Unterland steigt die Temperatur im Sommer mittlerweile auf unerträgliche 45 Grad, und wer es sich leisten kann, sucht Zuflucht in höheren Lagen. Im Winter sind die Skipisten dank der neuen Technologie sowieso heillos überfüllt, trotz Erweiterungen. Zusätzliche Sessellifte führen vom Schiesshorn bis zum Erzhorn, und selbst die Ochsenalp hat sich inzwischen zu einer Skihütte entwickelt, wo ausschliesslich vegane Gerichte, inklusive Capuns und Pizokel, serviert werden.

Um Punkt 8 Uhr sitze ich also auf meinem reservierten Platz in der Gondel. Die direkte Fahrt zum Weisshorngipfel dauert weniger als zwei Minuten. Da ich die ganze Woche mit dem Visor auf dem Kopf Büroarbeiten erledigt habe, bin ich heute ohne Helm unterwegs. Das fällt auf.

Zwei junge Burschen auf den Sitzen hinter mir machen sich lustig über mich. »Guck mal, der Typ ohne Visor und Helm. Hält sich wohl für besonders cool. Oder er kann sich keinen leisten.«

Ich reagiere nicht. Eine Konfrontation lohnt sich nicht. Ein Blick, und sie hätten sämtliche Details über mich auf ihren Displays. Name, Wohnort, Beruf, Einkommen. Man fühlt sich instinktiv wie ein Gauner oder Krimineller. Vor 50 Jahren, so hat mir mein Vater erzählt, wäre so etwas noch unmöglich gewesen. Damals sei es sogar verboten gewesen, auf öffentlichen Plätzen zur Bekämpfung der Kriminalität

Kameras aufzustellen, um Gesichter zu erkennen. Heute unvorstellbar. Heute werden alle überwacht und wie potenzielle Straftäter behandelt.

Nicht, dass ich etwas verstecken müsste. Ich bin Besitzer und Gründer einer florierenden Firma, habe studiert und bin erst zweimal geschieden. Aber ich will einfach nur meine Ruhe. Während ich aus dem Fenster sehe, wischen meine Mitfahrer wild mit den Händen in der Luft herum, vertieft in ihre Helmdisplays. Vermutlich checken sie gerade Mails, arbeiten an Präsentationen, schauen fern oder studieren ihre Fahrtrouten. Die vorgegebenen Routen sind Pflicht, um Wartezeiten an den Talstationen zu vermeiden. Wer sich nicht an die geplante Strecke hält, riskiert den Entzug des Skipasses. Da es auf den Pisten eine Geschwindigkeitsbegrenzung von 40 Kilometer je Stunde gibt, muss man konzentriert bei der Sache sein. Bei einer Übertretung des Tempolimits (inklusive einer Toleranz von fünf Kilometer je Stunde) wird die Tageskarte sofort gesperrt, und es bleibt einem nichts anderes übrig, als die Talfahrt anzutreten, sofern man nicht vorher von der Pistenkontrolle abgefangen und ins Dorf eskortiert wird.

»Das musst du dir anschauen. Auf Euro TV 1 berichten sie über einen Sonnensturm, der heute die Erde erreichen soll«, höre ich eine Frau neben mir sagen. Ihre Kollegin wischt kurz auf ihrem Visor herum, sieht sich die Nachricht an, erwidert aber nichts. Es scheint sie nicht zu interessieren.

Wir haben inzwischen die Hälfte der Strecke hinter uns gebracht und sausen über die alte Mittelstation, wo früher die Gondel gewechselt werden musste. Jetzt steht dort ein riesiges Kongresszentrum mit integriertem Wellnesshotel. Es fühlt sich an, als ob ich mit Avataren in einem Computerspiel sässe und in einem Raumschiff über die Landschaft flöge.

Oben angekommen, stürmen die Visor-Träger ihrem Routenplan folgend aus der Bergstation. Ich nehme mir auf dem Gipfel eine Minute Zeit, um das Panorama zu geniessen. Arosa ist eine weisse Insel in der sonst schneelosen Berglandschaft, und Chur liegt unter einer Nebeldecke, dick wie Gerstensuppe. Die zahlreichen Windräder, die sich wie Skelette an den Kreten aneinanderreihen, versuche ich auszublenden. Nach Ablauf der Minute schultere ich meine Ski und schreite zur Abfahrt in Richtung Carmennahütte. Während ich in die Bindung steige, bemerke ich, dass die nächste Gondel kurz vor der Bergstation stehen geblieben ist. Sanft schaukelnd hängt sie in den Seilen. Auf der Piste unter mir ist ebenfalls alles zum Stillstand gekommen. Die Skifahrer stehen wie Slalomstangen verteilt und fuchteln mit ihren Händen wild durch die Luft. Einige haben ihre Helme abgenommen, andere schlagen darauf.

»Der Sonnensturm!«, bricht es aus mir heraus und ich beginne laut zu lachen. Die kosmische Störung muss einen kompletten Netzausfall verursacht haben. Nichts geht mehr und blanke Hilflosigkeit macht sich breit. Kein Routing, keine Anweisungen, kein Tracking – alles ist im digitalen Nirvana verschwunden, geblieben ist die analoge Welt in ihrer ganzen Schönheit.

Ein Gefühl tiefer Zufriedenheit überkommt mich. Der Zeitdruck ist verschwunden, vom Sonnensturm weggefegt. Ich blicke nochmals auf Arosa. Die Zufriedenheit vermischt sich mit einem Hauch Melancholie, wie wenn man die letzte Seite eines tollen Buches liest. Was für Geschichten könnte das Dorf erzählen? Geschichten von Menschen und Tieren, fröhliche, lustige, traurige, wahrscheinlich auch verbrecherische. Aber heute gibt es eine Geschichte mit Happy End! Bestimmt funktionieren gerade die Blitzer nicht. Diese einzigartige Gelegenheit muss ich nutzen. Mit einem lauten

Jauchzer stosse ich mich ab und kurve rasant um die hilflosen Technologiegläubigen. Der Schnee spritzt unter meinen Kanten empor, der Wind peitscht mir ins Gesicht und für einen Moment gibt es nichts ausser purer Freude an der Geschwindigkeit.

Zweifellos die schönste Schussfahrt der Saison!

SCHLUSSWORT UND DANKSAGUNG

Danke, dass Sie dieses Buch bis zum Schluss gelesen haben. Ich hoffe, die Geschichten haben Ihnen gefallen, Sie zum Schmunzeln gebracht oder vielleicht auch zum Nachdenken angeregt. In jeder Erzählung steckt ein kleiner Hinweis auf eine andere. Ist Ihnen das aufgefallen? Nein? Dann gehören Sie zu den Glücklichen, die das Buch gleich noch einmal lesen dürfen!

Mir persönlich hat das Schreiben dieser Kurzgeschichten grosse Freude bereitet: ein Ausflug in die Vergangenheit, Gegenwart, Zukunft. Verschiedenste Perspektiven – Menschen, Tiere, grosse Egos, kleine Gaunereien. Ein fantastischer Ritt durch Arosa mit vielen interessanten Weggefährten.

Schreiben Sie mir doch, welche Erzählung Ihnen am besten gefallen hat – ich bin gespannt! Auf meiner Webseite finden Sie ein Kontaktformular.

Ein Buch schreibt man zwar alleine, aber nie ohne Unterstützung. Ein grosser Dank gilt meiner Frau Dominique, die wie immer meine Texte mit wachem Blick und einem feinen Gespür für Sprache – und für die Empfindlichkeit des Autors – gegengelesen hat. Ebenso danke ich meiner Lektorin beim Gmeiner-Verlag, Katja Ernst, die ihrem Namen einmal mehr alle Ehre gemacht und das Manuskript mit professioneller Strenge betreut hat. Mein besonderer Dank gilt auch all jenen, die sich Tag für Tag für Arosa einsetzen: in der Gastronomie, der Hotellerie, der Gemeindeverwaltung oder im Handwerk. Sie machen diesen Ort zu dem, was er ist: einem der schönsten Flecken auf diesem Planeten!

Ihr Andreas Russenberger

www.andreas-russenberger.ch

Andreas Russenberger im Gmeiner-Verlag:

Phillipp Humboldt ermittelt:

1. Fall: Paradeplatz
ISBN 978-3-8392-2746-6

2. Fall: Bahnhofstrasse
ISBN 978-3-8392-0002-5

3. Fall: Langstrasse
ISBN 978-3-8392-0275-3

4. Fall: Geschäftsleitung
ISBN 978-3-8392-0469-6

5. Fall: Bellevue
ISBN 978-3-8392-0673-7

Arosa – wo auch Gauner Urlaub machen
ISBN 978-3-8392-0845-8